LOVE RULES

GEHEIMNISSE

TANJA NEISE

ABIGAIL

Meine Kollegin Maddy beugte sich über ihren Schreibtisch, als ich an ihr vorbeiging und flüsterte: „Hast du es schon gehört? Der Boss will die alte Schachtel feuern!« Seit ich hier arbeitete, verbrachten wir öfter unsere Mittagspause zusammen. Sie war unter all den Mitarbeitern bei *Cosmostar* die Einzige, der ich zumindest ansatzweise vertraute.

Ehrlich gesagt, käme der Rauswurf der Snyder einem Sechser im Lotto gleich, denn ich konnte *die alte Schachtel* nicht leiden. Sie machte mir das Leben zur Hölle, sobald sie mich zu Gesicht bekam. Ich wusste beim besten Willen nicht, warum sie es auf mich abgesehen hatte, aber mittlerweile hatte ich mich damit abgefunden. »Nein, noch nix von gehört«, antwortete ich möglichst neutral.

»Laura hat es mir gerade erzählt. Die Snyder ist in diesem Moment im Büro vom Oberboss.« Verschwörerisch grinste Maddy mich an. Niemand - und ich meine wirklich niemand - mochte Mrs Snyder. Und ich musste zugeben, dass es mir da nicht anders ging, auch wenn ich sonst immer positiv auf andere Menschen zuging. Bei ihr konnte ich das einfach nicht. Sie war einer der karriereorientiertesten Menschen, die mir bis dahin begegnet waren und so, wie ich sie einschätzte, war sie bereit, über Leichen zu gehen.

»Und hat Laura auch verraten, was die beiden Wichtiges zu besprechen haben? Ich frage ja nur, weil sie anscheinend auch weiß, dass es um den Rauswurf von der alten Schachtel geht.« Fragend zog ich die Augenbrauen hoch.

Es war einfach ermüdend, ständig dieses Getratsche zu hören, deshalb war es nicht verwunderlich, dass ich mich genervt anhörte. Vielleicht stresste es mich auch so sehr, weil ich selbst eine von den Kolleginnen war, die nicht zur inneren Riege gehörten. Oder es lag daran, dass ich insgeheim Mrs Snyder trotz meiner Abneigung ein wenig bewunderte, denn eines Tages wollte ich dort oben an der Spitze sitzen. Jedoch nicht um jeden Preis.

Mrs Snyder gehörte zum Inventar unseres Verlags und es rankten sich die wildesten Gerüchte um sie. Eigentlich war sie noch gar nicht so alt, maximal um die fünfzig, doch sie war die einzige Angestellte, die von Anfang an mit dabei war. Sie hatte unser Magazin sozusagen mit aufgebaut. Außerdem war sie die heimliche Chefin, der Oberboss vertrat uns nur nach außen hin, doch die innere Herrschaft oblag eindeutig Mrs Snyder.

Wenn sie wollte, dass wir zukünftig eher politisch korrekt berichten sollten, dann würde das auch genauso geschehen. Sollte sie der Meinung sein, dass sich zu wenig Modeseiten im Heft wiederfanden, dann würde das schnellstens geändert werden. Kurzum, sie war die Göttin von *Cosmostar*!

»Nein, hat sie nicht. Ich vermute, ist mal wieder falscher Alarm.« Dennoch würde unsere Kollegin Laura fröhlich weiter das Gerücht verbreiten. Maddy und sie liebten Bettgeschichten und Dinge, die nur hinter vorgehaltener Hand ausgesprochen wurden, weshalb sie bei uns im Haus genau dafür verantwortlich waren - für den Klatsch und Tratsch in der Promiszene.

Manchmal, wenn Maddy und ich zu Mittag aßen und sie mir ein paar der Storys erzählte, bekam ich rote Ohren. Leider konnten wir nicht alles drucken, was sie in Erfahrung brachten, sei es wegen zu junger Leserinnen unseres Magazins, zu wenig Beweisen oder klagewütigen Prominenten.

In diesem Moment klingelte mein Mobiltelefon, und als ich auf das Display sah, stand mein Herz für einen Augenblick still, bevor es in rasendem Tempo weiter schlug. Mrs Snyders Name leuchtete mir höhnisch entgegen. Das konnte nichts Gutes bedeuten, wenn sie zuvor beim Boss gewesen war.

War ich etwa diejenige, die alles abbekommen würde? Sollte ich gefeuert werden und gar nicht Mrs Snyder? Mein Magen zog sich zusammen. Auch wenn ich hin und wieder über die alte Schachtel herzog und manches an meinem Job mir auf den Senkel ging, war ich dennoch auf ihn angewiesen.

Mit weichen Knien stand ich auf, und Maddy sah mich fragend an. Ich quetschte mir ein unbekümmertes Lächeln heraus, denn neben ihr war, wie ein Hund, der Blut riecht, Laura aufgetaucht. Ich hoffte, dass es nicht zu einer Grimasse verkam.

»Bis später, muss noch was erledigen.« Auf keinen Fall durfte ich mir etwas anmerken lassen. Sollte Laura davon Wind bekommen, lägen innerhalb kürzester Zeit Mitleidsbekundungen auf meinem Schreibtisch, weil sie dachten, ich würde meinen Job verlieren.

Der Panzer, den ich mir zum Schutz angelegt hatte, wurde mit jedem Schritt dicker. So schnell würde ich mich nicht von der alten Schachtel einschüchtern lassen. Falls sie darauf spekulierte, konnte sie das gleich vergessen. Ständig war sie auf der Suche nach einer Schwachstelle bei ihrem Gegenüber. Ich hatte natürlich solche Stellen, doch die durfte ich ihr gar nicht erst preisgeben, sonst würde sie mich bei lebendigem Leib verschlingen.

Das Vorzimmer der unangefochtenen Königin war mit dicken Teppichen ausgelegt, die meinen Schritten die Härte nahmen. An den cremefarbenen Wänden hingen postmoderne Bilder, die nicht unbedingt meinem Geschmack entsprachen. Die Sofalandschaft war nur dem Anschein nach gemütlich, wenn man sich darauf niederließ, musste man automatisch nach vorne rutschen und kerzengerade sitzen, da die Polsterung steinhart war.

Mrs Snyder hatte mit Sicherheit eine versteckte Kamera installiert und amüsierte sich königlich, während sie ihre Untergebenen beobachtete, wie sie unwohl auf dem Mobiliar herumrutschten. Vorsichtshalber würde ich stehen bleiben, bis mich die Sekretärin zu ihr ließ.

Innerlich machte ich mich auf das Schlimmste gefasst und legte mir schon mal einen Plan B für mein zukünftiges Leben zurecht. Ob ich in Chicago bleiben könnte, wenn ich diesen Job verlieren würde? Zurück in das kleine Nest in Nebraska, aus dem ich kam, wollte ich auf keinen Fall. Ich war nicht für das Dasein in einem Dorf geschaffen, denn ich brauchte das urbane Leben, den Chic und die Möglichkeit, dass ich mir zu jeder Tages- und Nachtzeit einen Chai Latte an der nächsten Straßenecke kaufen konnte. Allein der Gedanke an die verstaubten Straßen meiner Heimat verursachte mir eine Gänsehaut. Dennoch mischte sich auch ein wenig Wehmut in meine Gedanken. Ich war viel zu lange nicht zu Hause gewesen.

»Miss Jones?« Hastig drehte ich mich zu der piepsigen Stimme um. Snyders Sekretärin hörte sich zwar an wie Minnie Maus, war aber alles andere als handzahm. Die Frau hatte Haare auf den Zähnen, die sie definitiv auch haben musste, bei dieser direkten Vorgesetzten.

»Ja?«

»Mrs Snyder erwartet Sie jetzt.« Gute zehn Minuten hatte sie mich warten lassen, das war für ihre Verhältnisse wenig und sprach davon, wie eilig sie es hatte, mich fertig zu machen.

Ich strich über meinen knielangen Rock und zog kurz an dem dunklen Blazer, bevor ich den Weg in den Löwenkäfig antrat. Keine Schwachstelle war mein Mantra. Innerlich litt ich Höllenqualen, aber das war und würde auch weiterhin mein Geheimnis bleiben.

Kurz bevor ich am Schreibtisch der Vorzimmerdame vorbeikam, trat ein Mann aus dem Büro meiner Chefin. Der Anblick irritierte mich. Das dunkle Haar wirkte zerzaust und seine Kleiderwahl passte nicht recht in die Chefetage von *Cosmostar*. Der Typ sah wie ein Physiotherapeut aus, ein heißer Physiotherapeut, wie ich feststellte. Doch wenn ich eins wusste, dann, dass die Snyder niemals Privates mit Beruflichem vermischte. Sie würde sich sicherlich nicht in ihrem Büro behandeln lassen. Doch was tat ein Mann wie dieser hier bei meiner Chefin?

Kurz trafen sich unsere Blicke und ich erhaschte den Hauch seines Aftershaves, als wir aneinander vorbeiliefen. Der Kerl war definitiv heiß, wie das Kribbeln in meinem Magen verdeutlichte.

Als er aus meinem Blickfeld verschwunden war, besann ich mich auf das, was vor mir lag. Und das war nicht heiß, ganz im Gegenteil. Die Snyder war eiskalt und mir graute ein wenig vor dem, was mich erwarten würde.

Die Tür fiel dumpf ins Schloss, als sich auch schon der imposante Schreibtischstuhl umdrehte. Mrs Snyder, die ein Telefonat führte, bedeutete mir mit einer energischen Geste, mich zu setzen. Ich versuchte, mir meine Nervosität nicht anmerken zu lassen, und tat so, als würde mich die Aussicht auf die Skyline von Chicago brennend interessieren, während ich dem Gespräch lauschte.

»Ja, ja, ich weiß, Jim. Ja, ich habe in diesem Moment schon eine meiner besten Journalistinnen hier sitzen. Ich werde das Konzept vertrauensvoll in die Hände von Miss Jones legen. Sie sieht gut aus und passt hervorragend. Ja, mach dir keine Sorgen. Das wird auf jeden Fall großartig. Ich kann es schon vor meinem inneren Auge sehen.«

Ich sah gut aus und war eine ihrer besten Journalistinnen? Nun gut, das bedeutete zumindest, dass mir mein Job sicher war. Das beruhigte und entspannte mich ein wenig. Meine Nerven lagen dennoch blank, da ich nicht wusste, auf was das Ganze hinauslaufen würde. Die Snyder lobte niemanden ohne Grund. Warum dann mich?

Endlich beendete sie ihr Telefonat und ihr Blick durchbohrte mich.

»Miss Jones, reden wir nicht lange um den heißen Brei. Das war der Boss, der nun Ihren Namen, den er bis heute vermutlich noch nie gehört hat, kennt.« Mit hochgezogenen Augenbrauen sah sie mich an.

Huhu, jetzt bekomme ich es aber mit der Angst zu tun, dachte ich ironisch. Erwartete sie darauf eine Antwort? Ich ersparte mir diese und wartete ab, was noch kam. Dann tat ich es ihr gleich, hob eine Augenbraue und hielt ihrem Blick stand. Diesen Blick hatte ich vor meinem Badezimmer perfektioniert.

Offenbar hatte ich damit ihre volle Aufmerksamkeit errungen, denn sie legte den Kopf schräg und sah mich an, als nähme sie mich zum ersten Mal wahr. »Ich hatte heute ein Gespräch mit Mister Keaton, ein nicht sehr erfreuliches, wenn Sie mich fragen. Aber das interessiert Sie wahrscheinlich reichlich wenig. Nun gut, es ist so, Mister Keaton kam auf die, seiner Meinung nach, großartige Idee, das Thema mit den Millionärsromanen aufzugreifen.« Mit aufgestützten Ellenbogen sah sie mich über den Tisch hinweg an.

Hatte ich irgendeine Frage verpasst? Was wollte die alte Schachtel jetzt von mir? »Ja?«, fragte ich stattdessen, weil mir nicht klar war, um welche Millionärsromane es ging.

»Ich übertrage Ihnen hiermit die Verantwortung für diese Reportage. Nicht, weil Sie, wie von mir erwähnt, eine der besten Journalistinnen im Haus sind, sondern weil ich glaube, dass sie es eines Tages werden können. Sie sind eine harte Nuss. Und das in allen Lebenslagen.« Ein schräges Grinsen stahl sich auf ihr Gesicht und ich verschluckte mich fast an meiner Spucke, dermaßen warf mich ihre Mimik aus dem Gleichgewicht. Außer mit einem kalten Blick und einem Gesicht, das wie aus Stein gemeißelt immer denselben Gesichtsausdruck zur Schau stellte, hatte ich sie noch nie gesehen. Kein einziges Mal – bis heute.

»Aha, und was soll die harte Nuss nun mit dem Thema Millionärsromane anstellen?«, fragte ich betont gelassen und lehnte mich ein wenig in dem ungemütlichen Stuhl zurück. Diese Frau hatte eine sadistische Ader, andernfalls konnte ich mir die unbequemen Sitzmöbel, die sie in ihrer Nähe aufstellte, nicht erklären. Das erwähnte Thema fand ich interessant und insgeheim machte ich mir bereits in meinem Kopf Notizen. Diese ganzen Frauen konnte ich nicht verstehen, die sich an den Hals eines reichen Typs schmissen, sich selbst vergaßen, nur um ein wenig von dem Luxus des anderen abzubekommen.

Zuerst bekam ich nur ein trockenes Lachen zur Antwort, doch die Frau mir gegenüber riss sich schnell wieder zusammen und antwortete: »Wir werden das Thema von A bis Z aufrollen. Recherchieren Sie, was das Zeug hält. Wer liest diesen Schund, wer schreibt diesen Schwachsinn, welche Umsätze hat der Markt mit dieser Art von Geschreibe? Und wenn Sie den ganzen theoretischen Kram abgehakt haben, werden Sie sich unter die Millionäre mischen und sich einen angeln.« Mir fiel fast die Kinnlade herunter, als mir die Bedeutung ihrer letzten Worte bewusst wurde. »Aufhänger wird sein: Wie angele ich mir einen Millionär. Und Jones?«

»Ich höre.« Was ich wirklich tat. Zu mehr war ich im Moment nicht imstande, da ich kurzfristig mit dem Gedanken gespielt hatte, zu kündigen. Dieser Auftrag erschien mir fast, als würde ich mit dem Artikel nicht nur meine Seele an *Cosmostar* verkaufen, sondern auch meinen Körper. Wie weit sollte ich für diesen Bericht gehen? Doch hoffentlich nicht bis zum Äußersten, denn dazu war ich nicht bereit. Panik überschwemmte meinen Körper und ließ mich ins Schwitzen geraten. Aber dann erinnerte ich mich wieder daran, dass ich ja eine harte Nuss war, laut Mrs Snyder, und riss mich vorerst zusammen.

»Kommen Sie nicht auf die Idee, tatsächlich mit einem dieser reichen Junggesellen ins Bett zu hüpfen, das würde uns nur jede Menge Ärger einbringen und die Glaubwürdigkeit unseres Magazins untergraben.«

Beinahe hätte ich erleichtert ausgeatmet, aber nur beinahe. Die harte Nuss, wie sie mich nannte, blieb nach außen gefasst. Keine Schwachstellen!

»Von daher bleiben Sie unnahbar und bringen mir jede Menge Beweise. Wie Sie das machen, ist mir schlichtweg egal, aber bleiben sie professionell - Zeitungsbranchen-professionell. Haben wir uns verstanden?«

Sie kniff die Augen leicht zusammen und sah mich unter ihren Lidern hinweg an, als wäre ich ein Tier, das sie gerade sezierte.

»Ja, das haben wir. Zeitlimit?«, fragte ich mit kühlem Ton. Wenn ich mich nicht sehr täuschte, huschte für einen Sekundenbruchteil ein anerkennender Ausdruck über ihr Gesicht.

»Ich gebe Ihnen zwei Monate für das gesamte Projekt. Spesen werden übernommen, soweit Sie mir nicht zu unangemessen erscheinen. Sollten Sie Zugang zur High Society benötigen, der Boss ist dermaßen von diesem Projekt überzeugt, dass er Sie sogar zu diversen Partys einladen, beziehungsweise mitnehmen wird.«

Snyder beobachtete mich immer noch mit diesem Sezierblick, weshalb ich mir keinen Fehler erlauben durfte.

»In Ordnung. Dann mache ich mich mal an die Arbeit.« Rasch stand ich auf und wollte schon zur Tür gehen, als sich Mrs Snyder plötzlich räusperte.

»Ich erwarte spätestens in drei Tagen den ersten Teil der Reportage auf meinem Tisch. Sie können zu Hause arbeiten und zu niemandem ein Wort. Der Boss möchte die Story als Einziger in der Branche auf dem Titelblatt haben. Maulwürfe gibt es in diesem Haus genug. Absolutes Stillschweigen, Sie kommunizieren ausschließlich mit mir über dieses Thema.«

»Ich habe verstanden.«

Als ich die Tür hinter mir schloss, erlaubte ich mir endlich, durchzuatmen. Matt lehnte ich mich für einen Augenblick an die Wand. So schlecht war es gar nicht gelaufen. Ich war zu der Snyder gegangen, in der Annahme meinen Job zu verlieren, und hatte nun einen Spezialauftrag an Land gezogen. Das war großartig. Es war nicht unbedingt das Thema, das ich mir selbst ausgesucht hätte, aber in meinem Kopf ratterte es schon gewaltig. Nur der Part mit dem Angeln des Millionärs, der lag mir noch wie ein Stein im Magen.

ETHAN

Genervt hielt ich mein Handy ein Stück von meinem Ohr weg, dennoch hörte ich ganz genau, was mein Vater mir zu sagen hatte.

»Du weißt, dass ich es ernst meine, also reiß dich gefälligst zusammen und hör mit den Spielchen auf«, fauchte er mich durchs Telefon an.

Und ob ich das wusste, aber er hatte offenbar noch immer nicht kapiert, dass er mich nicht einschüchtern konnte. »Ich spiele keine Spielchen. Es sollte auch dir irgendwann mal klar sein, dass dein Sohn kein kleines Kind mehr ist. Ich führe mein Leben, wie es mir passt. Wenn ich mein Geld zum Fenster rauswerfen will, dann tue ich das verdammt noch mal.« Wie ich es hasste, dass er es jedes Mal schaffte, mir die Coolness zu rauben. Jedes Mal drängte er mich in eine Ecke, und ich fing an zu fluchen.

»Ethan Anderson, dir ist hoffentlich bewusst, dass du, solltest du das tatsächlich durchziehen, vielleicht mittellos dastehen wirst?« Der grollende Ton meines Vaters schreckte mich schon lange nicht mehr. Im Gegenteil, sein Gehabe ging mir einfach beinahe komplett am Arsch vorbei. Wenigstens ein Punkt, bei dem ich dazugelernt hatte. Früher hatte ein leises Brummen von ihm gereicht und ich hätte sofort klein beigegeben. Aber ich war erwachsen geworden und traf mittlerweile meine eigenen Entscheidungen.

»Das ist mir vollkommen bewusst.« Meine Stimme triefte nur so vor Sarkasmus, während ich mit einem Kugelschreiber spielte.

»Schön! Aber wage es nicht, jammernd zu mir zurückzukriechen, wenn du kein Geld mehr hast.«

»Vater, erinnere dich. In den letzten Jahren habe ich versucht, den Kontakt zu dir zu meiden. Auch dieses Telefonat führen wir nur, weil du Sehnsucht nach mir hast.« Am anderen Ende hörte ich ein Schnauben. Anscheinend hatte ich erreicht, was ich bewirken wollte. Ein Grinsen legte sich auf mein Gesicht. Meinen alten Herren trieb man nicht so schnell dazu, die Contenance zu verlieren und ein Schnauben gehörte in seinen Augen eindeutig dazu. Er hatte sich gehen- und in die Karten schauen lassen. Wenn ich ihn nicht so gut gekannt hätte, wäre ich glatt bereit gewesen, nachzugeben. Aber ich wusste es besser, wusste, dass er immer und überall nur auf seinen eigenen Vorteil bedacht war. Wärme und Mitgefühl hatte ich Zeit meines Lebens kein einziges Mal von ihm erfahren. Wenn er Angst hatte, dass ich mein Geld verspekulieren würde, dann nicht, weil ich nachher am Hungertuch nagen könnte. Nein, seine Angst bestand darin, sein Gesicht in der Öffentlichkeit zu verlieren, weil sein Sohn ein Loser war. Doch auch das war mir schlichtweg egal. Ich war schon lange mein eigener Herr und konnte mit meinem Geld machen, was ich wollte. Ob ihm das nun recht war oder nicht.

»Dann ist alles gesagt.« Mit diesen Worten beendete mein Vater das Gespräch abrupt und entledigte sich seines Sohnes. Mal wieder.

Ein missmutiges Lächeln legte sich auf mein Gesicht und ich nahm einen großen Schluck aus dem Kristallglas. Der edle Bourbon rann heiß meine Kehle hinab, aber es war genau das, was ich jetzt brauchte. Eine Flüssigkeit, die den bitteren Geschmack aus meinem Mund vertrieb. Was wäre dafür besser geeignet gewesen, als ein dreißig Jahre alter Whiskey?

Es tat schon lange nicht mehr weh, dass mein Vater nicht akzeptierte, was ich mit meinem Leben und meinem Geld anstellte.

Es war vielmehr die Erinnerung an die vielen Schmerzen, die ich hatte überstehen müssen, bis ich endlich so hart geworden war, dass es nicht mehr wehtat.

~

Zwei Stunden später klingelte das interne Telefon und ich nahm das Gespräch an.

»Mister Anderson? Hier David vom Empfang. Ihre Mutter möchte Sie gern besuchen.« Der Concierge klang verlegen. Kein Wunder, wahrscheinlich war ich der einzige Bewohner dieses Nobelapartmenthauses, der seine Mutter zuerst anmelden ließ, ehe er sie empfing. Mit Sicherheit wusste er auch, wer sie war oder besser gesagt, wer sie mal gewesen war. Doch was meine Eltern betraf, war ich sehr konsequent.

Im Grunde genommen war ich nicht in der Stimmung, jetzt von ihr besucht zu werden, das Telefonat mit meinem Vater hing mir noch in den Knochen und der Termin am heutigen Vormittag ebenfalls. Vermutlich basierte der Wunsch meiner Mutter mich zu sehen, ausschließlich darauf, dass mein Vater sie hergeschickt hatte. Aber ich wusste aus Erfahrung, dass sie nicht lockerlassen würde. Sie würde mich terrorisieren bis ich sie entweder in meine Wohnung ließ oder sie innerhalb der nächsten halben Stunde irgendwo traf.

»Schicken Sie sie hoch, danke David.« Ich machte mir nicht die Mühe, aufzuräumen. Stattdessen lehnte ich mich lässig in den Türrahmen und hielt provozierend das Glas mit dem Whiskey in der Hand. Sie hasste es, wenn eins ihrer Kinder Alkohol trank. Ständig befürchtete sie, dass ich abhängig werden könnte. Es war erst mein zweites Glas an diesem Abend, aber das brauchte sie nicht zu wissen.

Als der Aufzug sich öffnete, schwebte meine Mutter auf ihren High Heels aus dem Lift, als hätte sie einen Auftritt auf internationalem Parkett. »Guten Abend, Ethan«, begrüßte sie mich unterkühlt, hauchte mir auf jede Wange einen Luftkuss und rauschte an mir vorbei, ohne auf eine Einladung zu warten. Genervt folgte ich ihr in die Wohnung. Insgeheim hatte ich gehofft, dass wir das kurz zwischen Tür und Angel klären könnten.

»Schön, dass du Zeit hast.« Das Lächeln, das sie auf ihre akkurat geschminkten Lippen zauberte, war nicht gerade mütterlich. Es erinnerte mich an die gebleckten Zähne eines Tigerhais, ehe er die Beute verschlang. Langsam ließ sie ihren Blick durch das geräumige Wohnzimmer, das direkt an eine amerikanische Küche anschloss, gleiten. Was sie sah, gefiel ihr nicht. Der Fernseher lief und ich hatte mir eine Pizza bestellt. Der halbleere Karton stand noch auf dem Tisch vor der Couch, ein angebissenes Stück lag darin. Pikiert rümpfte sie ihre Nase.

»Setz dich doch, Mutter«, bot ich ihr an, ohne auf ihren Gesichtsausdruck einzugehen.

»Nein danke. Wir fliegen heute Nacht zurück nach Washington. Ich bin nur schnell vorbeigekommen, um dir den Unsinn, den du vorhast, auszureden. Dein Vater hat mir erzählt, dass du nicht mit dir reden lässt. Vielleicht kann ich dich umstimmen.«

Ihr roter, knielanger Rock schwang locker um ihre Beine, als sie sich zu mir umdrehte und die Arme vor der Brust verschränkte. Sie war gut auf öffentliche Auftritte trainiert und wusste sich in jeder Situation richtig zu verhalten. Meine Mutter sprach fünf Sprachen - fließend - und nur der Geier wusste, in wie vielen sie noch zusätzlich leichten Smalltalk führen konnte. Was ihre Körpersprache mir gegenüber betraf, hatte sie jedoch noch viel zu lernen. Wenn man jemanden von etwas überzeugen will, sollte man niemals die Arme vor der Brust verschränken und damit eine ablehnende Haltung der Meinung des anderen gegenüber signalisieren. Aber selbst wenn sie am heutigen Abend ausnahmsweise die liebende Mutter gespielt hätte und das perfekt, ich wäre nicht umzustimmen gewesen. Nicht von ihr und erst recht nicht von meinem Vater.

»Den Weg hättest du dir sparen können. Ich habe Vater meinen Standpunkt bereits klargemacht. Oder warte, besser gesagt, ich habe es versucht. Ihr beide seid meine Eltern, aber ihr solltet niemals vergessen, dass ich mit vierunddreißig Jahren eindeutig den Kinderschuhen entwachsen bin.« Ich ließ mich auf meine riesige Couch fallen und legte die Füße auf den Tisch, während ich in die mittlerweile kalte Pizza biss. Es war klar, dass ich mich kindisch benahm und bockig, aber es machte einen verdammten Spaß, die Frau, die nie auch nur einen Hauch von Liebe für mich übriggehabt hatte, zur Weißglut zu bringen. Im Grunde genommen waren das die einzigen Gefühlsregungen, die ich von meinen Eltern erhalten hatte – Ungeduld und Ärger – zumindest dann, wenn ich nicht so funktionierte, wie sie es gern gesehen hätten.

Mutters Blick glitt angewidert zwischen dem Pizzakarton und der Whiskeyflasche hin und her. »Du lässt dich gehen, Ethan!«

Natürlich provozierte ich sie weiterhin, schließlich wollte ich, dass sie so schnell wie möglich aus meinem Apartment verschwand. Also ließ ich meine Augenbrauen lächerlich auf und ab hüpfen und sagte: »Solltest du auch mal versuchen, dann würdest du nicht so verkrampft sein und diesen verbitterten Zug um den Mund haben.« Wieder traf ich ins Schwarze. Wahrscheinlich hatte sie sich erst vor Kurzem einer Botoxspritzenkur unterzogen. Das war wie eine Manie bei ihr. Ständig ließ sie sich wegen kaum wahrnehmbaren Fältchen Spritzen verpassen. Vermutlich würde sie eines Tages wie eine Karikatur ihrer selbst aussehen.

Die Augen meiner Mutter wurden zu Kristallen. Blau und eiskalt. Der erwähnte Zug um ihre Mundwinkel verhärtete sich noch ein Stückchen mehr. Mit erhobenem Kinn drehte sie sich um und kurz darauf hörte ich die Tür ins Schloss fallen. Nicht laut, was man ihr hoch anrechnen musste. An ihrer

Stelle hätte ich meinen Abgang mit einem ohrenbetäubenden Lärm gekrönt.

Das erhoffte Hochgefühl, das sich einstellen sollte, nachdem ich das erreicht hatte, was ich wollte – das Verschwinden meiner Mutter – blieb aus. Stattdessen warf ich die Pizza angewidert in den Karton zurück. Der Appetit war mir vergangen.

ABIGAIL

Meine kleine Zwei-Zimmer-Wohnung lag in einem der besseren Viertel von Chicago und die Miete war dementsprechend hoch. Dennoch liebte ich meine eigenen vier Wände und fühlte mich dort sehr wohl. Von zu Hause aus zu arbeiten war für mich ein extra Bonbon, das ich gern in Anspruch nehmen würde.

Wenn ich bis übermorgen den ersten Teil der Reportage abliefern wollte, musste ich mich jedoch ein wenig ranhalten. Die Fakten zusammenzutragen durfte nicht so schwer sein, einen interessanten Artikel darüber zu schreiben, der nicht einschläfernd wirken würde, schon viel eher.

Müde kickte ich die hochhackigen Schuhe von den Füßen und stöhnte zufrieden, da meine Zehen endlich aus dieser unnatürlichen Haltung befreit waren.

Dann schlüpfte ich entspannt in die flauschigen Socken, die ich immer in der Wohnung trug, kochte mir einen Chai Latte und zündete eine Duftkerze an. Kaum, dass ich mich mit meinem Laptop auf das Sofa gesetzt hatte, begann ich mit der Recherche.

Hochmotiviert scrollte ich mich durch die Angebote eines Online-Buchhändlers. Es gab so viele Millionärsromane, dass ich bereits nach kurzer Zeit den Überblick verlor.

Von den Covern schauten mich erfolgreich aussehende Männer an oder ich sah lediglich den Torso, der vorzugsweise in einem Anzug steckte. Um zu wissen, über was ich da eigentlich schrieb, lud ich mir einen der Bestseller auf mein Tablet und begann zu lesen.

Innerhalb kürzester Zeit war ich mitten in der Story um einen heißen Typ, der, wie könnte es anders sein, auch noch ein sehr wohlhabender Mann war.

Normalerweise, von Urlauben mal abgesehen, las ich keine Belletristik, da ich mich hauptsächlich mit Fachliteratur oder der Recherche im Internet beschäftigte. Abends waren meine Augen dann oft zu müde, als dass ich noch mehr hätte lesen können. Stattdessen sah ich mir Filme oder Serien an - am liebsten Schnulzen.

Das war eins meiner bestgehüteten Geheimnisse und passte so gar nicht zu der harten Nuss, die die Kollegen bei *Cosmostar* in mir sahen. Das sollte auch so bleiben.

Hätte die Snyder von meiner heimlichen Leidenschaft gewusst, wäre ich vermutlich nie in den Genuss dieser Spezialaufgabe gekommen und müsste zukünftig dann wohl den Postwagen durch die Flure schieben.

Neugierig las ich in dem Buch weiter: ... *und schon wurde ich feucht, doch Malcolm war sogleich an meiner Seite und seine gierigen Hände ...*

Ach ja, wie schön für die Protagonistin des Romans. Mich hatten das letzte Mal gierige Hände berührt, als ich bei meiner Schwester auf meinen Neffen und meine Nichte aufgepasst hatte und die beiden unbedingt ein Stück Schokolade haben wollten. Bis auf die wenigen Ausnahmen, wenn ich meine Familie besuchte, lebte ich ausschließlich für meinen Beruf. Privates gab es nicht. Weder traf ich mich mit Kollegen noch besuchte ich ein Fitnessstudio, in dem ich einen echten Kerl kennenlernen konnte. Denn im Grunde genommen wollte ich das gar nicht, weil in der Realität die Männer nicht annähernd mit den Helden aus den Filmen, die ich mir ansah, mithalten konnten.

Das letzte Mal Sex hatte ich im College gehabt und es war der absolute Reinfall gewesen. Das war mit ein Grund für mein enthaltsames Leben. Für mich stand meine Karriere im Vordergrund, deshalb vermisste ich nichts und brauchte auch bestimmt keinen Mann, um mich vollständig zu fühlen. Dafür gab es jede Menge nützliches Spielzeug für Frauen.

Dieser Protagonist Malcolm ließ mein Herz höherschlagen, aber nicht, weil er stinkreich war, sondern meiner Vorstellung eines echten Mannes verdammt nahekam. Er war keiner dieser Milchbubis, denen man in der Verlagsbranche begegnete, sondern glänzte durch sein gepflegtes Äußeres und schien zu wissen was Frauen wirklich wollen. Wo gab es so etwas im wahren Leben? Nirgends! Reale Männer rochen nach Bier und Schweiß. Sorry, aber das törnte mich nicht unbedingt an. Körperhygiene fand ich ausgesprochen wichtig und auf Alkoholiker stand ich auf keinen Fall!

Zwei Stunden später war ich ganz wuschig von den erotischen Szenen, die diese Art von Lektüre mit sich brachte. Das ging zu weit, ich hatte eindeutig zu viel Fantasie, dass ich mich von einem solchen Groschenroman dermaßen durcheinanderbringen ließ.

Um mich ein wenig abzulenken, öffnete ich mein Schreibprogramm und fing an, die ersten Zahlen meiner Recherche zu übertragen. Der Markt war überlaufen von Autoren, die Millionärsromane schrieben und die Bücher, vorzugsweise E-Books, wurden in Massen gekauft. Dementsprechend musste es enorm viele Leser geben, die sich gern wuschig machen ließen und das vermutlich täglich. Zugegebenermaßen war ich nun ebenfalls ein Opfer dieser Art von Romanen geworden, und es hatte mir gefallen. Und was noch schlimmer war, ich wollte weiterlesen. Das wurmte mich, das machte mich wahnsinnig. Ich hatte einen Universitätsabschluss, hatte der Männerwelt abgeschworen, las so gut wie nie Belletristik und ließ mich dann vom erstbesten Millionärsroman einfangen. Wahrscheinlich sollte ich mich in Zukunft von solcher Literatur fernhalten und vorsichtshalber meinen Film- und Serienkonsum einschränken. Dieser Wunsch nach Romantik in meinem Leben kollidierte mit dem Lebensziel, das ich mir gesetzt hatte – Karriere machen. Das ging eindeutig zu weit.

Nachdem die ersten Seiten getippt waren, bekam ich langsam ein Gespür für das Geschäft, für die Leserschaft und für die heimlichen Wünsche der Frauen dieser Welt. Warum träumten Frauen von einem dominanten, reichen Mann, der ihnen teilweise sogar das Denken abnahm? Diese *Shades-of-grey-Generation* hatte offenbar noch nichts von Emanzipation gehört. Das war furchtbar. In mir steckte keine bekennende Feministin, aber dennoch war ich der Meinung, dass das weibliche Geschlecht auf eigenen Beinen stehen sollte, und auch in Sachen Sex durften wir selbstständig entscheiden. Zum Beispiel wann wir unsere Jungfräulichkeit verlieren wollten und wann nicht. Verantwortung übernehmen bedeutete, zu wissen, was für den eigenen Körper gut ist.

Okay, ich merkte selbst, dass ich mich da ein wenig in die Grey-Sache hineinsteigerte, aber ich hatte einen Blogartikel zu dem besagten Roman gelesen und war ein wenig geschockt über den Inhalt dieses millionenfach verkauften Bestsellers. Ein Mann, der selbst zugab, nicht lieben zu können, kommt mit einem Vertrag daher und entjungfert die Protagonistin, um sie zukünftig härter rannehmen zu können? Ähm, sorry, aber das war doch nicht romantisch! Waren solche Bücher daran schuld, dass sich das Bild der Frau in der Gesellschaft veränderte? Das wir wieder zurück ins Mittelalter katapultiert werden würden und uns unterdrücken ließen - natürlich freiwillig? Uff, das wäre ja schrecklich!

Ob diese Autoren wussten, dass sie eventuell die Welt veränderten?

Vielleicht sollte ich mir mal einen dieser Autoren vorknöpfen. Ein Interview würde sich bestimmt super in der mehrteiligen Reportage machen - vielleicht in Teil zwei. Am besten mit einem der erfolgreicheren Schreiberlinge, das zog dann gleich Publikum an, das bisher noch nicht zu unserer Leserschaft gehörte. Wenn ich den oder die Autorin dabei gut wegkommen lassen würde, wären uns eventuell sogar neue Abonnenten sicher.

Ich machte mir eine Liste mit den Autoren, die ganz oben in den Bestsellerlisten standen. Morgen würde ich mich an die Pressestellen der ersten zehn wenden und um einen Interviewtermin bitten. Die Fragen musste ich mir genau überlegen und in eine zeitliche Reihenfolge bringen. Das war doch mal ein guter Plan, dachte ich.

~

Nein, auf keinen Fall können wir Ihnen die Telefonnummer von Miss Thompson geben. Interviews gibt sie sowieso nicht, also machen Sie sich dahingehend keine Hoffnungen.« Das war mittlerweile die zwanzigste Absage.

Ich musste meine Strategie eindeutig ändern. Nun gut, vielleicht sollte ich von meinem hohen Ross heruntersteigen und mir eine der Autorinnen schnappen, die ihre Bücher selbst veröffentlichten. Bisher hatte ich das strikt vermieden, da ich der Meinung war, dass das unserem Magazin nicht gut zu Gesicht stehen würde. Abgesehen davon hatte dieser Weg der Veröffentlichung immer noch den faden Beigeschmack von Schundliteratur. Langsam scrollte ich durch die Listen und schon bald war klar, dass eine der Autorinnen mit gleichzeitig zehn Millionärsromanen in den Bestsellerlisten vertreten war. So schlecht konnten die Bücher nicht sein, ansonsten wäre sie nicht dermaßen erfolgreich. Ich beschloss, dass ich sie interviewen wollte - Clodette Poirot. Der Name hätte gut auch in ein fragwürdiges Etablissement passen können, dachte ich kichernd und suchte bereits nach der Webseite der Frau. Rasch füllte ich das Kontaktformular aus und hoffte, dass Miss Poirot auf das Renommee unseres Magazins anspringen und sich bald zurückmelden würde. Nur wenige Selfpublishing-Autoren könnten dieser Versuchung widerstehen, schließlich waren wir die auflagenstärkste Zeitschrift in ganz Amerika. Weltweit hatten wir einen nicht zu verachtenden Anteil am Kuchen der Zeitungsbranche.

Leider fand ich auf keiner einzigen Internetseite ein Bild von ihr. Offenbar wollte die Autorin unerkannt bleiben, was ich gut nachvollziehen konnte. Schade, denn eigentlich machte ich mir immer gern ein Bild meines Gesprächspartners, bevor ich ihn oder sie traf.

~

Eine Stunde später hörte ich den Benachrichtigungston meines privaten E-Mail-Postfachs. Ich hatte absichtlich dieses gewählt, denn meine anderen geschäftlichen Mails hatte die Snyder auf einen Account einer Kollegin umleiten lassen, damit ich mich voll und ganz auf diese Artikelreihe konzentrieren konnte.

Hektisch rannte ich zum Schreibtisch. Wie gehofft blinkte mir eine Mail von Clodette Poirot entgegen. Schön, dass eine erfolgreiche Autorin, die bestimmt schon an der nächsten Geschichte saß, so schnell antwortete.

Mit einem Klick öffnete ich den Brief:

Sehr geehrte Miss Jones
Vielen Dank für Ihre freundliche Anfrage. Ich würde Ihnen gern für ein Interview zur Verfügung stehen, allerdings habe ich, wie Sie sicherlich schon korrekt geschlussfolgert haben, ein geschlossenes Pseudonym. Dementsprechend gebe ich nur selten Interviews und wenn, dann verlange ich eine vorher unterschriebene Verschwiegenheitserklärung. Diese habe ich Ihnen beigefügt. Sollten Sie unter diesen Umständen noch Interesse an einem Interview mit mir haben, senden Sie mir die Erklärung bitte unterschrieben zurück. Als möglichen Termin könnte ich Ihnen den morgigen Nachmittag anbieten.
Mit freundlichen Grüßen
Clodette

Wow! Die Frau imponierte mir. Ich mochte es, wenn Menschen wussten, was sie wollten und dementsprechend agierten. Ich nahm an, dass Miss Poirot eine der Autorinnen war, die professionell und durchsetzungsfähig ihr Ziel verfolgten.

Rasch druckte ich die beigefügte PDF-Datei aus, unterschrieb und schickte sie, nachdem ich das Blatt eingescannt hatte, zurück an die Urheberin.

Ich war neugierig. Was würde mich erwarten? Eine Hausfrau, die im Schlabberlook auf der Couch mit einem Laptop auf den Knien die Romane heruntertippte?

Um nicht völlig unwissend zu dem morgigen Termin zu erscheinen, lud ich mir den aktuellen Roman von Miss Poirot runter. Zumindest einige der Seiten wollte ich gelesen haben, bevor ich mich mit der Autorin traf. Der Millionärsroman, den ich mir zuvor gekauft und erstaunlicherweise bereits zu Ende geschmökert hatte, war entgegen den Erwartungen, die ich ursprünglich gehabt hatte, gar nicht so schlecht gewesen.

ETHAN

Der Verkehr in Chicago kam an diesem Tag fast zum Erliegen. Seit über einer verdammten halben Stunde quälte ich mich durch die Straßen und der Termin mit meinem Anwalt rückte immer näher.

Shit!

Wenn sich das Knäuel vor mir nicht langsam auflöste, würde ich zu spät kommen. Was an sich nicht weiter schlimm wäre, doch wenn ich eins hasste, dann war es Unpünktlichkeit. Wütend presste ich meine Zähne aufeinander und widerstand dem Drang, damit zu knirschen.

Im Radio dudelte irgendein Song, der meine Ungeduld ins Unermessliche steigerte, also schaltete ich das Gerät kurzentschlossen aus. Meine Gedanken drehten sich immer wieder um den vor mir liegenden Termin. Der wichtigste meines Lebens. Sogar Toni war gegen das Geschäft, das ich heute abschließen wollte.

Ich war schon immer ein Einzelgänger. Der Beruf meines Vaters hatte lange Zeit auch nichts anderes zugelassen, dachte ich bitter. Allein die Vorstellung, wie ich auf eine normale Schule ging und nach dem Unterricht einen Freund mit nach Hause brachte, war für mich eine Ewigkeit undenkbar und lächerlich gewesen. Undenkbar deswegen, weil es mir aus

Sicherheitsgründen strikt untersagt gewesen war, ohne einen meiner Bodyguards das Haus zu verlassen. Lächerlich, weil ich bis auf den Sohn unserer Haushälterin keine Freunde gehabt hatte, solange wir noch nicht in Maine gelebt hatten. Toni wohnte damals bei uns, doch im Gegensatz zu mir, besuchte er eine normale Schule. Er berichtete mir von seinen Abenteuern und den Streichen, die er gemeinsam mit anderen Jungen den Lehrern spielte. Ich hingegen bekam Privatunterricht. Jammern auf hohem Niveau, klar. Aber als kleiner Junge ist einem das Privileg der Freiheit wichtiger als gute Bildung. Wichtiger noch als jedes erdenkliche Spiel, jede Konsole und jede CD zu besitzen, die einem in den Sinn kam. Ich war abenteuerlustig und einsam gewesen, eine schreckliche Kombination für diejenigen, die auf mich aufpassen mussten. So war es nicht ungewöhnlich, dass ich Vieles angestellt hatte, was meine Eltern zur Weißglut trieb. Doch so bekam ich ihre Aufmerksamkeit. Das war es, was ich noch mehr wollte, als meine Freiheit. Aufmerksamkeit um jeden Preis. Jämmerlich, wie ich heute fand, aber im Grunde genommen tat mir der kleine Junge von damals unheimlich leid.

Endlich lichtete sich das Verkehrschaos und vor dem großen Willis Tower konnte ich problemlos in die Tiefgarage abbiegen. Vielleicht stand der Termin doch nicht unter einem solch schlechten Stern, wie ich mittlerweile befürchtete. Ich hoffte es.

Einige Minuten später, kaum dass ich aus dem Lift getreten war, begrüßte mich schon die Sekretärin meines Anwalts mit einem breiten Lächeln. Wir waren zweimal miteinander ausgegangen und hatten anschließend eine wilde Nacht in ihrem Apartment verbracht, aber sie hatte mich recht schnell gelangweilt. Doch bisher gab Torry nicht auf und schickte mir immer wieder Nachrichten, die ich aber geflissentlich ignorierte. Auf solchen Beziehungsstress hatte ich keine Lust, außerdem würde ich bald Hunderte von Meilen weit weg wohnen.

Ich schenkte Torry ein kurzes und wie ich hoffte unverbindliches Lächeln, ehe ich meinen Kopf Andrew zuwandte, der in diesem Moment aus seinem Büro trat.

»Hey Ethan, alter Kumpel. Ich habe bereits auf dich gewartet.« Die versteckte Rüge für mein Zuspätkommen, ließ ich an mir abperlen. Andrew verdiente viel Geld bei diesem Deal und würde es verschmerzen können, wenn er mal zehn Minuten auf mich warten musste. »Setz dich schon mal in mein Büro, ich bin gleich bei dir«, sagte er und verschwand in Richtung Herrentoilette.

Kaum schloss sich die Tür hinter ihm, schlenderte ich auf den Büroraum zu. Leider hatte ich Torry dabei völlig vergessen und blieb abrupt stehen, als sie sich mir in den Weg stellte.

Langsam glitt ihre Hand über mein weißes Button-down-Hemd. Ihre Finger verharrten auf meiner Brustwarze, doch als sie versuchte, mich zu reizen, indem sie hinein kniff, griff ich grob nach ihrem Handgelenk. »Hey, nicht so stürmisch, Ethan«, keuchte sie auf.

Angewidert verzog ich das Gesicht. »Finger weg«, knurrte ich, ohne auf ihre Worte einzugehen, und sah ihr dabei kalt ins Gesicht. Ich hoffte, dass sie die Message endgültig verstehen würde.

Ihre perfekt gezupften Augenbrauen schossen erstaunt in die Höhe. »Was stimmt nicht mit dir?«, giftete Torry los. »Als wir neulich Nacht zusammen durch mein Bett turnten, warst du ganz scharf darauf gewesen, von mir angefasst zu werden. Wir hatten jede Menge Spaß.«

»Wie deutlich soll ich noch werden, Torry?« Mein Blick ruhte auf ihrem Gesicht und ich registrierte jede Regung. »Ich bin nicht der Typ, der gern Frauenherzen bricht oder jemanden verletzt. Aber um Klartext zu sprechen, es war eine einmalige Sache und wird sich nicht wiederholen.«

Als hätte sie sich die Finger an mir verbrannt, ließ sie die Hände fallen und trat zwei Schritte zurück, sodass ich an ihr vorbeigehen konnte. Doch ich sah Hass in ihren Augen aufblitzen. Da hatte ich mir wohl eine weitere Feindin gemacht.

Genervt ließ ich mich in den Besucherstuhl vor Andrews Schreibtisch fallen. Wie es mich ankotzte, wenn Frauen mir Szenen machten. Warum versprachen sie sich mehr, obwohl ich vorher klarstellte, dass außer Sex nichts laufen würde? Torry hatte ich das ziemlich eindeutig verklickert, bevor wir uns das erste Mal trafen. So machte ich das immer.

Dennoch ließ das die Hoffnungen der Frauen nicht zerplatzen. Fast jedes Mal drängten sie sich auf und das fand ich noch viel nervtötender, als die künstlichen Brüste, die zur Zeit so angesagt waren. Zumindest in der Gesellschaft, in der ich mich bewegte.

»Entschuldige, Ethan«, sagte in diesem Moment mein Anwalt und schloss die Tür, ehe er sich an seinen Schreibtisch setzte. »Bist du dir immer noch sicher, dass du das durchziehen willst?«

»Ja, absolut! Wäre ich sonst hier?«

Er ließ die Frage unbeantwortet. »Gut, ich werde dich dennoch in den nächsten Minuten über Sinn und Unsinn, über Risiken und Gesetzesgrundlagen aufklären. Wenn du dann noch immer sicher bist, kannst du unterzeichnen und das Ding ist erledigt.« Er sah mich über den Rand seiner Lesebrille an.

»Einverstanden.« Ich räusperte mich, da ich plötzlich einen Kloß im Hals hatte.

ABIGAIL

Noch ein wenig verschlafen schlurfte ich in die Küche. Es war schon zehn Uhr. Dieses Leben ohne geregelte Zeiten war eigentlich untypisch für mich, dennoch genoss ich es auf gewisse Weise nachts zu lesen und zu arbeiten. Mir gefiel es erstaunlicherweise. Aber diese Art zu leben würde auf Dauer nicht gesund sein. Um meine Batterien aufzutanken und meinen Körper nicht mit unnötigen Kohlehydraten zu belasten, machte ich mir erst einmal einen Smoothie.

Den Tag über verbrachte ich mit weiterer Recherche und einige Sätze hatte ich auch schon zu Papier gebracht oder besser gesagt in den Laptop getippt. Doch richtig zufrieden war ich noch nicht.

Der erste Teil brauchte definitiv noch ein wenig Tiefe, aber der zweite Teil würde hoffentlich durch das Interview der Hammer werden. Ich nahm mir vor, zumindest den ersten Artikel bis heute Nachmittag fertig zu bekommen. Das müsste machbar sein und ich würde mich dann vollkommen auf das Interview konzentrieren können.

Als ich ein paar Stunden später in meinem besten Businesskostüm in das Taxi stieg, das mich zu Clodette Poirot bringen sollte, hatte ich in meinem Notizbuch jede Menge

Fragen notiert, die ich der guten Frau stellen wollte. Ich war schon sehr gespannt, welcher Mensch mich dort erwarten würde.

»Chelseastreet 18, da wären wir.« Der Taxifahrer hielt vor einem großen schmiedeeisernen Tor, an dem etliche Kameras auf uns hinabblickten. Dahinter erstreckte sich eine parkähnliche Anlage und am Ende des kiesbedeckten Weges erblickte ich ein weißes Herrenhaus, das einem kleinen französischen Chateau glich, das ich einmal besucht hatte. Es sah in der nachmittäglichen Sonne einfach bezaubernd aus.

Mir fiel die Kinnlade herunter. Konnte man mit dem Schreiben von Liebesromanen derart gut verdienen, dass man sich ein solches Anwesen leisten konnte? Vielleicht sollte ich meine Berufswahl noch einmal überdenken, fuhr es mir unwillkürlich durch den Kopf.

»Miss, soll ich Sie anmelden?«, wollte der Fahrer wissen, der die Sechzig schon lange überschritten und ganz bestimmt bereits öfter junge, unwissende Journalistinnen bei steinreichen Chateaubesitzern angemeldet hatte.

»Ja.« Oder? Davon stand in dem Schreiben nichts. Ich verglich rasch die Adresse. Sie stimmte.

Der Mann beobachtete mich durch den Rückspiegel mit hochgezogenen Augenbrauen, bis ich endlich kapierte, was er wollte.

»Abigail Jones. Bitte melden Sie mich als Abigail Jones, Journalistin des *Cosmostar* an.« Ich erntete ein Lächeln.

Kurze Zeit später glitt das Tor geräuschlos auf und wir fuhren im Schritttempo durch den Park. Am Ende der Auffahrt lag das imposante Gebäude und dahinter endete das Grundstück an einem See. Es war malerisch und ich konnte mir vorstellen, dass einer Autorin in einer solchen Atmosphäre jede Menge wundervolle Geschichten einfallen mussten. An der offenstehenden Haustür erwartete mich, nachdem ich meine Schuld beim Taxifahrer beglichen hatte, eine Hausangestellte, die in einer dunklen Uniform mit Schürze steckte. Mit einem professionellen Lächeln, das allerdings nicht ihre

Augen erreichte, bat sie mich ins Haus und führte mich in einen Salon, der im Jugendstil eingerichtet war und in mir leichte Beklemmungen hervorrief.

»Mrs Poirot wird gleich für Sie da sein.«

Steif setzte ich mich auf die Kante einer Sitzbank und wartete geduldig, nachdem ich allein gelassen worden war. Wussten die Angestellten in diesem Haus genauso wenig wie ich den richtigen Namen? Vermutlich war das ausgemachter Blödsinn, denn wenn ich mich im Vorfeld über diese Adresse ausgiebig informiert hätte, wäre mir der Realname der Autorin auch geläufig. Insgeheim ärgerte ich mich, dass ich mich nicht richtig vorbereitet hatte. Neugierig blickte ich mich um. Nirgends war etwas Persönliches zu finden - keine Urkunden, Familienbilder oder Ähnliches.

Als die Tür leise geöffnet wurde, schnellte mein Kopf herum. Eine winzige Frau mit silbernem Haar, das sie zu einem akkuraten Dutt hochgesteckt hatte, kam in das Zimmer. Mit Augen, die von Lebenserfahrung sprachen und dennoch zu lächeln schienen, blickte sie mich aufgeschlossen an. »Willkommen, Miss Jones.«

Hastig sprang ich auf, um ihr entgegenzugehen und ihr die Hand zu reichen. Machte man das in dieser Gesellschaftsschicht überhaupt? Jemandem ganz profan die Hand schütteln? Innerlich zuckte ich mit den Schultern. Man musste sich ja nicht allem und jedem anpassen. Ich würde mich einfach so verhalten, wie ich es für richtig hielt, sollte das nicht gut genug sein, dann war dem eben so.

»Vielen Dank, dass Sie zugestimmt haben, mit mir ein Interview zu führen.« Lächelnd ergriff die betagte Autorin meine Hand.

»Wie ich herausgefunden habe, sind Sie eine junge aufstrebende Journalistin, die einen ausgezeichneten Ruf vorzuweisen hat.« Sie hatte sich über mich informiert? Die Frau gefiel mir immer besser.

»Ich hoffe, ich kann dem gerecht werden, denn auch ich habe natürlich meine Hausaufgaben gemacht und festgestellt, dass Sie sehr zurückgezogen leben und in den letzten Jahren darauf verzichtet haben, Interviews zu geben. Ich fühle mich geehrt, dass Sie meiner Anfrage zugestimmt haben.«

Offenherzig fing Clodette an zu lachen und sagte schließlich: »Sie sind so direkt, das finde ich sehr erfrischend. Kommen Sie, wir gehen in die Bibliothek. Diesen Raum hier mag ich nicht sonderlich.« Das konnte ich gut nachvollziehen, ungemütlicher ging es kaum.

Schmunzelnd folgte ich ihr über glänzende Marmorböden und an etlichen Türen vorbei, bis wir den Raum meiner unerfüllten Träume erreichten.

Die Bibliothek war der absolute Wahnsinn. Die Decke reichte mindestens zehn Meter weit über mir nach oben und Bücherregale bedeckten sämtliche Wände und waren auch dementsprechend gefüllt. In der Mitte des Raums stand eine gemütliche Ledercouchgarnitur, etliche Lesesessel und passende Tischchen. An der hinteren Seite waren zwei Schreibtische aufgestellt, die in jedem anderen Zimmer erschlagend gewirkt hätten, doch hier passten die Möbelstücke hervorragend hin.

»Das ist das Herzstück unseres Hauses und mein Lieblingsraum, in dem ich mich zum größten Teil aufhalte.« Lächelnd beobachtete sie mich und freute sich über meine offensichtliche Begeisterung.

»Wow! Das ist wunderschön. Ich kann Sie da sehr gut verstehen. Wahrscheinlich würde ich mir hier sogar ein Bett hineinstellen«, scherzte ich und bekam ein Kichern von Mrs Poirot zur Antwort.

»Setzen Sie sich doch. Madeleine kommt gleich mit Tee und Gebäck. Ich hoffe, Sie mögen Tee?«

»Ja, sehr sogar.«

»Fein, dann habe ich doch die richtige Wahl getroffen.« Ob sie damit das Getränk meinte oder mich als Journalistin, konnte ich in diesem Augenblick nicht sagen. »Vorstellen müssen wir uns ja nicht mehr. Also beginnen Sie ruhig mit Ihren Fragen.«

Mit einem Räuspern schlug ich das Notizbuch auf, ehe ich mit meinem Interview begann. »Miss Poirot, ich würde Ihnen gern zuerst die üblichen Fragen stellen, da es Ihr erstes offizielles Interview seit Langem sein wird und Ihre Leser bestimmt daran großes Interesse zeigen werden.«

»Ganz wie Sie meinen, Schätzchen.«

»Wie sind Sie zum Schreiben gekommen?« Vermutlich konnten die meisten Autoren die Frage nicht mehr hören.

»Ich denke, wie viele andere dieser Zunft ebenfalls – ich habe schon immer gelesen und irgendwann hatte ich das Bedürfnis, selbst eine Geschichte zu schreiben. Et voilà, mein erster Roman entstand.« Die kleine Frau wirkte gelassen, während ich mich unter ihrem Blick ein wenig wand.

Ich hatte das Gefühl, dass sie mir bis auf die Seele sah und sich etwas von mir für ihr nächstes Buch stahl. Das war natürlich Blödsinn, doch so ganz konnte ich dieses Gefühl nicht abschütteln. Beflissen notierte ich mir die Antwort, doch irgendwie beschlich mich die Vermutung, dass noch mehr hinter ihrer Geschichte stecken könnte.

»Schreiben kann sehr befreiend sein, vielleicht sollten Sie es mal versuchen. Ich meine nicht die journalistische Art des Schreibens, sondern ihre geheimsten Gedanken, Wünsche und so weiter. Probieren Sie es mal, Miss Jones.«

»Ich?« Meine Stimme quiekte.

»Natürlich Sie, sonst ist doch niemand anwesend.« Ihre wachen Augen durchbohrten mich, während ich mir über meine verborgenen Fantasien Gedanken machte, was mir wiederum heiße Wangen einbrachte. An Mrs Poirots Schmunzeln konnte ich sehr gut erkennen, dass die Hitze auch eine Röte mit sich gebracht hatte.

»Nein, das wäre nichts für mich.«

»Haben Sie schon einmal einen Roman von mir gelesen?« Wer interviewte hier eigentlich wen? Im Moment drehte Mrs Poirot geschickt den Spieß um.

»Ehrlich gesagt, habe ich gestern Abend mit Ihrem aktuellen Buch angefangen.« Die erneute Hitze, die mir ins

Gesicht stieg, machte mich noch mehr verlegen. Was war nur mit mir los? Ich war im Grunde genommen nicht prüde, doch einer älteren Frau gegenüber zu sitzen und zuzugeben, dass man in der Nacht ihre erotischen Szenen gelesen hatte, das war selbst für mich zu viel.

»Welches?«

Ich rutschte kurz auf dem Leder herum. »Heiße Nächte mit Mister Millionaire«, gestand ich.

»Und?«

Verwirrt schaute ich sie an. Wollte sie jetzt von mir wissen, was ich davon hielt?

Da ich nicht antwortete, hakte sie nach. »Wie finden Sie den Roman bisher?«

Tatsächlich, sie wollte es ganz genau wissen. »Ich mag die Art, wie Sie schreiben.«

Das laute Lachen, das der Kehle von Clodette entwich, irritierte mich. »Sie sind herrlich.« Mit einem Zwinkern fragte sie weiter. »Und der Inhalt? Mögen Sie es, wenn ein Mann weiß, was er will und es sich auch nimmt? Zumindest solange niemand zu Schaden kommt?«

»Ehrlich gesagt, gefällt mir die Geschichte wirklich gut. Das hätte ich vorher nicht gedacht«, gab ich zu.

»Warum nicht?« Das Interview entwickelte sich definitiv anders, als ich es erwartet hatte. Im Geiste machte sich Mrs Poirot auf jeden Fall Notizen, das konnte ich in ihrem Gesicht lesen.

Was sollte ich darauf antworten? Ich fasste mir ein Herz und gab zu: »Wissen Sie, ich bin nicht gerade der romantische Typ und ich hab der Männerwelt abgeschworen. Der Mann, den Sie in Ihrem Buch beschreiben, der ist eine Märchenfigur für erwachsene Frauen. So einen gibt es doch im richtigen Leben gar nicht.« Von meinen Worten getroffen, riss Mrs Poirot die Augen auf, also erklärte ich rasch: »Die Männer, denen ich begegne, sind meistens eher Waschlappen. Kerle, wie ich sie mir wünschen würde, sind gepflegt, schauen gut aus und wissen was sie wollen. Aber im wahren Leben gibt es so etwas nicht. Über solche Wünsche bin ich schon hinweg und werde nicht mehr schwach. Aber Ihr Jamie ist ein Traum und träumen darf man.«

Das Lächeln, das mich zuvor so bezaubert hatte, war aus ihrem Gesicht verschwunden und hatte Traurigkeit Platz gemacht. »Kindchen, so desillusioniert?« In Gedanken versunken, schüttelte sie kurz den Kopf. »Die Frauen von heute sind das schnell, haben keine Geduld, sich den Richtigen zu suchen und um ihn zu kämpfen. Ihr tut mir alle sehr leid, denn die Liebe ist etwas, das man nicht mehr missen möchte, wenn man sie einmal erlebt hat.«

Die Eindringlichkeit, mit der sie mich anblickte, berührte mich zutiefst. Es war ihr wichtig, dass ich ihre Worte ernst und mir zu Herzen nahm.

»Ich habe sie erlebt und ich habe mich damals in einen Millionär verliebt. Einen, der wusste, was er wollte, gut aussah und gepflegt war. Und glauben Sie mir, Geld hatte zu keiner Zeit etwas damit zu tun, dass ich mich zu ihm hingezogen fühlte.« Sie sah verträumt aus und berührte dadurch etwas in mir, das mich sehnsuchtsvoll die Luft einziehen ließ. »Es war seine überlegene Art, die vielleicht vom Reichtum herrührte. Jedenfalls würde ich behaupten, dass ich ihn ebenso geheiratet hätte, wenn er ein armer Schlucker gewesen wäre. Leider hat ihn der liebe Gott vor fünf Jahren zu sich geholt. Das war der Auslöser, der mich zum Schreiben gebracht hat.«

Also hatte ich doch recht gehabt. Es steckte eindeutig mehr hinter der Geschichte. Viele Menschen wollen schreiben, aber die wenigsten setzen sich hin und ziehen es durch. Die meisten scheitern auf dem Weg zum Wörtchen Ende.

»Das tut mir sehr leid, Mrs Poirot.«

Was hätte ich auch sonst sagen können?

Ich fühlte mich hilflos, angesichts der Trauer, die plötzlich den Raum erfüllte, da ich selbst noch nie einen geliebten Menschen verloren hatte. Klar, konnte ich mich gut in andere hineinversetzen, aber das war dennoch nicht das Gleiche.

»Nennen Sie mich ruhig Mary.«

Ich fühlte mich geehrt, dass sie mir anbot, sie mit ihrem Vornamen anzusprechen und dann noch mit ihrem richtigen. »Gerne, Mary. Ich bin Abigail.«

»Ist mir ein Vergnügen, Abigail.« Kurz nickte mir Mary zu, ehe sie weitersprach. »Es muss Ihnen nicht leidtun, Kindchen. Ich habe ein sehr erfülltes Leben mit meinem Mann gehabt und habe nun ein erfülltes Leben ohne ihn. Meine Erinnerungen kann mir niemand nehmen.« Das Lächeln, das sie mir schenkte, war wehmütig und ich fragte mich, ob es das wert war – jemanden zu lieben, ihn irgendwann zu verlieren und dann so sehr zu vermissen.

»Darf ich das verwenden?«

»Ja, das dürfen Sie. Und nun zu Ihren Fragen, bevor ich noch meine ganze Lebensgeschichte vor Ihnen ausbreite.«

Die Hausangestellte hatte ein gutes Gespür fürs Timing, denn sie kam genau zum richtigen Zeitpunkt in die Bibliothek und goss uns beiden den perfekt schmeckenden Tee in filigrane Porzellantassen ein. Nachdem Madeleine uns wieder verlassen hatte, stellte ich Mary alle meine Fragen, die sie mir gewissenhaft beantwortete. Nur die Letzte stieß bei ihr auf völliges Unverständnis.

»Mary, glauben Sie, dass Sie mit dieser Art von Literatur die Welt verändern?«

»Warum sollte ich die Welt verändern wollen?«, stellte sie mir die Gegenfrage.

»Nun ja, es herrscht im Internet eine rege Diskussion darüber, dass solche Romane die Emanzipation der Frau beeinflussen. Der weibliche Leser könnte das Bild von sich selbst neu malen und denken, dass die Unterdrückung der eigenen Meinung in Ordnung sei – dass es hipp ist, sich unterzuordnen«, gab ich zu bedenken.

Mit gespieltem Entsetzen blickte mich Clodette, oder besser gesagt Mary, an. »Ich glaube, Sie überschätzen da meine Möglichkeiten. Ich schreibe das, was ich selbst gern lesen würde oder manchmal auch erleben möchte. Ich denke nicht, dass Frauen von nun an ihre Rechte über Bord schmeißen, nur weil sie gern Liebesromane lesen. Außerdem entscheidet jeder in seinen vier Wänden selbst, wie weit er mit seinem Partner gehen möchte. Manche gehen da sogar recht weit, weiter als der Normalbürger es sich vorstellen kann, dennoch ist die Entscheidung nicht von der Allgemeinheit zu treffen, wie weit der Einzelne seine Vorlieben ausleben darf. Das ist ebenfalls ein Gut unserer Demokratie: jeder darf selbstständig entscheiden, solange er im Rahmen des Gesetzes bleibt. Von daher, vergeben Sie einer alten Frau die Ehrlichkeit, halte ich das für ausgemachten Blödsinn.«

Ich kritzelte eifrig alles auf das Papier und fand Mrs Poirot begeisterungswürdig. Sie sprach mir, nach meiner ausschweifenden Lesenacht, aus dem Herzen. Zuvor war ich vielleicht selbst ein wenig der Meinung gewesen wie viele Blogger, die sich im Internet Luft gemacht hatten. Doch nachdem ich fast zwei Romane dieses Genre verschlungen hatte, dachte ich anders.

»Vielen Dank für das wundervolle Interview.« Ich schlug das Notizbuch zu und blickte auf, direkt in das Gesicht der bezauberndsten Dame, der ich je begegnet war.

»Ich habe zu danken. Es war mir ein Vergnügen, mich mit einer so netten, jungen Frau zu unterhalten.« Elegant erhob sie sich, strich ihren Rock glatt und bedeutete mir, ihr zu folgen.

Als wir in der Halle ankamen und an der Tür standen, um Abschied zu nehmen, blieb Mary stehen und lächelte. »Wissen Sie was, liebe Abigail?« Fragend sah ich sie an. »Was halten Sie davon, morgen Abend auf einen kleinen Empfang hierher zu mir zu kommen? Ich würde mich freuen, wenn sich unsere Wege bald wieder kreuzen.« Erwartungsvoll strahlten ihre Augen. Selbst wenn ich es nicht gewollt hätte, wäre ich nicht in der Lage gewesen abzulehnen.

»Sehr gern.« Damit war die Planung für den morgigen Abend beschlossene Sache und ich war wieder einmal neugierig, was mich erwarten würde.

ETHAN

Der Raum lag im Halbdunkel, weil Mary es nicht mochte, wenn ich ihren Körper in hellem Licht sehen konnte. Erstaunt hatte ich feststellen müssen, dass ältere Damen durchaus eitel sein konnten. Mary zumindest gehörte dazu und legte besonderen Wert darauf, sich ästhetisch zu präsentieren.

Mir machte das nichts aus, schließlich war sie der Boss.

»Ethan! Du rettest mich mal wieder aus einer heiklen Situation«, sagte Mary mit einem aufrichtigen Lächeln im Gesicht. Ich liebte diese alte Lady und das schon seit ewigen Zeiten.

»Für dich immer, das weißt du doch.« Ich zog mir mein Jackett wieder an und schloss die Knöpfe.

Mary richtete ebenfalls ihre Kleidung und legte mir ihre faltige Hand an die Wange. »Du bist ein Goldschatz! Was würde ich nur ohne dich tun?«

Ich lachte trocken auf. »Oh Mary, du weißt so gut wie ich, dass solche Dienstleistungen noch viele andere für dich übernehmen würden. Ich bin nicht der Einzige.«

»Das ist mir schon klar, aber ich will nur dich. Das solltest du langsam wissen.« Dann veränderte sich ihre Haltung und sie wurde ernst. »Die Rechnung bringst du mir am besten heute Abend mit.«

»Oh nein. Du weißt, dass ich nicht kommen werde«, protestierte ich vehement, weil ich an diesem Abend in Sentimentalitäten hatte ertrinken wollen. Bald begann für mich ein neuer Lebensabschnitt und ich würde all dem hier den Rücken zukehren. Einerseits freute ich mich darauf, aber andererseits war ich nervös. Nervös, ob ich vielleicht doch nicht die richtige Entscheidung getroffen hatte.

»Papperlapapp! Du kommst, genauso wie du jetzt gekommen bist. Du wirst ein braver Junge sein und dich persönlich um mich kümmern. Wir haben eine Abmachung und du hältst dich daran.« Es faszinierte mich immer wieder wie aus der lieben alten Lady eine durchsetzungsstarke Geschäftsfrau wurde. Sie ließ niemals mit sich reden, wenn sie sich etwas in den Kopf gesetzt hatte.

»Wir werden sehen.«

»Ethan Anderson! Unterstehe dich! Ich werde ansonsten dein Doppelleben auffliegen lassen und dann platzt dein Deal.« Noch nie hatte Mary mich damit unter Druck gesetzt.

Zwischen uns herrschte im Grunde genommen Harmonie und das stets. Klar, versuchte ich, gegen sie zu rebellieren. Das tat ich schon seit ewigen Zeiten. Aber sie hatte noch nie zu einem solchen Druckmittel gegriffen, um mich gefügig zu machen. Im Grunde genommen hätte ich sie auflaufen lassen können, schließlich waren die Papiere unterzeichnet. Aber ich schwieg, und versuchte zu verstehen, was in ihr vorging. Warum war es ihr so wichtig, dass ich am Abend zu dieser bescheuerten Party kam?

Als ich sie danach fragte, schüttelte sie nur den Kopf. »Komm einfach und lass mich nicht Waffen benutzen, die dir nicht gefallen werden. Ich will, dass du nachher da bist und du wirst auf mich hören, ausnahmsweise mal. Ganz einfach. Nun sei ein lieber Junge und iss mit mir zu Mittag. Ich sollte dringend noch etwas essen, denn ich werde mich vor der Party noch ein wenig hinlegen müssen. Du weißt, ich bin nicht mehr die Jüngste und die ganze Aufregung lässt mich auch schläfrig werden.« Ihr Lächeln war nun wieder das der liebevollen älteren Frau.

Mary Washington hatte Charakter, war durchsetzungsstark und in ihrer Jugend eine der schönsten Frauen, die ich je auf Bildern gesehen hatte. Sie stand einem Unternehmen vor, schrieb erfolgreiche Bücher und führte ihr Leben weiter, obwohl sie ihren Mann so sehr vermisste. Ich bewunderte diese Frau und wäre auch zu der Party gekommen, ohne dass sie mich unter Druck hätte setzen müssen. Eine kleine Bitte wäre ausreichend gewesen. Das wusste sie auch. Doch warum hatte sie überhaupt versucht mich zu erpressen? Ich wurde nicht schlau aus der Situation und das wurmte mich. In meinem Kopf spukten lauter Fragen herum. Aus Erfahrung wusste ich jedoch, dass ich von ihr in diesem Moment keine Antworten bekommen würde.

»Verzeih mir, aber Mittagessen ist heute nicht mit inbegriffen. Ich muss noch mal die restlichen Papiere durchgehen und mich dann um eine weitere Kundin kümmern.« Bedauernd zuckte ich mit den Schultern und griff nach meiner Sonnenbrille. »Wir sehen uns heute Abend.«

Wohlwollend nickte sie. »Unter diesen Umständen verzichte ich ausnahmsweise. Aber bilde dir nicht ein, dass das zur Routine wird. Nächstes Mal essen wir wieder zusammen, zumindest solange du noch in Chicago bist.«

Ich zwinkerte Mary noch einmal zu. »Einverstanden.« Dann strebte ich zum Ausgang, während ich mir die Brille aufsetzte. Was Mary noch nicht wusste: Ich würde Chicago bereits in der kommenden Woche verlassen, von da an wären unsere Stelldichein zum Mittagessen hinfällig. Ich würde Mary vermissen, sie und ihren derben Humor. Doch ich wollte ihr nicht den Tag vermiesen und ihr das erzählen. Sie brauchte alle Kraft für den Abend. Eine solche Veranstaltung zehrte jedes Mal an Marys Kräften. In der nächsten Woche musste ich unbedingt mit ihr sprechen, denn ich benötigte jemanden als Ersatz, jemandem dem Mary vertrauen konnte, zumindest was das Geschäftliche betraf.

Als ich aus dem Haus trat, blendete mich die Sonne, trotz der verdunkelten Brille, die ich trug. Der Kies knirschte unter meinen Schuhen, als ich auf den Audi R8 zutrat, den ich noch mein eigen nannte. Auch dieses Auto würde bald der Vergangenheit angehören, wie so vieles, was mir im Laufe der Jahre ans Herz gewachsen war.

ABIGAIL

Genervt von den Reichen und Schönen, die sich hier alle zur Schau stellten, als gäbe es nichts Wichtigeres auf der Welt, ging ich zur Bar. Bisher hatte ich mich lediglich an einem Glas Wasser festgehalten. Alkohol war schließlich während der Arbeit nicht förderlich, und ich sah meinen Besuch auf dieser Party als einen Teil meines Jobs an. Als ich näher an die Bar trat, entdeckte ich einen hammermäßig aussehenden Barkeeper, der mehr als eine gute Figur machte und im Begriff war, einen Drink zu mixen.

Ich warf meine durchaus als motiviert zu bezeichnenden Vorsätze über Bord und setzte mein frechstes Grinsen auf. »Egal, was es ist, ich nehme einen davon.« Ich brauchte dringend einen Schluck Alkohol, ansonsten würde ich schreiend von dieser Party flüchten. Im Grunde genommen konnte ich dankbar sein. Denn wann wurde ich schon mal zu einem Event der oberen Zehntausend eingeladen? Bisher noch nie. Die Snyder war wahrscheinlich schon öfter auf einer solchen Veranstaltung gewesen. Mit ihrer unterkühlten Art passte sie hervorragend hierher. Ich jedoch fühlte mich völlig deplatziert und wurde mir mal wieder meiner Herkunft bewusst.

Der dunkelhaarige Mann mit dem leichten Bartschatten sah mich provozierend an und hob den Shaker hoch. »Sex on the Beach.« Seine Augenbrauen wackelten verdächtig, während blaue Augen mich fixierten. Sie ließen mich augenblicklich an die wunderschönen Strandtage denken, die ich mal im Venice Beach hatte verbringen dürfen.

Es war zwar ein flacher Witz, aber immer noch besser, als das ganze affektierte Getue der anderen Partygäste. Mary hatte mir eine liebevolle Begrüßung geschenkt und mich dann mir selbst überlassen, was ich ihr nicht verübeln konnte, schließlich waren mehr als zweihundert Gäste geladen. Von wegen kleiner Empfang! Ich hatte mich für das kurze Schwarze entschieden, darin fühlte ich mich wohl. Als mein Blick auf die anwesenden Damen gefallen war, hatte ich festgestellt, dass es auf jeden Fall kein Fehlgriff gewesen war und ich damit voll im Trend lag. Sollte ich aufgrund der Artikelreihe öfter zu solchen Anlässen gehen müssen, wäre eine Vergrößerung meiner Garderobe dennoch angebracht.

Mit einem kessen Augenaufschlag, wie ich hoffte, setzte ich mich auf einen der Hocker und antwortete dem heißesten Typen auf dieser Party: »Darauf steh ich total. Aber bevor wir es so weit kommen lassen, möchte ich gern Ihren Namen wissen.«

Dieses rauschende Fest musste mir irgendwie zu Kopf gestiegen sein, so einen idiotischen Anmach-Blödsinn hatte ich noch nie in meinem ganzen Leben von mir gegeben. Aber anstatt zurückzurudern, lächelte ich cool.

Ich konnte sehen, wie sich die Pupillen des Barkeepers weiteten und er kurz innehielt, ehe er den Shaker umso heftiger schüttelte.

Das fing an spannend zu werden. Vielleicht sollte ich öfter mal die frivole Dame von Welt mimen.

»Ethan.« Seine Stimme war dunkel und versprach das, was er gerade mixte. Als er fertig war, goss er den Cocktail in ein langstieliges Glas, schob ihn über den Tresen und setzte sich anschließend frecherweise mit einem Glas Rotwein zu mir.

»Alkohol während der Arbeitszeit?«, wollte ich wissen und beugte mich ein Stück zu ihm.

Ein verschmitzter Ausdruck trat auf sein Gesicht. Er zwinkerte mir frech zu und als er den Tadel in meiner Stimme erkannte, bahnte sich ein tiefes Lachen aus seinem Brustkorb nach oben.

»Das kann man so nicht sagen.« Das Aufleuchten in seinen Augen gefiel mir und hinterließ ein Flattern in meinem Magen. »Und wie ist Ihr Name?«

»Abigail.«

Seine Hand legte sich auf meine, ehe er sagte: »Abigail, ich sollte Sie warnen, der Cocktail hat es in sich.« Seine Haut auf meiner ließ in mir heftige Fantasien aufkeimen, ohne dass ich einen Schluck von dem Drink genommen hatte. Fast erschien es mir, als sendete er elektrische Wellen durch mich hindurch.

Ich zuckte mit den Schultern, blieb nach außen locker und stieß mein Glas vorsichtig an seins, bevor ich es an meine Lippen hob. Kaum hatte das Getränk meine Geschmacksknospen erreicht, explodierten die verschiedenen Aromen in meinem Mund. Automatisch schloss ich die Augen und genoss den Drink. Das war der beste Cocktail, den ich je getrunken hatte und das anschließende leise Stöhnen verließ ganz ohne mein Zutun meinen Körper. »Wow! Das ist zwar kein Sex on the Beach, aber der ist tausendmal leckerer!«, schwärmte ich.

Als ich die Augen wieder öffnete, bemerkte ich, wie Ethan mich unter gesenkten Lidern hinweg ansah. Sein Blick ging mir durch und durch und ich war froh, dass ich bereits saß, denn das Zittern in meinen Knien spürte ich mehr als deutlich. Lag das an diesem Mann oder setzte etwa schon die Wirkung des Cocktails ein?

»Das freut mich.« Allein seine Stimme brachte meinen Körper in einen Alarmzustand. Unfassbar, wie ich auf ihn reagierte. So etwas kannte ich nicht und dennoch gefiel es mir. Ein kleines Spiel mit dem Feuer konnte doch nicht schaden.

Oder? Und dieser Mann war definitiv das Innere einer Flamme, dort wo sie am heißesten brannte.

»Sie haben zu hundert Prozent den richtigen Job gewählt, die Mixtur des Getränks grenzt an Genialität.« Während ich den nächsten Schluck nahm, begann mein Herz zu rasen. Der Cocktail enthielt offenbar Koffein. Oder trieb mich der Blick dieses Mannes dazu, an einem akuten Herzanfall zu sterben? Ich verlor langsam die Kontrolle über die Situation, was mir ganz und gar nicht gefiel.

Wie zufällig berührte sein Knie meinen Oberschenkel und ein Hauch seines Aftershaves stieg in meine Nase. Sämtliche Nervenenden in meinem Körper waren mit Adrenalin gefüllt und bereit für was auch immer. Lag das an den Romanen, die ich seit neuestem las?

Ethan hielt noch immer sein Glas umklammert und wenn ich mich nicht täuschte, hatte er bisher keinen einzigen Schluck davon getrunken, stattdessen ließ er mich nicht aus den Augen. »Ich habe Sie noch nie hier gesehen. Wer sind Sie?« Während er mich mit seinen Blicken auszuziehen schien, erhöhte er den Druck seines Knies auf meinen Oberschenkel. Dieser verräterische Körper, den ich mein Eigen nannte, reagierte prompt und zwischen meinen Schenkeln fing es unwillkürlich an zu pochen. Der jahrelange Verzicht auf einen Mann in meinem Bett forderte rabiat seinen Tribut.

»Das ist ein Geheimnis!« Ich versank in seinen Augen. Meine Hormone spielten völlig verrückt. Okay, der Kerl sah rattenscharf aus und hatte die Ausstrahlung eines Hollywoodstars, trotzdem erklärte das nicht meine Reaktion auf ihn, schließlich begegnete ich öfter gut aussehenden Männern. Doch niemals zuvor war ich auf jemanden dermaßen angesprungen. Noch nicht mal auf Barry, ehe er mich damals im College entjungfert, betrogen und schlussendlich die Lust auf Sex vollends vermiest hatte.

Der Gedanke an Barry war wie ein Kübel Eiswasser und ich bedankte mich im Stillen bei ihm, dass er mich vor einer Torheit bewahrt hatte – wieder einmal. Wer wusste schon, wie weit ich hier an diesem merkwürdigen Ort mit einem fremden Mann gegangen wäre.

Ich würde mich nicht von einem Barkeeper abschleppen lassen, selbst wenn er noch so heiß war. Entschlossen stand ich auf, setzte mein kühles Bürolächeln auf und ignorierte die wackligen Knie.

»Vielen Dank für den Drink.«

»Keine Ursache. Wollen Sie etwa schon gehen?« Behutsam stellte er sein eigenes Glas zurück auf den Tresen und erhob sich ebenfalls.

Hektisch suchte ich mit den Augen den Weg zur Tür. Der Cocktail vernebelte mein Hirn und das Teufelszeug musste eindeutig stärker gewesen sein, als ich ursprünglich angenommen hatte. Mein Glas war noch halb gefüllt und dennoch hatte ich das Gefühl, als hätte ich eine ganze Flasche von dem Zeug getrunken. »Ja«, stieß ich atemlos hervor und drehte ihm bereits den Rücken zu, denn ich musste hier schnellstens raus. Im nächsten Moment legte er seine warme Hand leicht auf meinen unteren Rücken und trat viel zu nah an mich heran, doch ich brachte es nicht fertig, ihn aufzufordern auf Abstand zu gehen. Zu sehr gefiel mir das Gefühl, das er in mir entfachte.

»Ich bringe Sie zur Tür und rufe Ihnen ein Taxi.« Konnte er nicht endlich aufhören mit dieser Stimme auf mich einzureden, die mein Denken komplett außer Kraft setzte?

»Taxi ... ja ... ich brauche ein Taxi.« Oh mein Gott. Ich mutierte hier zu einem hirnlosen Wesen! Das ging zu weit! Ich musste mich zusammenreißen. Einatmen – ausatmen – denken. Okay, das Letztere sollte ich vielleicht in den nächsten Stunden außen vor lassen. Mein mahagonifarbenes Haar kitzelte an meiner Nase, was mich niesen ließ. Vielleicht hatte ich einen anaphylaktischen Schock? Eine Allergie auf eine der Zutaten, die in dem Cocktail enthalten waren? Ich schwankte leicht und griff nach Ethans Unterarm. Wow, er fühlte sich gut an. Steinhart und haltgebend. Plötzliches

Begehren floss heiß durch meine Adern. Was war in diesem Cocktail gewesen? Ein Aphrodisiakum?

Mit der freien Hand hatte Ethan sein Mobiltelefon aus seiner Anzugjacke genommen und die Nummer eines Taxiunternehmens gewählt. Während er mich zum Ausgang führte, teilte er dem Menschen am Ende der Leitung die Adresse mit.

»Oh, Abigail! Wollen Sie etwa schon gehen? Die Party fängt doch gerade erst an.« Ihre Stirn legte sich in Falten, dann kam Mary mit leicht geröteten Wangen auf mich zugeeilt. Sie legte ihre Hand besorgt an mein Gesicht, als würde sie wissen wollen, ob ich Fieber hatte.

»Ja, ich werde jetzt gehen. Der Cocktail, den Ethan für mich gemixt hat, hatte es ganz schön in sich. Normalerweise trinke ich nicht«, fügte ich noch erklärend hinzu. Ich wollte nicht, dass sie dachte, mir würde so etwas öfter passieren. »Entschuldigung.«

Streng sah die Frau des Hauses zu dem Mann an meiner Seite. »War das diese Spezialmischung?«

Verlegen grinsend antwortete Ethan: »Ja. Aber sie hat ausdrücklich gesagt, dass sie haben wollte, was immer ich da gerade mixe. Ich habe Abigail gewarnt.«

»Na, dann ist mir klar, warum es Ihnen nicht gut geht, Schätzchen. Das Gesöff haut selbst starke Männer um.« Ihr Blick nagelte nun Ethan regelrecht fest. »Ich sagte bereits, dass ich es nicht dulde, dass dieses Getränk auf einer meiner Partys ausgeschenkt wird. Das war das letzte Mal.« Mary war offensichtlich sehr wütend, während mich die Sorge quälte, dass er wegen mir seinen Job verlieren würde.

»Nein, Mary. Ist schon gut. Es war ja meine eigene Schuld. Bitte entlassen Sie ihn nicht meinetwegen«, bat ich.

Verwirrt legte sich ihre Stirn in Falten. »Entlassen? Warum sollte ich Ethan entlassen?«

»Na, weil Sie Ihren Barkeeper so böse anfunkeln.« Die letzten beiden Worte verließen nur noch lallend meinen Mund. Ich war eindeutig betrunken.

Ethan fing an zu lachen, was ein Vibrieren in meinem Körper zur Folge hatte, weil er so nah bei mir stand. Wäre seine Hand mittlerweile nicht auf meiner Taille gelandet, hätte ich im nächsten Moment auf den Marmorfliesen gesessen, da mich ein plötzlicher Schwindel erfasste, doch seine starken Arme hielten mich. Ich schloss kurz die Augen, als ich mich an ihn lehnte und genoss die Geborgenheit, die mich durchströmte.

Erschrocken sog Mary-Clodette oder wie auch immer die wütende Frau mir gegenüber hieß, die Luft ein. »Ethan, du kümmerst dich um meinen Gast! Ich möchte, dass Abigail unversehrt nach Hause kommt. Du begleitest sie. Haben wir uns verstanden?« Neben mir wackelte ein Kopf auf und ab, was mich irgendwie an den kopflosen Nick aus Harry Potter erinnerte. Ein Kichern entstieg meiner Kehle. »Das wird auf jeden Fall noch ein Nachspiel für dich haben.«

»Ja, Ma´am!« Der Kerl hatte echt Nerven! In einer solchen Situation so frech mit seiner Chefin zu sprechen, zeugte von einem großen Potenzial an Aufsässigkeit. Vielleicht sollte ich das mal bei der Snyder versuchen. Alleine bei dem Gedanken daran musste ich erneut kichern.

Mannoman!

Neben mir ging der Fels, der mich hinderte umzufallen und es war ein recht hübscher Fels, musste ich zugeben. Galant führte er mich die Eingangstreppe hinunter und manövrierte mich in das Taxi. Gerade als ich mich verabschieden wollte, knallte er die Tür zu. Doch zu meinem Entsetzen stieg er kurz darauf auf der anderen Seite ein und setze sich zu mir auf die Rückbank.

»Wo soll´s denn hingehen, die Herrschaften?« Der Taxifahrer wartete auf eine Ansage. Erst nach einer peinlichen Pause fiel mir auf, dass dieses Taxi *mich* nach Hause bringen sollte, also stieß ich hastig meine Adresse hervor.

Die beiden Männer in diesem Wagen mussten denken, ich wäre nicht in der Lage, den einfachsten Gesprächen zu folgen. Müde ließ ich den Kopf zurückfallen und merkte zu spät, dass Ethan seinen Arm auf die Rücklehne der Bank gelegt hatte, doch ich war zu erschöpft, um ihn noch einmal anzuheben.

Ein sanftes Rütteln weckte mich kurze Zeit später. »Aufwachen, Süße. Wir sind da«, raunte eine sexy Stimme in mein Ohr. Sie floss durch mein Unterbewusstsein wie dicke, süße und sehr heiße Schokolade.

Wir waren da? Wo? Ich blinzelte und hatte Probleme, meine Augen scharf zu stellen. Alles erschien mir wie durch einen Nebel, doch dann wurde mir bewusst, in wessen Armen ich lag. Abrupt richtete ich mich auf.

»Okay ... danke ... Ethan«, stammelte ich und stürzte aus dem Auto, aber schon stand der Kerl wie von Zauberhand wieder neben mir. Der blöde Schlüssel, der in meiner Handtasche feststeckte und sich an einem Stück des Innenfutters festgefressen hatte, machte mir eine schnelle Flucht unmöglich. Endlich gelang es mir, das Teil herauszuziehen. Triumphierend hielt ich den Schlüsselbund in der Hand und blickte auf. Das hätte ich tunlichst unterlassen sollen, denn vor mir stand ja Mister Universum und diese blauen Augen sahen unter der Straßenlaterne, die vor meinem Haus stand, noch besser aus. So musste sich ein Reh fühlen, das in das Scheinwerferlicht des sich annähernden Autos blickt. Paralysiert starrte ich den Mann mir gegenüber an, was ihm ein Schmunzeln entlockte. Zu jedem anderen Zeitpunkt hätte mich die Art, wie er mich anlächelte, zur Weißglut getrieben. Man konnte ihm deutlich ansehen, dass er sich seiner Wirkung auf mich durchaus bewusst war. Solche Männer mit einem derart großen Selbstbewusstsein verleiteten mich öfter mal dazu, einen unbedachten Satz von mir zu geben. Doch heute hielt ich mich erstaunlicherweise zurück.

Während ich ihn anstarrte, nahm er mir den Schlüssel aus der Hand und öffnete die Haustür. »Es war mir ein Vergnügen.« Seine leichte Verbeugung verwirrte mich. Wollte er mich etwa auf den Arm nehmen? Dann beugte er sich noch ein Stückchen weiter zu mir herunter und ich rang schon mit mir, ob ich mich nicht doch auf einen Kuss von ihm einlassen sollte. Doch er drückte mir lediglich die Schlüssel in die Hand und sagte mit einem spöttischen Grinsen: »Schlafen Sie gut, Abigail.«

»Nennen Sie mich Abby.« Ich hätte noch sehr viel öfter meinen Namen aus seinem Mund hören können, der Klang war berauschend. Noch einmal meinen Spitznamen geraunt, das hätte mir gefallen. Doch Ethan stieg bereits ins Taxi, als ich endlich aus meiner Trance erwachte.

ETHAN

Ihr Duft hatte mich gefangen genommen. Warum nur hatte ich ihr diesen bescheuerten Cocktail gemixt? Sie war auf mich angesprungen, noch ehe der Alkohol seine Wirkung entfaltet hatte.

Eigentlich hatte ich ihn für den arroganten Arsch Will gemixt, damit er aus dem Verkehr gezogen wäre. Aber als sie in meine Nähe gekommen war, hatte ich jeden Gedanken an William aus meinem Bewusstsein verbannt. Vielleicht würde ich ansonsten diese Frau genau in diesem Moment in den Armen halten und ein Stöhnen aus ihrem Mund hören, während ich meinen Schwanz in ihr versenkte. Doch der Cocktail hatte mir die Tour vermasselt. Ich selbst hatte mir die Tour vermasselt.

Shit!

Ich war dermaßen heiß auf sie.

Abigail hatte mich vom ersten Moment an fasziniert. Ihre gespielte Coolness gefiel mir. Natürlich hatte ich sie sofort durchschaut, denn in ihren Augen erkannte ich Unsicherheit. Sie war es nicht gewohnt unter den großen und gefährlichen Fischen zu schwimmen. Die Party bei Mary war ein Becken voller Piranhas, mit extrem aggressiven Exemplaren dieser Gattung. Ich konnte es ihr nicht verdenken, auch ich wollte endlich aus dieser Gesellschaft entkommen. Mit etwas Glück würde mir das bald gelingen.

»Wohin jetzt, Sir?«, fragte mich der Taxifahrer und riss mich aus meinen Überlegungen.

»Wieder zurück«, wies ich den älteren Mann mit dem schütteren Haar an. Er nickte mir kurz zu, dann legte er den Gang ein und fuhr los. Mein Kopf ruckte herum, um noch einmal einen letzten Blick auf Abigail zu werfen, doch von ihr war nichts mehr zu sehen. Das Gefühl, das ich dabei empfand, gefiel mir ganz und gar nicht. Sie war süß, heiß und löste in mir etwas aus, das mich unruhig werden ließ. Mein Körper war in einem Ausnahmezustand und das schon seit dem Zeitpunkt, da sie an die Bar getreten war.

Meine Gedanken schwirrten um Abigail herum wie Motten um einen einzelnen Lichtschein in der dunklen Nacht. Wer war sie? Und was hatte sie auf der Party von Mary zu suchen gehabt? Geheimnis? Ich würde es gleich herausfinden. Mary kannte sie und Abby lag ihr am Herzen, das war eindeutig zu erkennen gewesen. Das wiederum stachelte meine Neugier noch mehr an. Sorge hatte sich auf Marys Gesicht ausgebreitet, als sie erkannte, in welchem Zustand Abby gewesen war. Was verband die beiden Frauen? Bisher hatte ich noch nie von einer Abigail gehört. Mary hatte sie bisher vor mir verborgen.

Das Gefühl, sie schlafend im Arm zu halten, hatte mir gefallen. Sie gehen zu lassen viel weniger.

Frustration breitete sich in meinem Körper aus und floss ätzend durch meine Venen. Ich würde mich auf der Party umschauen und sehen, ob ich einen adäquaten Ersatz für die Nacht finden konnte. Eine Frau, die mich den süßen rotbraunen Haarschopf vergessen ließ. Eine Frau, bei der ich mir das Hirn herausvögeln konnte, ohne auf Gefühle Rücksicht zu nehmen. Eine, die ich nach belanglosem Sex verlassen konnte, ohne dass ich mir Sorgen machen musste, dass sie danach an mir hing wie eine Klette. Wobei auch das scheißegal war, schließlich war ich ab nächster Woche weit weg von Chicago.

Nachdem ich den Taxifahrer bezahlt hatte, marschierte ich schnurstracks auf Mary zu, die mir irritiert entgegensah.

»Ist etwas mit Abigail?«, wollte sie sofort wissen.

Ich schüttelte energisch den Kopf. »Nein, ich habe sie nach Hause gebracht. Entschuldige noch mal. Die Sache mit diesem Cocktail ist blöd gelaufen. Er war für jemand anderen bestimmt.«

Mary verengte ihre Augen zu Schlitzen und sah mich an, doch ich wollte ihr nicht erklären für wen und warum. Das war eine Sache, die sie nicht interessieren musste.

»Ich nehme deine Entschuldigung an, aber ich meine es verdammt ernst damit, dass ich nicht noch einmal dieses Teufelszeug auf einem meiner Feste haben möchte.«

»Es wird nicht noch einmal vorkommen, versprochen.« Ich zwinkerte ihr frech zu.

»Gut, dann sind wir uns einig. Ich werde mich wieder ein wenig unter die Gäste mischen.« Mary war schon im Begriff sich umzudrehen, doch ich wollte unbedingt meine Neugier befriedigen.

»Wer ist diese Abigail?«, fragte ich deshalb.

Mary drehte sich halb zu mir um und antwortete mit einem warnenden Unterton in der Stimme: »Eine junge, unverdorbene Frau, die mich an mich selbst erinnert. Tu dir, ihr und auch mir den Gefallen und lass sie in Ruhe.« Mit diesen Worten rauschte sie davon und ließ mich stehen wie einen Idioten, der nur darauf wartete junge, unbedarfte Frauen zu verführen.

Ob Mary es absichtlich getan hatte, wusste ich nicht, aber nun war meine Neugier um ein Hundertfaches gewachsen. Ein innerer Drang veranlasste mich, unbedingt mehr über Abigail zu erfahren. Was faszinierte Mary so sehr an der Frau? Zudem wollte ich mich selbst verstehen.

»Hey, Ethan«, hauchte in diesem Moment Natascha in mein Ohr. Natürlich hatte ich ihre Stimme sofort erkannt und mein Schwanz reagierte augenblicklich auf ihre rauchigen Worte. Wir hatten in den letzten Jahren hin und wieder die Nächte zusammen verbracht und als ich mich umdrehte, ging ich davon aus, dass wir uns auch an diesem Abend ein Bett teilen würden. Allerdings nicht, um darin zu schlafen.

ABIGAIL

Die Türklingel ließ mich am nächsten Tag erschrocken hochfahren. Ein Blick auf den Wecker und ich war hellwach. Es war zwölf Uhr mittags! Nachdem ich die Party verlassen hatte und von Ethan nach Hause gebracht worden war, hatte ich in meinem angetrunkenen Zustand noch in dem Roman von Mary gelesen und in den Fantasien der älteren Frau geschwelgt. Sie hatte mich von der ersten Seite an abgeholt und bis zum Schluss nicht mehr losgelassen. Mir war nun klar, warum sich ihre Romane dermaßen erfolgreich verkauften. Im Laufe der Nacht war ich langsam nüchtern geworden und die Situationen in Marys Haus und später dann mit Ethan vor meiner Tür, erschien mir mehr als peinlich. Auf den letzten Seiten des E-Books hatte die Hauptperson namens Jamie merkwürdigerweise das Gesicht von Ethan angenommen. Der Kerl hatte mich ganz anständig nach Hause begleitet und keinerlei Anstalten gemacht, sich an mich heranzuschmeißen – leider. Nein, im Grunde genommen war ich froh, ich hätte ihm schließlich einen Korb gegeben, da ich Männern abgeschworen hatte.

Müde schlurfte ich zur Tür. Derjenige, der dort unten stand, hatte nicht aufgegeben und seinem Anliegen mit einem weiteren Klingeln Nachdruck verliehen.

Genervt drückte ich auf den Summer und richtete mir noch schnell die Haare, um einen nicht ganz so verschlafenen Anblick zu bieten. Der Schlafanzug, den ich trug, war neu und sah eher wie ein Hausanzug aus, der musste genügen, um unangekündigten Besuch zu empfangen. Doch als ich sah, wer die Treppe hinauf kam, fiel mir im wortwörtlichen Sinne die Kinnlade herunter.

Mrs Snyder höchstpersönlich schwebte über die Stufen, als stellten sie keine Hürde dar. Ihr akkurater grauer Bob sah selbst bei der künstlichen Billiglampe in unserem Mietshaus noch silberfarben aus.

»Mrs Snyder, guten Tag.« Mehr fiel mir in diesem Moment nicht ein. Mein Hirn lag ganz bestimmt noch in der Ladeschale auf dem Nachttisch.

Meine Vorgesetzte blickte mich skeptisch von oben bis unten an und hob die Augenbraue, als ihr abschließendes Urteil vermutlich nicht gerade befriedigend ausfiel. »Miss Jones, wie ich sehe, geht es Ihnen nicht unbedingt gut, aber nicht annähernd so schlecht, wie ich gedacht habe.«

Irritiert legte ich meine Stirn in Falten, was den fürchterlichen Anblick meiner Kreatur wahrscheinlich noch zusätzlich unterstrich. »Warum sollte es mir schlecht gehen?«

»Ich versuche Sie seit heute Morgen zu erreichen. An Ihrem Handy hat jemand das Telefonat angenommen, den ich nicht kenne, nun ist es ausgeschaltet und ihr Festnetz ist abgemeldet. Als ich meine Assistentin heute Morgen hierhergeschickt habe und niemand geöffnet hat, musste ich vom Schlimmsten ausgehen. Deshalb wollte ich mir persönlich ein Bild machen, schließlich habe ich Ihnen diesen Job aufgebrummt.« Entrüstet und mit verschränkten Armen wartete sie auf eine Antwort von mir, die mir partout nicht einfallen wollte.

Stattdessen fing ich an zu stammeln, was meinen geistesgestörten Anblick für Mrs Snyder unterstreichen musste. »Ähm, ja ... gut möglich, dass ich sehr fest geschlafen habe. Diese Millionärsromane ... haben es in sich. Wollen Sie hereinkommen?« Wer sollte denn bitte an mein Handy gegangen sein? Wahrscheinlich hatte sie die falsche Nummer gewählt.

Meine Vorgesetzte sah mich entsetzt an. »Nein, auf keinen Fall!«

Sollte ich das als Beleidigung auffassen? Ich entschied mich dagegen.

»Ich wollte mich lediglich davon überzeugen, dass Sie noch am Leben sind. Das sind Sie offensichtlich, also werde ich wieder zurück ins Büro fahren.«

Diese ganze Unterhaltung irritierte mich. Seit wann kümmerte sich die Snyder persönlich um die Angestellten?

»Vielen Dank, dass Sie sich um mich Sorgen gemacht haben und mir notfalls geholfen hätten«, bedankte ich mich höflich.

»Ich habe mir keine Sorgen um SIE gemacht, sondern darum, dass wir den Artikel rechtzeitig bekommen, um morgen in den Druck der neuen Ausgabe zu gehen.« Ihr Gesicht wies einen angewiderten Ausdruck auf, während sie sich umdrehte und die Treppe hinunterging. Damit war dann wohl auch geklärt, warum sie versucht hatte mich zu erreichen.

»Ach, Miss Jones?«, rief die Snyder, als sie schon aus meinem Blickfeld verschwunden war.

»Ja?«

»Abgabe ist in zwei Stunden!«

Mit einem triumphierenden Grinsen schloss ich die Wohnungstür. Der erste Artikel lag bereits seit gestern fertig auf meiner Festplatte. Ehe ich ihn per Mail ins Büro schicken würde, musste ich ihn lediglich noch einmal Korrektur lesen.

Eine halbe Stunde später drückte ich auf *Senden* und hoffte, dass der Text Snyders strengem Auge genügen würde. Zwar war ich überzeugt von meinem Artikel, aber die alte Schachtel hatte bekanntlich an allem etwas auszusetzen. Als ich schon im Begriff war den Laptop zuzuklappen, blinkte mir eine eingegangene Mail entgegen. Neugierig wie ich nun mal bin, klickte ich sie an. Clodette Poirot stand dort als Absenderin.

Mein Interesse war erwacht. Wollte sie mich zur Schnecke machen, weil ich mich gestern daneben benommen hatte? Nein, eigentlich hatte ich das gar nicht. Es war viel eher ihr Barkeeper gewesen, der mir einen Drink gemixt hatte, dass ich dachte, das Läuten des Big Ben zu hören. Ich wollte den Kerl küssen! Unfassbar. Vielleicht enthielt das Zeug irgendeine Art von Aphrodisiakum. Es hatte mir die Schuhe ausgezogen und gleichzeitig war ich voller Energie gewesen, dass ich die ganze Nacht hindurch gelesen hatte.

Ich schüttelte kurz den Kopf über mich selbst und konzentrierte mich auf die Mail von Mary.

~

Liebe Abigail
Ich wollte mich noch einmal bei Ihnen entschuldigen. Ethan hatte die ausdrückliche Anweisung bekommen, diesen bestimmten Drink nicht mehr zu mixen. Weiß der Geier, wo er das Rezept für das Gesöff des Teufels her hat!
Nun gut, das ist jetzt nicht mehr zu ändern.
Als Sie gestern die Party verlassen hatten, haben Sie ihren Mantel bei uns liegen lassen. Zuerst war das nicht aufgefallen, bis ihr Handy mein Personal aufgescheucht hat, weil es immer wieder klingelte. Ich persönlich kann diesen Dingern nichts abgewinnen. Immer und überall erreichbar sein, wer will das schon? Also ich nicht!
Da Ethan heute noch hier ist, werde ich ihn mit Ihrem Mantel und Handy zu Ihnen schicken. Er wird gegen drei Uhr am Nachmittag bei Ihnen eintreffen. Ich hoffe, das ist Ihnen recht?
Ich würde mich freuen, bald wieder von Ihnen zu hören und vielleicht gemeinsam eine Tasse Tee zu trinken. Was halten Sie davon?
Mit lieben Grüßen

Mary oder Clodette?
Wer weiß schon, wer ich gerade war, als ich das schrieb?

Ich konnte mir ein Lachen nicht verkneifen und kicherte immer noch, als ich bereits unter der Dusche stand und meine Haare wusch. Wenn schon ein drittes Mal an diesem Tag an meiner Haustür geklingelt werden würde, wollte ich zumindest einigermaßen vorzeigbar sein. Dass es an Ethan liegen könnte, dass ich dieses Bedürfnis verspürte, lehnte ich kategorisch ab.

~

Gegen zwei Uhr saß ich an meinem Küchentisch und lackierte meine Finger- und Fußnägel, hatte mir meine Haare geföhnt und mich dezent geschminkt. Die Jeans, die ich trug, war von einem dunklen Blau und dazu hatte ich mir ein weißes Langarmshirt ausgesucht. Das wirkte leger und nicht groß zurechtgemacht, hoffte ich zumindest. Auf keinen Fall wollte ich, dass Ethan den Eindruck bekam, ich würde mich extra für ihn aufbrezeln. Was ich nicht getan hatte, schließlich musste jeder mal duschen, oder?

Je näher der Zeiger auf drei Uhr zuschritt, umso unruhiger wurde ich. Warum war ich eigentlich so nervös?

Um mich ein wenig abzulenken, griff ich nach meinem Tablet und scrollte mich durch die Romane von Clodette. Puh, das war eine Auswahl, dass ich mich gar nicht recht entscheiden konnte, welchen ich als Nächsten lesen wollte.

Ich tippte blind auf einen und lud ihn mir herunter, ohne den Klappentext zu lesen. Da er von Clodette war, war ich davon überzeugt, dass er gut sein musste. Ein Blick auf die Uhr sagte mir, dass ich noch zwanzig Minuten Zeit hatte.

Zum Artikelschreiben war mir das zu wenig, also begann ich mit dem Lesen des Romans. Innerhalb kürzester Zeit vergaß ich alles um mich herum und schreckte jäh hoch, als es an der Tür klingelte. Sofort schlug mein Herz in wildem

Galopp. Barfuß öffnete ich die Wohnungstür, nachdem ich den elektronischen Türöffner gedrückt hatte.

Immer zwei Stufen auf einmal nehmend kam Ethan die Treppe herauf. Wenn ich gedacht hatte, dass er gestern Abend eine tolle Figur in dem dunklen Anzug gemacht hatte, musste ich nun zugeben, dass er in Jeans und Shirt noch attraktiver wirkte. Er hatte sich genau wie ich für eine dunkelblaue Jeans entschieden und ebenso ein weißes Shirt gewählt.

»Hey, Abigail!« Sein Blick glitt über meinen Körper hinweg und blieb schließlich an meinem Gesicht hängen. Beinahe hatte ich das Gefühl, zu spüren wie er mich berührte. »Wir scheinen heute Morgen beide in derselben Stimmung gewesen zu sein«, sagte er lächelnd.

Begriffsstutzig sah ich zu ihm auf, weil er mich einen guten Kopf überragte. Seine Anwesenheit sorgte dafür, dass die Blutzufuhr zu meinem Gehirn gekappt wurde und das Lächeln auf seinem Gesicht tat das Übrige.

»Ich meine Ihre Kleidung«, erklärte er mir geduldig und wies zwischen uns hin und her.

»Ja, scheint so«, antwortete ich lahm.

Wo war nur meine Schlagfertigkeit hin? Normalerweise hatte ich immer einen frechen Spruch auf den Lippen und mich brachte so schnell nichts aus der Ruhe. Doch in Ethans Gegenwart löste sich mein Ich in Luft auf und eine völlig andere Frau besetzte meinen Körper. Das war erschreckend! Das musste aufhören – schnellstens!

»Geht es Ihnen gut? Ich habe gestern Mist gebaut. Deshalb habe ich Mary gegenüber auch darauf bestanden, Ihnen Ihre Sachen persönlich bringen zu dürfen. Außerdem wollte ich mich bei Ihnen entschuldigen. Wegen mir mussten Sie so früh von der Party verschwinden.« Betreten schaute er mich an, doch um seine Augen konnte ich das Grinsen erkennen, das er unterdrücken musste. So leid tat es ihm gar nicht.

»Ist schon gut. Sie haben mich anschließend brav nach Hause gebracht, ohne die Situation auszunutzen. Von daher, verzeihe ich Ihnen.« Ich merkte selbst, wie abweisend ich mich anhörte, doch der Mann, der mir da im Hausflur gegenüberstand, hatte eine Wirkung auf mich, die ich nicht mochte – die ich nicht brauchen konnte. Deshalb streckte ich auffordernd meine Hand aus. Mit leichtem Bedauern im Blick reichte er mir den Mantel und mein Handy.

»Ihre Gastgeberin hätte mir den Kopf abgerissen, wenn Ihnen etwas zugestoßen wäre oder ich Ihre Notlage womöglich ausgenutzt hätte.« Mit einem Zucken der Augenbrauen verdeutlichte er das, was er mit den letzten Worten ausdrücken wollte.

Doch anstatt eines Lachens, das die Situation aufgelockert hätte, schnürte es mir die Kehle zu. Mein Herz fing an zu rasen und mein Gehirn malte farbenfrohe Bilder von Ethan und mir, während er Dinge mit mir tat, die auffallende Ähnlichkeit mit den erotischen Szenen hatten, die ich in den E-Books der Millionärsromane in den vergangenen Tagen gelesen hatte. Mir trieb es die Schamesröte ins Gesicht. Seit dem Moment, da ich das Büro der Snyder verlassen hatte, war ich eine völlig andere Frau. Wo war nur meine Selbstsicherheit hin? »Danke, dass Sie mir die Sachen gebracht haben«, stieß ich hervor.

»Kein Problem. War schön, Sie wiederzusehen.« Er wandte sich um und ging langsam die Treppe hinunter, so als warte er, dass ich ihn zurückrief, doch das tat ich nicht.

Insgeheim verfluchte ich meine eigene Sturheit, was Männer betraf, aber ich kannte ihn nicht. Selbst wenn ich ihn gekannt hätte, wäre ich nicht willens gewesen, von meinem Standpunkt – ein Leben ohne Mann zu führen – abzuweichen – auch nicht, um meinen willigen Körper an seinen zu pressen.

Mit hängenden Schultern schlurfte ich zurück ins Wohnzimmer, schnappte mir den Laptop und fing an, den Artikel mit dem Interview zu schreiben. Die Snyder würde mir eine Gehaltserhöhung geben müssen, so sehr würden die Auflagenzahlen ansteigen, dank meiner Serie. Ja, da war es wieder - mein Selbstbewusstsein.

ETHAN

Ich musste ein verdammter Heiliger sein. Da stand diese heiße Frau im Türrahmen und ich ging einfach wieder, ohne mein Glück bei ihr zu probieren. Und das nach der Pleite mit Natascha am gestrigen Abend. Natascha war mit ihrem Verlobten auf der Party gewesen. Ihrem Verlobten! Sie war definitiv keine Frau, die sich fest an einen Mann band. Zumindest dachte ich das bisher, aber offenbar veränderten sich die Menschen. Denn auch als ich versucht hatte, sie mit Worten heiß zu machen und in mein Bett zu bekommen, lehnte sie ab, die Nacht mit mir zu verbringen.

Als ich dann unter meiner Decke gelegen hatte, konnte ich nicht einschlafen und diesmal war nicht der Vertrag schuld, sondern der heiße Feger, dem ich gerade freiwillig den Rücken zugedreht hatte. Stundenlang lag ich mit einem enormen Ständer einfach nur da. Letztendlich hatte ich es mir selbst besorgt, während ich mir vorstellte, Abigails Hände wären es, die mir Erleichterung verschafften. Seit meiner Schulzeit hatte ich so etwas nicht mehr getan.

Was war nur los mit mir? Normalerweise nahm ich mir das, was ich wollte. Oder ich versuchte es zumindest, so wie bei Natascha gestern. Selbstverständlich würde ich einer Frau keine Gewalt antun, aber ich war ein guter Verführer und bekam meistens, was ich wollte. Es waren noch andere Frauen auf der Party, doch mir war nicht danach gewesen, einer fremden Frau das zu schenken, was ich dieser einen hatte geben wollen. Natascha wäre eine Notlösung gewesen, aber ich kannte sie wenigstens, war mit ihrem Körper vertraut und sie mit meinem, was unweigerlich von einem zum anderen geführt hätte. Mein Verstand wäre endlich in der Lage gewesen, abzuschalten.

Zumindest wusste ich jetzt Abigails vollständigen Namen, ihre Adresse und bevor ich ihr das Telefon brachte, hatte ich die Nummer ausgelesen. Wie gut, dass mein Freund Toni Kontakte hatte, die solche Spezialaufgaben erledigten. In der heutigen Zeit lief niemand mehr mit einem Handy durch die Gegend, das nicht durch einen Pin-Code gesichert war. Abigail Jones achtete jedenfalls auf ihre persönliche Sicherheit.

Pfeifend trat ich hinaus in den Sonnenschein, setzte die Sonnenbrille auf und stieg in mein Auto. Den Nachmittag würde ich damit verbringen, herauszufinden, auf wen mein Körper dermaßen abfuhr, dass ich mich verhielt wie ein pubertierender Jüngling. Danach würde ich mir überlegen, wie ich diese Frau am schnellsten in mein Bett bekam. Viel Zeit hatte ich dafür nicht, meine Tage in Chicago waren gezählt, doch ich scheute niemals eine Herausforderung.

~

»Hey Kumpel, du ziehst ja ein Gesicht, als hättest du in eine saure Zitrone gebissen.« Toni trat zu mir an den Tisch, den ich für uns in meinem Lieblingsrestaurant reserviert hatte. Wie immer trug er eine Jeans und seine heißgeliebte Lederjacke. Obwohl er mittlerweile enorm viel Geld verdiente, sah man es ihm nicht an. Er wirkte wie der Typ vom Pizzalieferdienst, der für seinen Onkel das Essen ausfuhr. Dafür mochte ich ihn noch mehr. Toni war einer der wenigen Menschen, die sich durch ihren neuen Reichtum nicht hatten verderben lassen. Immerhin war er der Sohn der Frau, die unseren Haushalt versorgt hatte. Er war praktisch über Nacht aufgestiegen und dennoch ließ er niemals den Großkotz raushängen wie so viele andere, die nicht damit klarkamen, dass man sich auch mit einem Haufen Geld in der Tasche zu benehmen hatte.

Wir trafen uns alle paar Tage, um zu reden, und sei es nur über stumpfsinnigen Männerkram, den man eben ausschließlich mit dem besten Kumpel bequatschte. Nur in seiner Gegenwart konnte ich sein, wie ich wollte. Toni kannte mich bereits mein ganzes Leben und ich ihn. Wir waren wie Brüder aufgewachsen. Ich liebte ihn wie mein eigenes Fleisch und Blut, mehr konnte man für einen Blutsverwandten nicht empfinden. Zumindest brachte ich meiner Familie nicht die gleichen positiven Gefühle entgegen.

Für Toni würde ich alles tun, er müsste es nur verlangen. Umgekehrt ebenfalls. Das war es, was unsere Freundschaft ausmachte – wir konnten uns bedingungslos aufeinander verlassen.

»Ich bin auf der Jagd«, sagte ich bedeutungsschwanger und erregte damit sofort Tonis Neugier.

Nachdem er sich hingesetzt hatte, lehnte er sich vertraulich zu mir und raunte: »Erzähl mir alles. Jedes schmutzige Detail! Ich will alles wissen. Wer ist sie?« Das Zwinkern seines linken Auges ließ mich Schmunzeln.

»Ihr Name ist Abigail Jones. Sie war gestern auf Marys Party.« Fast hatte ich das Gefühl, sie mit Toni teilen zu müssen, weil ich ihm von ihr erzählte.

Es war das erste Mal, dass ich so merkwürdig empfand. Normalerweise hatte ich keine Geheimnisse vor ihm. Rasch schob ich den Gedanken von mir.

»Und? Warum das Zitronengesicht? Hast du sie nicht zwischen deine Laken bekommen?« Toni lachte schadenfroh, doch als er den ernsten Gesichtsausdruck bei mir bemerkte, verstummte er abrupt. »Oh, sie geht dir unter die Haut! Ich verstehe.«

Ich bezweifelte, dass er verstand. Wie auch? Ich verstand es selbst noch nicht einmal. »So ein Schwachsinn!«

»Was ist es dann? Spuck es aus, Ethan!«, drängte Toni. Aufmerksam beobachtete er mich, was mir ein Unwohlsein bescherte.

Ich rutschte unruhig auf dem Stuhl herum und nippte an dem Wasser, das der Kellner vor mir abgestellt hatte. »Ich hab ihr einen *Koma* gemixt.«

Entsetzt riss Toni die Augen auf. »Du hast das doch hoffentlich nicht ausgenutzt!«

Stöhnend antwortete ich: »Nein! Ich bin doch kein notgeiler Arsch. Was denkst du denn von mir?« Freundschaftlich boxte ich ihn gegen die Schulter. »Ich hab sie brav nach Hause gefahren. Auf Marys Wunsch.«

»Kann ich mir gut vorstellen, dass das Marys Wunsch war.« Das tiefe Lachen meines besten Freundes sorgte dafür, dass sich einige Köpfe hoben und man in unsere Richtung sah. Schnell drehte ich das Gesicht zu ihm, ehe irgendjemand mich erkannte. Toni beruhigte sich und fragte: »Und nun weißt du nicht, wie du es wiedergutmachen sollst?«

»Nein, schließlich muss ich nichts wiedergutmachen. Einer der Vorteile, wenn man ein reines Gewissen hat.«

»Muss ja ein ganz neues Gefühl für dich sein«, unkte er. »Was ist es dann?«

Zerknirscht erklärte ich: »Ich habe in den letzten Stunden herausgefunden, wer sie ist und was sie beruflich macht.«

Toni stöhnte neben mir. »Du machst es spannend. Was ist mit ihr? Ist sie ein Transvestit und tritt in zwielichtigen Spelunken auf?«

»Schlimmer!«, stieß ich hervor, weil ich noch immer mit der Erkenntnis zu kämpfen hatte. »Sie ist Journalistin, was, wie du weißt, ein No Go für mich ist. Leider interessiert das einen gewissen Körperteil von mir nicht. Ich will sie! Unbedingt!«, gestand ich ärgerlich.

»Oh!«, stieß mein Freund ernst hervor. »Das ändert die Sache natürlich. Mister Ethan Anderson will eine ganz bestimmte Frau! Unfassbar, aber wahr. Das wird die Welt aus ihren Angeln heben. Na ja, zumindest dein Leben.«

Amüsiert stieß ich die Luft aus. So, wie er es sagte, klang es lächerlich, dass mich Abigails Berufswahl schockierte. Oder, dass ich dermaßen auf diese Frau abfuhr. »Du bist und bleibst ein Idiot, Toni.«

»Du auch, Alter!«

Schweigend saßen wir nebeneinander. Als kurz darauf der Kellner nach unserer Bestellung fragte, hatte sich eine düstere Stimmung zwischen uns ausgebreitet. Es war nicht so, dass ich die Wut, die in meinem Innern ihr Unwesen trieb, auf ihn projizierte, aber Toni wusste genau, dass die Presse für mich schon immer ein rotes Tuch war. Leute die bei Zeitungen, Zeitschriften oder dem Fernsehen arbeiteten, waren für mich Jünger des Teufels und ich mied sie wie die Pest.

Doch von Abigail wollte und konnte ich mich nicht fernhalten.

Nachdem wir unsere Bestellung aufgegeben hatten, sagte Toni in einem ungewohnten und ernsten Tonfall. »Am besten schlägst du dir die Maus aus dem Kopf. Heute Abend auf der Benefizgala gibt es bestimmt ein paar willige Schnecken, die dir helfen, deine Reporterin zu vergessen und den kleinen Ethan auf andere Ziele zuzusteuern. Wenn eine nicht reicht, nimm gleich zwei. Du bist ein begehrter Junggeselle, du wirst ganz bestimmt nicht allein nach Hause gehen müssen.«

So, wie Toni es sagte, hörte es sich an, als wäre es das Leichteste auf der Welt. Doch ich war mir sicher, dass es nicht einfach werden würde, diese Frau aus meinem Kopf zu verbannen.

ABIGAIL

Die darauffolgenden zwei Stunden arbeitete ich konzentriert an meinem Artikel. Mein Schädel fing schon an zu qualmen, als ich mich endlich entschloss eine Pause einzulegen und in meinem E-Mail-Postfach die eingegangenen Mails checkte. Erstaunlicherweise fand ich dort eine Einladung zu einer Wohltätigkeitsveranstaltung. Neugierig öffnete ich das Schreiben und runzelte erstaunt die Stirn - die Mail war von meinem Boss!

Mr Keaton, mein oberster Chef, hatte mir höchstpersönlich eine Einladung zugeschickt. Unfassbar! Im Grunde genommen wusste der Mann nicht, wer für ihn arbeitete und Namen waren für ihn Schall und Rauch. Er ignorierte jeden, bis auf Mrs Snyder, die er sogar duzte. Hinter vorgehaltener Hand wurde gemutmaßt, dass die beiden eine heimliche Affäre hatten. Die Snyder war bereits seit zehn Jahren Witwe und Mister Keaton hatte sich vor ein paar Jahren von Ehefrau Nummer drei scheiden lassen. Dementsprechend stand einer Liaison der beiden nichts im Wege.

Vermutlich hatte die Snyder meine E-Mail-Adresse an ihn weitergegeben. Aber er würde meinen Namen sowieso schneller wieder vergessen, als die Artikelserie veröffentlicht wäre. Mir sollte es recht sein.

Als ich mir die Einladung näher ansah, bekam ich einen trockenen Mund. Die Veranstaltung war heute Abend! Es war schon fast sechs Uhr, da ich um sieben dort sein sollte, fing ich an zu hyperventilieren. *Okay, ruhig bleiben,* betete ich mir selbst vor. Das war zu schaffen, schließlich war ich schon geduscht und die Haare hatte ich sogar geföhnt. Meine Kleiderauswahl war für solch ein Event immer noch begrenzt. Ich würde einfach das dunkelgrüne lange Kleid anziehen, das ich zur Hochzeit meiner Schwester getragen hatte. Es würde als Abendkleid durchgehen – das musste es. Es machte eine schlanke Figur, betonte gleichzeitig meine Kurven und passte hervorragend zu meinen rotbraunen Haaren. Was wollte ich mehr?

Rasch zog ich mich um. Da ich zu hektisch wurde, riss mir die Perlonstrumpfhose. *So ein Mist!* Mir blieb nichts anderes übrig, als ohne Strumpfhose zu gehen, denn eine weitere in der passenden Farbe hatte ich nicht. Unmöglich konnte ich eine Dunkelblaue unter das Kleid ziehen, das ging überhaupt nicht. Da ich in den letzten Wochen öfter in kurzen Hosen draußen joggen gewesen war, hatten meine Beine eine leichte Bräune und es würde nicht sofort auffallen, dass sie nackt waren, wenn der Schlitz ein wenig zu viel Haut zeigte. Ich ging jedoch nicht davon aus, dass irgendjemand das kontrollieren würde.

~

Am Eingang des Museums, in dem die Wohltätigkeitsveranstaltung stattfinden sollte, stand eine Menge Securitypersonal und überprüfte alle, die in das Gebäude hineinwollten. Obwohl ich mir fast ein Bein ausgerissen hatte, um pünktlich zu sein, war ich schon eine halbe Stunde zu spät. Dennoch hatte ich vermutlich alle Rekorde der anwesenden weiblichen Gäste geschlagen. Make-up auflegen, frisieren und anziehen innerhalb von einer dreiviertel Stunde, das musste mir erst mal eine der High Society Ladys nachmachen.

»Ma´am, darf ich Ihre Einladung sehen?«, fragte der bullige Kerl, der mir den Weg hinein versperrte, mit einem ausgeprägten Südstaatenakzent.

Kurzfristig sackte mir das Herz in die Hose, die ich nicht trug, doch dann fand ich meine Coolness wieder und antwortete: »Mein Name ist Abigail Jones. Mister Keaton hat mich eingeladen, ich stehe auf der Gästeliste.«

Rasch sah er in dem dicken Buch nach, das auf einem Pult neben der Tür auslag. »Alles klar. Ihren Ausweis bitte.« Nachdem er mir das Dokument wieder zurückgegeben hatte, nickte er mir zu. »Willkommen Miss Jones.« Mit einem entwaffnenden Lächeln wies er mir den Weg zu einer weiblichen Version seiner selbst, die meinen Körper und meine Handtasche genauestens untersuchte. Die Sicherheitsvorkehrungen waren beeindruckend. Kein Wunder bei dem Durchschnittseinkommen der anwesenden Gäste.

Unsicherheit erfasste mich, ganz so, als wäre ich ein neugeborenes Fohlen, das auf wackligen Beinen seine ersten Schritte machte. Die High Society Chicagos war in dem großen Saal versammelt und ich erkannte sofort einige äußerst prominente Gäste. Mister Keaton entdeckte ich allerdings nirgends. Was sollte ich nun tun? Unschlüssig stand ich am Rande des Geschehens und ließ meinen Blick ein wenig schweifen.

Ich musste zugeben, dass ich mich unwohl fühlte. Die taffe Abigail, die ich immer gerne darstellte, war gerade in diesem Augenblick in Deckung gegangen. Stattdessen war Abby Landei Jones hier und erstarrte vor Ehrfurcht. Auf keinen Fall durfte ich mir das anmerken lassen, dann wüsste sofort jeder, dass ich hier eigentlich nicht hergehörte.

»Hey, schöne Frau. So allein?« Diese Art von Anmache hätte ich eher in einem billigen Diner an der Ecke erwartet und nicht auf einer derart exklusiven Veranstaltung. Mit hochgezogenen Augenbrauen wandte ich den Kopf zu der Person, die mich angesprochen hatte. Ein Paar belustigt funkelnder, blauer Augen sahen auf mich hinab. Es verschlug mir die Sprache. Ethan - der Kellner von gestern Nacht stand neben mir - der Mann, von dem ich geträumt hatte. Arbeitete er etwa auch auf diesem Event? Er gehörte bestimmt zu einer Cateringfirma, mutmaßte ich.

»Ethan, wie schön Sie hier zu sehen.« Und das meinte ich definitiv so, weshalb ich ihm meine Hand reichte. Als er sie ergriff, durchrieselte mich ein wohliges Gefühl.

Sein Daumen strich kurz über meinen Handrücken und verstärkte den Aufruhr in meinem Innern. Als Ethan meine Hand losließ, empfand ich es als Verlust. »Das Kompliment kann ich nur zurückgeben. Endlich ein Gesicht, das nicht durch Tausende von Operationen und Botoxspritzen entstellt ist. Manchmal habe ich das Gefühl, dass solche Veranstaltungen Zurschaustellungen von skurrilen menschlichen Extremen sind.« Er hörte sich dermaßen genervt an, dass sofort mein Samariterkomplex erwachte, außerdem brachte er mich mit dieser Äußerung zum Lachen.

»Na, dann bleiben Sie einfach bei dem weiblichen Naturburschen«, scherzte ich unbefangen. Er brachte es fertig, dass ich meine Unsicherheit vergaß und mich gut fühlte. Und das, obwohl er mit seiner Äußerung meinen Verdacht – hier aufzufallen, weil ich nicht hierher gehörte – bestätigte. Mit keinem anderen in dem Raum hätte ich mich getraut auf diese Art zu reden. Doch nachdem mich der Kerl bereits in volltrunkenem Zustand erlebt hatte und immer noch nett zu mir war, waren Hemmungen nicht unbedingt angebracht.

Ethan quittierte den Scherz mit einem Lachen, das in meinem Magen sofort die schlafenden Schmetterlinge aufscheuchte und mir ein dümmliches Grinsen aufs Gesicht zauberte. »Sie sind herrlich erfrischend und damit etwas ganz Besonderes in diesem versnobten Kreis.« Die letzten beiden Worte spie er verächtlich aus.

War das ein Kompliment? Da ich nicht recht wusste, wie ich reagieren sollte, griff ich nach einem Champagnerglas, als eine Dame vom Service mit einem Tablett vorbeihuschte. Vorsichtig nippte ich an dem Getränk, doch es war nicht annähernd so lecker, wie ich dachte. Was fanden die Leute nur an diesem extrem teuren Gesöff? Mir war ein Cocktail tausendmal lieber.

Egal, jetzt hatte ich wenigstens etwas, an dem ich mich festhalten konnte. Der Mann neben mir machte es mir auf merkwürdige Weise schwer, meine Hände bei mir zu behalten. Ständig hatte ich das Bedürfnis ihn zu berühren und wenn es nur das zaghafte Auflegen meiner Finger auf einem seiner durchaus als muskulös zu bezeichnenden Unterarme war.

»Es freut mich, dass ich ein wenig zu Ihrer Unterhaltung beitragen kann.« Den Kommentar konnte ich mir einfach nicht verkneifen, auch wenn das Gesagte sich so anhörte, als würde ich genau zu diesem versnobten Kreis zählen, den er offensichtlich verachtete. Doch er verstand zum Glück meinen Humor und zwinkerte mir vertraut zu. In meinem Magen geschahen merkwürdige Dinge und meine Knie hatten Probleme, weiterhin die Verbindung zwischen Ober- und Unterschenkel zu halten. Hastig senkte ich den Blick, damit er die Gefühlsexplosion nicht von meinem Gesicht ablesen konnte. Man sagt mir nach, dass ich wenig verbergen kann, wenn mich etwas aufwühlt.

Eine warme Berührung an meinem Kinn. Seine Finger auf meiner Haut. Schon raste mein Puls in ungeahnte Höhen. Als sich unsere Blicke trafen, hatte ich das Gefühl in einem anderen Universum zu sein, weit weg von den vielen Menschen, die sich um uns herum tummelten. Seine Augen verdunkelten sich und huschten zu meinen Lippen. Mit einem Ruck war ich zurück in der Wirklichkeit. Er würde mich doch nicht hier in aller Öffentlichkeit küssen wollen?

Entschlossen, mich nicht verführen und anschließend abschleppen zu lassen, trat ich einen Schritt zurück und hob das Glas mit zitternden Fingern an die Lippen. Der Champagner prickelte in meiner Nase und Tränen bahnten sich ihren Weg. Blinzelnd drehte ich mich ein Stück zur Seite, weg von Ethan. Weg von der Versuchung, die er mit jeder

Pore seines Daseins für mich verkörperte. Nein, ich wollte das nicht!

Er räusperte sich leise. »Es tut mir leid, wenn ich Ihnen zu nahegetreten bin. Bitte entschuldigen Sie mich.« Ehe ich etwas erwidern konnte, war er in der Menge verschwunden. Nur seine dunklen, glänzenden Haare waren noch zu erkennen, da er viele der Anwesenden um einen Kopf überragte.

Was war da eben mit mir geschehen? Hatte ich vollends den Verstand verloren? Ich war hier, um mich mit meinem Boss zu treffen und die ersten Kontakte für den Artikel *Wie angelt man sich einen Millionär* zu knüpfen. Da passte ein Barmann, der wahrscheinlich jede Nacht eine andere mit seinem geheimen Cocktail abschleppte, gar nicht ins Konzept. Ich würde auf jeden Fall nicht zu seinen Eroberungen zählen. Leichtes Bedauern schlich in meinem Unterbewusstsein herum, was mich wiederum wütend machte. Wütend auf Ethan. Wütend auf die Männer im Allgemeinen, die bisher nicht gerade eine gute Figur in meinem Leben abgegeben hatten.

ETHAN

Ich brauchte dringend Abstand zu Abigail. Sie löste etwas in mir aus, das gnadenlos an meiner Selbstbeherrschung rüttelte und das gefiel mir nicht sonderlich. Ganz im Gegenteil, es trieb mich dazu, meine Mauern hochzufahren. Mauern, die mich schützen sollten.

Doch vor wem?

Vor Abigail? Ganz bestimmt nicht. Eigentlich musste ich nur vor mir selbst beschützt werden.

Ihre Lippen hatten mich kurzfristig den Verstand gekostet. Wäre sie nicht einen Schritt zurückgetreten, hätte ich mich auf die schön geschwungene Linie ihres Mundes gestürzt, um ihn zu erobern. Erst da war mir bewusst geworden, was ich hatte tun wollen. Ja, mein Körper war eindeutig auf der Jagd, leider war ich dabei ein wenig kopflos.

Mary hatte sich ihrer angenommen, was gut war. Sie würde Abby vor mir warnen. Eine Warnung stachelte jedoch meistens auch die Neugier der Gewarnten an. Eigentlich wusste Mary das, aber sie würde es sich trotzdem nicht nehmen lassen, Abby darauf anzusprechen.

Frauen waren manchmal so einfach zu durchschauen und manchmal verstand man sie überhaupt nicht. Doch heute war ich mir selbst das größte Mysterium. Was wollte ich? Wollte ich Abigail? Wollte ich mich auf das Spiel mit dem Feuer einlassen? Denn eine Frau wie Abigail war kein unbedeutendes Abenteuer für eine Nacht.

Sie war jemand, der einem nicht mehr aus dem Kopf ging. Jemand, der mich hinterfragen ließ, ob das, was ich im Begriff war zu tun, das Richtige sei.

Ich brauchte dringend einen Schluck Alkohol, etwas das den Durst, der in mir entfacht war, wegätzen würde. Strammen Schrittes trat ich an die Bar.

»Einen Whiskey, bitte.«

Während ich mir einen Drink bestellte, blieb meine Aufmerksamkeit bei dieser einen hübschen Frau in dem dunkelgrünen Kleid hängen. Sie wirkte so deplatziert, was nicht an ihrer Kleidung lag, sondern vielmehr an ihrer Ausstrahlung. Abigail fehlte die Kälte, die Berechenbarkeit und das Wissen, dass man mit dem eigenen Geld so ziemlich alles kaufen konnte.

Sie war wie ein verletzter Hund unter blutwitternden Wölfen. Ihr Anblick weckte in mir den Beschützerinstinkt, was gar nicht gut war. Ich schoss häufiger übers Ziel hinaus, wenn dieser involviert war. Zudem machte mir dieses Gefühl nur noch klarer, dass es hier nicht nur um einen harmlosen Fick ging. Toni hatte recht, die Frau ging mir unter die Haut.

Ihr offener Blick glitt über die anwesenden Gäste. Ob sie heute hier war, um einen Bericht zu schreiben?

Von Neugier getrieben, lehnte ich mich an eine Säule, die ganz in ihrer Nähe war. Ich nippte an meinem Whiskey und beobachtete Abigail, als wäre ich ein verdammter Stalker. Doch ich konnte die Augen nicht von ihr abwenden. Sie war die pure Versuchung. Im Gegensatz zu den beiden Aasgeiern, die sie nun belagerten. Warum hatte Mary sie allein mit den beiden gelassen? Natürlich erkannte ich sofort *Cosmostar*s Elite. Snyder und Keaton, das heimliche Liebespaar. Seit Jahren hielten sie ihre Liaison geheim, dabei wusste ganz Chicago, dass sie mittlerweile jede Nacht zusammen verbrachten.

Dieser Keaton setzte Abigail auf irgendeine Weise zu. Das konnte ich an ihrer etwas eingeknickten Art zu stehen erkennen. Das Kämpferische war aus ihrer Haltung verschwunden. Abigails und mein Blick begegneten sich und ich versank in ihren Augen, die eine ähnliche Farbe hatten wie ihr Kleid. Selbstgefällig stellte ich fest, dass sie nervös wurde. Der eitle Kern in mir warf sich triumphierend in die Brust und fast wäre ein Lächeln auf meine Lippen gefallen. Fast. Denn so schnell die Unsicherheit auf ihrem Gesicht zu erkennen gewesen war, so schnell war sie verschwunden. Abigail hatte sich erstaunlich rasant wieder im Griff. Mit zusammengekniffenen Lidern sah sie mich an, was mir ein amüsiertes Lachen entlockte. Sie glaubte doch nicht ernsthaft, dass sie mich mit diesem Blick abhalten konnte, sie weiterhin zu beobachten? Ich prostete ihr zu und trank einen dezenten Schluck des guten und lange gelagerten Bourbon. Nicht eine Minute ließ ich sie aus den Augen.

Ein paar Frauen versuchten mit mir ins Gespräch zu kommen, doch ich ließ sie alle abblitzen. Das Objekt meiner Begierde war keine zwanzig Schritte von mir entfernt und ich hatte sehr wohl bemerkt, dass sie einem Kuss von mir nicht abgeneigt gewesen war.

Die Erinnerung daran ließ mich lächeln und der Anblick vor mir sorgte dafür, dass ich an Ort und Stelle blieb und sie weiterhin beobachtete.

»Ist sie das?«, flüsterte eine mir nur allzu bekannte Stimme ins Ohr. Ich musste mich nicht umdrehen, um zu wissen, dass Toni hinter mir stand, also nickte ich nur. »Heißes Gestell!«

Ungehalten drehte ich mich um. Doch Toni lachte sich bereits tot über mich, während er die Hände in einer unschuldigen Geste hob. Ich war ihm in die Falle gegangen.

Kopfschüttelnd wollte ich meine Beute wieder ins Visier nehmen, doch Abigail war bereits verschwunden. »Du Idiot, jetzt ist sie weg!«

Toni hyperventilierte beinahe. »Oh man, Ethan. Ich hätte es nie für möglich gehalten, dass eine Frau dir mal dermaßen den Kopf verdreht. Das ist ja total niedlich.« Er zog mich auf, aber mir war nicht nach Scherzen zumute. Was, wenn ein anderer das vollendete, was ich eigentlich vorgehabt hatte? Wenn einer der anwesenden Herren ihre Lippen küssen würde, was würde ich dann tun? Allein der Gedanke daran verursachte einen Groll in mir, den ich erst einmal in den Griff bekommen musste. Shit! Shit! Und noch mal Shit! Ich war erledigt. Hastig nahm ich einen tiefen Zug aus dem Glas und ließ die Flüssigkeit langsam von meinem Mund in den Rachen rinnen. Heiß brannte der Alkohol in meinem Hals und verbreitete in meinem Magen ein angenehm warmes Gefühl. Dennoch reichte es nicht aus, dass diese Frau aus meinen Gedanken verschwand. Sie hatte sich in mich hineingebrannt wie ein Branding. Shit!

ABIGAIL

Gedankenverloren und immer noch von einem tiefen Groll auf Ethan getrieben, schlenderte ich durch den Saal.

»Miss Abigail!« Ruckartig drehte ich mich zu der weiblichen Stimme um. »Ho, ho, ho! Immer mit der Ruhe!«, stieß Mary in diesem Moment hervor und hob dabei beschwichtigend die Hände. »Sie sehen aus, als wären Sie kurz davor einen Mord zu begehen. Aus ihren Augen schießen schon die ersten Laserstrahlen.« Mary alias Clodette Poirot fing an zu kichern, angesichts ihres selbst gezogenen Vergleichs.

»Ich bitte um Verzeihung.« Mehr war ich in diesem Augenblick nicht in der Lage von mir zu geben. Die ältere Frau hatte mich in einem Moment erwischt, in dem ich ausnahmsweise nicht die Haltung bewahrt hatte, für die ich in meinem Job berüchtigt war. Ich war kurz davor durchzudrehen und beinahe so weit gegangen, mich von Ethan mitten auf dieser Party küssen zu lassen! In meinem Herzen war ich eben immer noch das Mädchen vom Land und ich ließ mich beeindrucken von diesem Prunk und dem Kerl mit der charmanten Art.

»Abigail, Sie brauchen sich bei mir für gar nichts zu entschuldigen. Was meinen Sie, wie oft mich Ethan schon auf die Palme gebracht hat?« Augenzwinkernd sah sie mich an und verzog den Mund zu einem Schmunzeln. »Sehr, sehr oft!«

Woher wusste sie, dass ich wegen Ethan dermaßen aufgebracht war? Und warum redete sie so vertraulich über ihn? Hatte ich da eventuell etwas falsch verstanden?

»Ist Ethan Ihr Sohn?«, stieß ich hervor, ehe mir bewusst war, was ich als Nächstes fragen würde. Peinlich berührt legte ich die Finger auf meine Lippen. »Entschuldigen Sie bitte.«

Wieder hob sie die Hände abwehrend in die Luft. »Gott bewahre! Ich glaube, dann müsste ich ihn selbst heute noch übers Knie legen.«

»So schlimm?«, fragte ich etwas entspannter. In Marys Gegenwart vergaß ich meine Aufgabe und war einfach nur Abby. Abby, die peinliche Fragen stellte. Abby, die Mary total sympathisch fand. Abby, die mehr von Ethan erfahren wollte.

»Eindeutig ja! Er ist ein Charmeur und weiß, welche Reaktion er mit seiner Art bei Frauen hervorruft. So manches Herz in diesem Saal wurde von ihm gebrochen.« Ihr Gesicht wirkte ernst und ich fragte mich, ob jemand, den sie kannte, an einem gebrochenen Herzen litt und das dank Ethan.

Kerle, die es darauf anlegten jede Frau ins Bett zu bekommen, konnte ich nicht ausstehen. Wer mochte das schon? Und dennoch ließen sich die Opfer bereitwillig von diesem Mann flachlegen und das Herz brechen? Es schien ja ein offenes Geheimnis zu sein, dass Ethan ein Casanova war. Jedenfalls, war ich nun vorgewarnt und würde nicht in seine Falle tappen, auch wenn es eine sehr verlockende Falle war.

»Das werde ich mir merken«, sagte ich leise.

»Und Sie werden es wieder vergessen«, erwiderte Clodette weise lächelnd und ließ ihren Blick schweifen.

Ich ersparte mir eine Antwort und beschloss, es ihr stattdessen zu beweisen, indem ich mich in Zukunft von dem Kerl fernhalten würde.

Auch ich blickte in die Menge der Gäste und erkannte in geringer Entfernung ein Paar, das vertraut aneinander lehnte und sich dezent aber eindeutig anlächelte. Mein Boss und die Snyder! Also waren die Spekulationen der Kollegen und Kolleginnen nicht ganz unberechtigt, denn die Art wie sie miteinander umgingen, sprach für mehr Intimität, als man normalerweise in einem Büro erlangte.

Meine Chefin sah in ihrem Abendkleid nicht mehr annähernd so bissig aus wie in ihren biederen Kostümen, die sie immer bei *Cosmostar* trug. Die ansonsten streng frisierten Haare hatte sie in weichen Wellen um ihr Gesicht gelegt, das dadurch nicht mehr hager wirkte, sondern grazil. Erstaunt starrte ich die beiden an.

»Sie glotzen, Kindchen. Fehlt nur noch, dass Sie die Luke offenstehen haben!«, ermahnte mich Mary.

Rasch wandte ich mich ab, aber Mrs Snyder hatte mich entdeckt, richtete sich kerzengerade auf und stieß dem Boss den Ellbogen in die Rippen, dann kamen beide auf mich zu.

»Das sind meine Vorgesetzten«, klärte ich die Autorin neben mir auf.

»Aha! Dann lasse ich Sie mit den beiden Aasgeiern allein. Ich werde mich mal nach meinem Begleiter umsehen, der hat den Weg von der Bar nicht wieder zu mir zurückgefunden.« Mit einem kurzen, aber harten Blick auf das Paar, das in diesem Moment an meine Seite trat, verschwand sie. Ihre Reaktion auf die beiden war merkwürdig. Hatten die drei schon einmal ein Problem miteinander gehabt? Es sah ganz danach aus.

»Miss Jones, schön, dass Sie meiner Einladung gefolgt sind.« Mister Keatons Stimme war kalt wie Eis und ich musste mich beherrschen, nicht gleich eine Entschuldigung zu stammeln, da ich mir durchaus bewusst war, zu spät gekommen zu sein. Doch woher hätte ich wissen können, dass in allerletzter Sekunde eine Einladung in meinem E-Mail-Postfach landet?

»Guten Abend, Mrs Snyder. Guten Abend Mister Keaton«, begrüßte ich die beiden mit einem ernsten Ausdruck im Gesicht.

Zumindest hoffte ich das. Die Zwei passten hervorragend zusammen, wie ich feststellen musste. Beide hatten diese Art, das Gegenüber zu mustern, als prüften sie, ob es für ihre nächste Mahlzeit geeignet wäre. Genauso fühlte ich mich. Nun hieß es, die Contenance zu bewahren und sich keine Schwäche anmerken zu lassen. Ich war froh, nur ein paar wenige Schlucke des Champagners zu mir genommen zu haben, denn in Gegenwart dieses Mannes und dieser Frau durfte man sich keinen Fehler erlauben. Keinen Einzigen!

»Wie ich sehe, haben Sie schon ein wenig Ihre Fühler ausgestreckt.« Keatons Stimme klang knarzig, als hätte er rostiges Metall auf seinen Stimmbändern.

Unwillkürlich verleitete er mich dazu, mich zu räuspern. »Ja, deshalb bin ich schließlich hier.« Ich hielt seinem Blick stand, was ihm ein Zucken um die Mundwinkel entlockte. »Ich danke Ihnen, dass Sie mir die Möglichkeit geben, an dieser Veranstaltung teilzunehmen.« Ein wenig Honig um den Bart schmieren konnte nicht schaden.

»Danken können Sie mir, wenn der Artikel bei den Lesern ankommt und Ihnen ein gutes Renommee für Ihren weiteren beruflichen Werdegang beschert. Ich erwarte Höchstleistung.«

Das Wort *ansonsten* hing unausgesprochen zwischen uns.

Die mitschwingende Drohung vernahm nicht nur ich, sondern auch Mrs Snyder, die sich räusperte und versuchte, die Spannung ein wenig aufzulockern. »Ich bin mir sicher, Miss Jones wird dich nicht enttäuschen.«

Seine kleinen Augen fixierten mich weiterhin und bemühten sich darum, mich aus meiner vorgespielten Coolness herauszulocken. Doch den Gefallen würde ich diesem ... ach mir fielen spontan etliche Bezeichnungen für Keaton ein ... jedenfalls würde ich ihm diesen Gefallen nicht tun. Niemals! Der Kerl würde mich nicht kleinkriegen.

Endlich blickte er zur Snyder und in seine Augen trat ein völlig anderer Ausdruck. Es war, als würde jemand einen Schalter in seinem Kopf umlegen. »Ich weiß, ich erkenne in ihr den gleichen Biss, den du hast.«

Das war ein Kompliment, oder etwa nicht? Aber ich hielt mich zurück, schließlich hatte er es nicht direkt zu mir gesagt.

Um die Intimität der beiden nicht zu stören, sah ich in die Richtung, in die Mary verschwunden war. An einer Säule in der Nähe lehnte Ethan, hielt ein Glas mit einer bernsteinfarbenen Flüssigkeit in der Hand und beobachtete mich stirnrunzelnd. Der Ausdruck in seinen Augen schien mich zu verbrennen und verursachte ein erneutes Durcheinander in meinem Innern. Wie konnte ein Mann mit nur einem Blick, einer Frau dermaßen die Selbstbeherrschung nehmen?

Schnell hatte ich mich wieder im Griff und sah ihn mit zusammengekniffenen Lidern an. Ethan lachte laut auf und prostete mir zu. Offensichtlich trug ich weiterhin zu seiner Belustigung bei. Mir war mittlerweile klar, dass er nicht der Barkeeper war, für den ich ihn gehalten hatte. Doch was, beziehungsweise wer war er? Was tat er hier? War er einer der Reichen und Schönen, wie man so schön sagte? Anders konnte es nicht sein. Wie sonst hätte er Zutritt zu zwei solch exklusiven Veranstaltungen bekommen? Und Mary kannte ihn schon eine Weile, wie leider auch die meisten Frauen in dem Saal. Sie schlichen an ihn heran wie Raubkatzen auf der Pirsch und nickten ihm zu, wollten seine Aufmerksamkeit, doch er ließ sie links liegen und beobachtete mich stattdessen weiterhin amüsiert.

Genervt wandte ich das Gesicht ab und sah zurück zu meinen beiden Vorgesetzten, die miteinander tuschelten. Offenbar hatten sie vergessen, dass ich neben ihnen stand. Ich zuckte kurz mit den Achseln und schlenderte zur Bar, um mir einen alkoholfreien Cocktail zu holen.

Der Barkeeper hatte nicht annähernd die Wirkung auf mich wie Ethan. Einerseits war ich erleichtert, dass ich immer noch immun gegen das andere Geschlecht war. Andererseits hoffte ich, dass ich dem Möchtegern-Barkeeper nicht mehr über den Weg laufen würde, denn gegen ihn war ich nicht immun. Doch die Hoffnung musste ich bereits im nächsten Augenblick ad acta legen.

Einige Meter von mir entfernt saß der Kerl an einem der runden Tische und hatte seinen Kopf vertraulich zu einer sensationell aussehenden, dunkelhäutigen Frau gelehnt, die ich sofort erkannte. Sie war eine der zurzeit angesagtesten Sängerinnen auf diesem Kontinent. Vermutlich auch in Europa. Augenblicklich fühlte ich mich wie ein Bauerntrampel. Hey, seit wann hatte ich Probleme mit meinem Aussehen? Im Grunde genommen war ich zufrieden mit mir selbst.

ETHAN

Toni lachte immer noch, als ich ihm genervt gegen die Schulter boxte und ihn einfach stehen ließ. Ich würde noch lange Zeit seinem Spott ausgeliefert sein und ahnte Schreckliches. Aber seltsamerweise machte es mir nicht wirklich etwas aus. Stattdessen ließ ich meinen Blick ruhelos durch den großen Saal gleiten, auf der Suche nach der Frau, die mich auf merkwürdige Weise so irrational handeln ließ. Doch nirgends erblickte ich Abigail. Der Stalker in mir wollte am liebsten alle Ecken nach ihr absuchen, aber das Quäntchen gesunden Menschenverstands, das ich noch besaß, hielt mich davon ab.

Durchgerüttelt von diesem eigenartigen Gefühlscocktail, setzte ich mich an einen der runden Tische. Ich brauchte ein paar Minuten für mich. Keinen Toni, der mich nur ins Kreuzverhör nehmen wollte und erst recht keine Abigail, die mir das Hirn vernebelte. Ich musste mir darüber klar werden, wohin diese Besessenheit führen sollte oder besser gesagt, wie weit ich mich von ihr führen lassen wollte.

»Darf ich mich zu dir setzen?« Die Stimme dieser Frau würde ich überall erkennen.

Trish Caine sang nicht nur von Liebe, sondern ihre Stimme klang auch danach. Sanft, verheißungsvoll und einladend. In diesem Moment machte sie meine Hoffnung auf ein wenig Privatsphäre dem Erdboden gleich. Dennoch freute ich mich, sie zu treffen.

Als ich meinen Kopf zu ihr drehte, bestätigte sich meine Vermutung. Wieder einmal stellte ich fest, dass Trish Caine eine bemerkenswert gut aussehende Frau war.

»Selbstverständlich.« Ich stand kurz auf, um ihr den Stuhl zurecht zu schieben, und setzte mich dann wieder neben sie.

Trishs Hand legte sich vertrauensvoll auf meine. Wir kannten uns schon einige Jahre, waren im Laufe dieser Zeit gute Freunde geworden und im Gegensatz zu den meisten männlichen Gästen dieser Benefizveranstaltung war ich immun gegen ihre Reize. Ich redete gern mit ihr und sie mit mir, wir hatten wenig Geheimnisse voreinander. Natürlich war diese Freundschaft nie an die von Toni und mir herangekommen, aber ich vertraute Trish. »Was machst du heute Abend hier, Ethan? Ich dachte, du bist es leid, solche Partys zu besuchen.«

Oh ja, sie kannte mich sehr gut. Genau wie ich sie, was auch erklärte, warum ich nicht ihrer samtigen Stimme und ihrem hammermäßigen Körper erlag. Trish war zwar der Traum der halben männlichen Weltbevölkerung, aber ihr Herz gehörte Samantha, ihrer Assistentin und langjährigen Lebenspartnerin. Die beiden hielten ihre Beziehung jedoch geheim, weil das Management vor einem Coming Out gewarnt hatte. Als eine der zurzeit erfolgreichsten Sängerinnen kam es beim breiten Publikum nicht gut an, wenn sie erfuhren, dass die Lovesongs, die Trish sang, eigentlich für Samantha bestimmt waren. Wo wir wieder bei der Oberflächlichkeit der Menschheit waren, die mir so zum Halse heraushing und vor der ich flüchtete. Maine würde mein Zufluchtsort sein und ich hoffte, dort mehr Bodenständigkeit zu begegnen.

Vertraulich beugte ich meinen Kopf zu Trish und erklärte: »Vielleicht hat Mary mich genötigt oder es hat doch endlich mal eine Frau geschafft, mein Interesse zu erregen.«

Erstaunt riss sie ihre Augen auf und sah mir ins Gesicht. »Mary kann dich nicht unter Druck setzen, wenn du es nicht willst. Also, Ethan! Wer ist die Frau? Ist sie hier?« Ihre Hand klammerte sich an meine und ein sanftes Lächeln legte sich auf ihre Lippen, während die Neugier in ihren Augen aufblitzte. Sie hatte es sich zur Aufgabe gemacht, mir alle Singlefrauen, die sie kannte, vorzustellen. Ihr Ziel war es, mich in einer glücklichen Beziehung zu sehen. Bisher hatte ich es nicht verstanden und auch nicht gewollt. Eine Beziehung strebte ich immer noch nicht an, schließlich kannte ich Abigail überhaupt nicht, aber sie reizte mich wie keine andere.

»Ihr Name ist Abigail und ja, sie ist hier. Aber halte dich da raus, okay?«, warnte ich sie eindringlich.

»Hey, hey, hey! Was ist denn mit dir los? Seit wann mische ich mich in dein Liebesleben ein?« Trish riss gespielt entrüstet die Augen auf und konnte sich nur mit Mühe und Not einen Lachanfall verkneifen.

Ich schloss kurz die Augen. »Ich hatte gerade schon ein nettes Gespräch mit Toni, das hat mir gereicht. Vielleicht bin ich deshalb so gereizt.«

Ihre Finger strichen über meine Wange. »Vielleicht liegt es aber auch daran, dass diese Frau tatsächlich mal etwas in dir berührt, was die anderen bisher nicht geschafft haben«, spekulierte Trish.

»Gut möglich«, gab ich zu, da mir mittlerweile selbst klar geworden war, dass irgendetwas zwischen mir und Abigail anders lief, als ich es gewohnt war. Na ja, zumindest bei mir lief etwas anders ab. Ob sie sich auch so zu mir hingezogen fühlte, wie ich mich zu ihr, konnte ich nicht wissen.

Jetzt fing Trish neben mir an, aufgeregt zu zappeln. »Ich wusste es, ich wusste es!«

»Ja, ja. Jetzt bleib ruhig. Bis jetzt haben wir uns noch nicht mal verabredet.« Da ich flüsterte, beugte sie sich noch ein Stückchen näher zu mir. »Ich weiß noch nicht mal, ob ich ihr sympathisch bin. Bisher waren unsere Begegnungen eher kurzer Natur und zum Teil war sie dabei betrunken gewesen. Weder haben wir uns geküsst, noch auf unsittliche Weise berührt. Außerdem will ich nichts von ihr. Nächste Woche breche ich hier meine Zelte ab, da kann ich keine Komplikationen gebrauchen.«

»Unsittliche Weise? Gott, Ethan! Du bist echt niedlich. Dann geh zu ihr, lerne sie besser kennen und verabrede dich endlich mit ihr.« Aufmunternd blickte sie mich an, ohne auf meine letzten Sätze einzugehen. »Los!«

So wie sie es sagte, hörte es sich einfach an. Zu einfach. Dennoch erhob ich mich und machte mich auf die Suche nach Abigail Jones, der Journalistin. Und das, obwohl ich keine Komplikationen gebrauchen konnte. Wie ferngesteuert bewegte ich mich durch den Raum, auf der Jagd nach ebendiesen Komplikationen.

ABIGAIL

Ich wollte so schnell wie möglich von dem Anblick, den Ethan und diese Sängerin mir boten, wegkommen, also schwenkte ich rasch nach links. Um nicht an dem Tisch vorbeigehen zu müssen, vollführte ich beinahe einen Stunt, der leider nicht gelang. Ich war zwar aus Ethans Blickfeld entkommen, aber ich lief prompt einem Mann vor die Füße, dem ich zu allem Übel den Inhalt meines Cocktailglases über das blütenweiße Hemd goss.

Na toll! Mich würden alle Anwesenden dieser Veranstaltung als den Trampel vom Land in Erinnerung behalten. Am liebsten hätte ich eine hundertachtzig Grad Wende hingelegt und wäre nach Hause gerannt. Aufmerksamkeit zu erregen und dann auch noch Negative, war mir von jeher ein Gräuel gewesen. Das war zu viel für mich. Mich beschlich schon die ganze Zeit über das Gefühl, mich verstellen zu müssen und hier nicht herzugehören. Das stimmte zwar, aber es musste ja nicht jeder wissen.

Ich war nicht die taffe Abigail Jones, die alles im Griff hatte. Verdammt noch mal, ich hatte nicht einmal ein Ballkleid, das zu diesem Anlass gepasst hätte! Vielleicht sollte ich mir ernsthaft Gedanken darüber machen, in das Kuhkaff zurückzugehen, aus dem ich gekommen war.

»Entschuldigen Sie bitte!«, stammelte ich hilflos, während sich die orangefarbene Flüssigkeit auf dem Hemd des Mannes ausbreitete.

»Ist schon gut, Lady.« Erstmals sah ich dem Mann ins Gesicht und bekam einen trockenen Mund. Vor mir stand William Garner, der William Garner, der letzte Woche den Oscar für seine Rolle im Drama »Wenn der Wind uns trennt« bekommen hatte. Er drehte sich zu einem riesigen Kerl um. »Marc, hol mir ein neues Hemd. Wir treffen uns bei den Toiletten.«

»Wird gemacht, Boss.« Und schon rauschte Marc von dannen. Erstaunt sah ich ihm hinterher.

»Marc ist eine Mischung aus Bodyguard, Assistent und bester Freund. Machen Sie sich keine Sorgen, gleich sehe ich wieder aus, als wäre nichts geschehen.« Mit einem kessen Lächeln auf den Lippen fuhr er fort: »Nun sollten Sie mich allerdings ein Stück begleiten, da ich mich ansonsten schutzlos fühle.« Galant hielt er mir seinen Arm hin. Links hinter dem Schauspieler stand die Snyder und reckte unauffällig den Daumen in die Höhe. Offenbar begrüßte sie William Garner als möglichen Protagonisten in meinem Artikel über Millionäre. Unsicher, weil ich nicht recht wusste, was auf mich zukommen würde, hakte ich mich bei ihm ein und folgte ihm in den Flur. Hier war es ruhiger als in dem großen Saal, das Stimmengemurmel war kaum noch zu hören. Leise Musik drang aus den Lautsprechern und meine Absätze klackerten viel zu laut auf dem Marmorboden.

»Nun müssen Sie mir aber auch Ihren Namen verraten, schöne Frau.« Der Mann an meiner Seite ließ seinen ganzen Charme spielen. Unwillkürlich musste ich an Ethan denken und an das, was mir Mary über ihn erzählt hatte. Eine solche Charmeoffensive hatte Ethan mir gegenüber niemals angewandt. Ganz im Gegenteil, er war stets zurückhaltend gewesen und hatte eher abwartend reagiert und mich beobachtet. Doch das hatte mehr Wirkung auf mich gezeigt, als das Lächeln und Augenzwinkern des Sonnyboys mit dem

Oscar in der Tasche. Außerdem gefiel es mir ganz und gar nicht, dass er aalglatt davon ausging, dass ich wusste, wie er hieß. Das sprach von einem übersteigerten Selbstbewusstsein. Zudem war es unhöflich, dass er sich mir nicht vorstellte.

»Mein Name ist Abigail Jones«, dennoch beantwortete ich seine Frage, allerdings etwas unterkühlt.

»Abigail Jones. Ihr Name klingt genauso heiß wie Sie aussehen, meine Hübsche.« Meine Augen hatten das starke Bedürfnis, sich zu einem Rollen aufzuraffen, aber ich riss mich mit aller Macht zusammen. Der Typ verursachte mir eine Gänsehaut, allerdings nicht der angenehmen Art. »Wer ich bin, wissen Sie bestimmt.« Es war keine Frage, sondern eine simple Feststellung, als wäre es sonnenklar. Jeder Mensch auf diesem Planeten musste offenbar den Schauspieler kennen und am besten gleich noch ein wenig vergöttern. Den Kerl konnte ich nicht ausstehen, er war mir mehr als unsympathisch. Auf dieser Veranstaltung musste es doch einen anderen Mann geben mit Geld und Ansehen, dem ich mich an den Hals schmeißen konnte, um diesen verdammten Artikel zu schreiben. William Garner war definitiv der Falsche für den Job.

»Ah, da kommt Marc.« Er hob kurz die Augenbrauen und fragte: »Wollen Sie mir ein wenig zur Hand gehen, bei meinem Hemdenwechsel?«

Wie bitte? Hatte der Mann einen Sockenschuss? Erzürnt entriss ich ihm meinen Arm und wollte mich kommentarlos abwenden. Jedoch tauchte vor mir Marc auf.

»Danke, Marc.«

Um keine unnötige Szene zu veranstalten, blieb ich stehen und wartete ab, bis er seinem Boss das Hemd gegeben hatte. Anstatt mir danach den Weg frei zu geben, vereitelte der Schrank von Mann jedoch weiterhin meine Flucht. Mittlerweile verlor ich regelrecht die Geduld und wollte mich an diesem Marc vorbeischieben, aber er bewegte sich immer zeitgleich mit mir, sodass ich keine Chance hatte zu entkommen.

Das war der Moment, in dem ich begriff, dass ich in ernsthaften Schwierigkeiten steckte.

»Na, na, wer will denn da einfach abhauen, ohne die Schulden zu bezahlen?«, säuselte William Garner in mein Ohr.

Ich war nun zwischen den beiden Männern eingepfercht und bekam es langsam mit der Angst zu tun. Williams Hände legten sich besitzergreifend auf meinen Hintern, wanderten von da auf meine Hüften, während er seinen Unterleib gegen meine Kehrseite presste. Plötzlich spürte ich seine Erektion und der lüsterne Blick, den Marc mir zuwarf, entging mir genauso wenig. Mein Herz schlug rasend schnell und ich hatte das Gefühl, keine Luft mehr in meine Lungenflügel zu bekommen. Ich roch das Aftershave der beiden, spürte die Wärme ihrer Körper und in mir erwachte plötzlich ein Kampfgeist, von dem ich nicht gewusst hatte, dass ich ihn besaß.

Ich drückte mich mit den Händen an der steinharten Brust des Bodyguards ab und rammte mit aller Macht meinen Kopf nach hinten. Ein unschönes Geräusch war zu hören, jemand fluchte laut und dann spürte ich hinter mir niemanden mehr. Ich sah mich nicht um, schlug einen Haken, als Marc nach mir greifen wollte und rannte drei Meter, ehe ich erneut gegen jemanden prallte.

»Nein!«, schrie ich panisch und versuchte, mich aus den kräftigen Armen zu befreien, die mich festhielten. Mein Blick huschte unruhig nach oben. Plötzlich sah ich Ethans Gesicht. Mehrere Emotionen überschwemmten mich zeitgleich. Erleichterung, Unglaube und Angst. Denn als ich den eisernen Ausdruck in seinen Augen wahrnahm, wusste ich nicht, wie ich mit seiner Anwesenheit umgehen sollte. Warum war er hier? Gehörte er etwa zu den beiden Arschlöchern? Machten die drei sich einen Spaß daraus, Frauen zu bedrängen, die normalerweise nicht zu der illustren Gesellschaft zählten, die sich in dem großen Saal amüsierte? »Lassen Sie mich los!«

Sofort nahm er seine Hände von mir und der harte Blick in seinen Augen galt nicht länger mir. Er fixierte William und Marc mit einer stummen Drohung. Endlich wagte ich zu hoffen, dass er auf meiner Seite stand und wandte den Kopf herum. Mir bot sich ein spektakulärer Anblick. Beide Hemden von William, die ursprünglich blütenweiß gewesen waren, zierten rote Blutsprenkel. Eins der beiden Kleidungsstücke hielt er sich unter die Nase, die ich augenscheinlich gebrochen hatte. Diese Erkenntnis schenkte mir eine gewisse Art von Genugtuung, obwohl ich fand, dass die Strafe noch viel zu milde ausfiel.

Marc hob die Hände hoch, als wäre er ein Unschuldslamm. »Hey Ethan, sorry, wenn wir dir ins Gehege gekommen sind. Die Tussi sah allein aus und ihr heißes Fahrgestell hat unsere Fantasie beflügelt.« Verschwörerisch zwinkerte der Hüne zu dem Mann an meiner Seite.

Ethans ganzer Körper stand unter Anspannung. Die Hände hatte er zu Fäusten geballt und sah aus, als wollte er jeden Moment losstürmen und das vollenden, was ich begonnen hatte. Beruhigend legte ich meine Hand auf seinen Unterarm. Er antwortete William nicht, stattdessen fragte er mich: »Abigail, möchten Sie Anzeige erstatten?«

Wollte ich das? Im Grunde genommen wäre es richtig, aber die Sache würde meine Reputation zerstören. Für die Presse wäre es ein gefundenes Fressen. Sie würden sich auf mich stürzen wie die Aasgeier, ich kannte das Spiel zu Genüge. Es würde heißen, dass sich die junge Reporterin dem erfolgreichen Superstar an den Hals geschmissen und sogar dem Bodyguard schöne Augen gemacht hatte. Sie würden mich durch den Kakao ziehen, bis die Welt dachte, ich wäre eine Frau, die ihren Körper professionell verkaufte. Nein, ich wollte das nicht! Ich schüttelte kurz den Kopf.

»Okay«, sagte Ethan leise, ehe er mit erhobener Stimme fortfuhr. »Willi-Boy das wird morgen wohl nix mit dem Dreh. So wie du aussiehst, bekommt das die beste Maskenbildnerin nicht hin.« Der Blick, den er daraufhin von Mister Garner zugeworfen bekam, war oscarverdächtig, den sollte er einüben, falls er das nicht schon getan hatte. Doch an Ethan prallte er ohne Wirkung ab. »Verschwindet hier und hört mit diesen perversen Spielchen auf. Ansonsten kann ich nicht dafür garantieren, dass es das nächste Mal bei einer gebrochenen Nase bleibt. Abigail verzichtet vorerst auf eine Anzeige, aber sollte ich noch einmal etwas in der Art mitbekommen, ist sie ganz bestimmt gewillt, gegen euch auszusagen. Nicht wahr?«

Ich nickte automatisch, doch ich fühlte mich elend. Die Kerle ziehen zu lassen, entsprach überhaupt nicht meinem Gerechtigkeitsempfinden. Dennoch war ich in diesem Moment froh, dass William und Marc kommentarlos von dannen zogen.

Ethan zog ein Taschentuch hervor und wischte mir damit ein paar Blutstropfen von der Schulter. Sein eindringlicher Blick, gepaart mit der zarten Berührung, ging mir durch und durch. Er war wütend, aber auch besorgt. Besorgt um mich. Diese Erkenntnis schenkte mir ein gutes Gefühl. Genau das, was ich gebraucht hatte. »Kommen Sie, ich bringe Sie nach Hause.«

Wie in Trance folgte ich ihm.

ETHAN

Die Wut, die in mir brodelte, war kaum unter Kontrolle zu halten. Ich hatte Abigail gesucht und als ich sie nirgends in dem Festsaal finden konnte, war ich mit einem unguten Gefühl in das Foyer zu den Toiletten gegangen. Als ich sie da eingekeilt zwischen diesen beiden Arschlöchern entdeckt hatte, war ich kurz davor gewesen, einen Mord zu begehen.

Es war lange her, dass ich mich dermaßen unter Kontrolle halten musste. Aber dann hatte Abigail angefangen, sich zu wehren, und ich hatte fasziniert beobachtet, wie sie diesem kleinen Scheißer Garner die Nase brach.

Ein neues Gefühl hatte sich in mir ausgebreitet, es war Stolz. Stolz auf Abby, dass sie sich das nicht einfach gefallen ließ, dass sie kämpfte und es den Kerlen zeigte. Sie hatte sich so gut in meinen Armen angefühlt. Am liebsten hätte ich sie nicht mehr losgelassen, doch die Situation war mehr als unpassend gewesen.

Nun brachte ich sie umgehend zum Ausgang und es begegnete uns glücklicherweise niemand weiter. Das unbändige Bedürfnis sie zu beschützen, pochte in meinen Adern. Ihr peinliche Blicke zu ersparen und sie nicht allein zu lassen, war in diesem Moment ein festgesetztes Ziel.

Auf einen Wink hin wurde mir mein Wagen gebracht und ich schob Abigail sanft auf den Beifahrersitz, ehe ich mich hinter das Lenkrad des Audi R8 setzte. Das Auto war ein Geschenk meines Vaters gewesen. Selbst wäre ich nicht auf die Idee gekommen, ein solches Auto zu kaufen. Klar, es war ein absolut heißes Gefährt, aber es war auch ein Statussymbol. Ich war der Letzte, der solche Symbole brauchte, um sich zu beweisen.

Bevor ich den Motor startete, stellte ich die Heizung ein. Es war kühl heute Nacht und der Schock, den Abby vermutlich hatte, würde ihr eine zusätzliche Kälte in die Glieder treiben. Als ich den Schlüssel im Zündschloss umdrehte, hörte ich die ersten Töne von Beethovens Mondscheinsonate. Es schien mir die passende Musik zu sein. Vielleicht half sie ja, Abby ein wenig Geborgenheit zu schenken, obwohl es mir lieber wäre, dass meine Arme dies tun könnten. Doch mir war klar, dass die Umarmung eines Mannes jetzt vermutlich das Letzte war, was sie gebrauchen konnte.

ABIGAIL

Wir fuhren bereits zehn Minuten, als ich endlich wieder ich selbst wurde. Die Erkenntnis, fast einem sexuellen Übergriff zum Opfer gefallen zu sein, beschwor eine ungeheure Wut in mir herauf.

»Wie oft haben die beiden so etwas bereits einer Frau angetan? Und wie oft sind sie damit schon erfolgreicher gewesen, als bei mir?«, fragte ich ungehalten, während die nächtlichen Lichter der Stadt an mir vorbeiglitten, ohne dass ich sie bewusst wahrnahm. Ethan war der Letzte, der meinen Unwillen abbekommen sollte, doch ich war nicht in der Lage, meine Wut zu zügeln.

Die Straße lag einsam vor uns und wir hatten eine grüne Welle. Er steuerte den Wagen konzentriert und schenkte mir dabei das Gefühl, bei ihm sicher zu sein, was er aber auch schon allein durch seine Präsenz bewerkstelligte. Zuerst dachte ich, er wolle nicht antworten, doch dann räusperte er sich und begann zu erzählen. »Sie hatten bei der Aftershow-Party der Oscar-Verleihung einen weiblichen Fan angerempelt, sie verschüttete ein Getränk auf Williams Hemd und ging dann mit ihm nach draußen.

Ein Freund von mir hat eine völlig aufgelöste junge Frau bei den Toiletten gefunden. Die beiden wollten zwar nur grabschen, sind aber offensichtlich pervers und ein eingespieltes Team. Wer weiß wie weit sie gehen werden, wenn ihnen dieses Spiel zu langweilig wird. Typen wie Garner denken, sich alles erlauben zu können.« Ich konnte an Ethans Ton erkennen, wie sehr er die beiden Männer verabscheute.

»Mh, dasselbe wie bei mir. Was finden die beiden daran? Ich versteh das nicht. Garner kann doch jede Nacht eine andere abschleppen. Warum auf diese Weise?« Hoffentlich hatten sie niemanden vergewaltigt. Wenn man sie nicht stoppte, würden Garner und sein Gehilfe vielleicht eines Tages tatsächlich so weit gehen.

»Ich denke, es ist die Macht, die sie dazu bringt, Lust zu empfinden. Bis ich von diesem Vorfall gehört habe, bin ich davon ausgegangen, dass William homosexuell ist. Na ja, und Marc eben sein heimlicher Lover.« Ethan wandte kurz den Blick zu mir und ich konnte Sorge darin erkennen, was mich tief berührte. Der Mann war vielschichtig. Auf der einen Seite war er ein Kindskopf – setzte mir einen Teufelscocktail vor. Auf der anderen Seite war er mitfühlend und hilfsbereit. Er faszinierte mich und in meinem Magen flatterte etwas aufgeregt.

»Vielleicht stehen sie ja auf beides und dazu dann diese Sadistenshow.« Angewidert schüttelte ich mich. »Hat die junge Frau Anzeige erstattet?«

Traurig verneinte er. »Sie haben ihr einen Scheck in den Ausschnitt gesteckt. Eine sehr hohe Summe. Die Frau hatte kurz die Luft angehalten, aufgehört zu weinen, und ist dann gegangen. Sie suchen sich offenbar Menschen heraus, die ihrer Meinung nach finanziell nicht so gut gestellt sind wie der Rest der High Society.« Ethan schnaubte verächtlich. »Scheint zu funktionieren.«

»Das ist unglaublich! Diese reichen Scheißer denken wirklich, dass sie Frauen, die ärmer dran sind, für ihre Gewalt an ihnen bezahlen und damit ungeschoren davonkommen können.« Die Wut ballte sich wie eine Kugel in meinem

Magen zusammen und plötzlich wurde mir speiübel. »Können Sie kurz ranfahren? Mir ist schlecht.«

Ethan reagierte sofort, setzte den Blinker und parkte auf dem Seitenstreifen. Hastig sprang ich aus dem Auto und inhalierte die frische Luft. Meine Hände zitterten und die Kniegelenke waren kaum mehr vorhanden. Erst als mein Begleiter zu mir trat und eine weiche Decke um meine Schultern legte, merkte ich, dass ich schon wieder meinen Mantel an der Garderobe liegen gelassen hatte.

Vorsichtig drehte er mich zu sich herum. »Alles okay?« Seine tiefe Stimme war leise, doch die Worte trafen mich dennoch. Es war etwas Sanftes in seiner Stimme, etwas, das meine Beine in Pudding verwandelte.

»Ja, erstaunlicherweise. Bin nur etwas wacklig. Die Luft tut mir gut, auch wenn es recht frisch ist. Mein Mantel ist noch im Museum«, gab ich zerknirscht zu.

»Ich weiß, das ist mir bereits aufgefallen. Den hole ich nachher, keine Sorge, muss sowieso noch mal zurück und etwas erledigen. Jetzt weiß ich ja, wo ich ihn hinbringen muss.« Ethan zwinkerte mir zu. Als er mir über den Rücken streichelte, geschah es wie von selbst, dass ich in seinen Armen landete. Erleichtert legte ich meinen Kopf an seine Brust.

Mir war bewusst, wie intim die Situation war und dass wir uns eigentlich erst viel zu kurz kannten, aber es war tröstlich und obwohl Ethan mich an sich zog, war an seiner Umarmung nichts Verwerfliches. Ich war nicht in der Lage, mich gegen meinen eigenen Wunsch, von ihm umarmt zu werden, zu wehren. Er roch frisch und außerdem verboten gut.

So standen wir lange unter dem klaren Sternenzelt und bewegten uns nicht. Ich genoss die Wärme, die sein muskulöser Körper ausstrahlte und entspannte mich langsam. Ethan hielt mich geduldig fest, bis ich endlich bereit war, meinen Kopf wieder zu heben.

Ein Auto fuhr an uns vorbei und ich bemerkte, dass wir nicht den Weg eingeschlagen hatten, den der Taxifahrer auf dem Hinweg gewählt hatte. Wir standen auf einer ländlich wirkenden Straße, demnach hatte Ethan die Umfahrung genommen, was zwar ein Umweg, aber einen viel angenehmeren und ruhigeren Heimweg versprach.

»Danke. Danke, für alles.« Meine Worte schwebten leise in die Luft und der sanfte Wind nahm sie mit sich.

Ethan sah nicht zu mir, sein Blick war in die Ferne gerichtet. »Nichts zu danken Abby. Das war selbstverständlich.«

Diese Stimme, sie war tief und hinterließ in mir ein Sehnen, das ich nicht wollte. Vorsichtig entfernte ich mich ein Stück von ihm, als wäre er ein wildes Tier, in dessen Gegenwart man keine hastigen Bewegungen machen durfte. Das war totaler Blödsinn, denn ich war es, der in dieser Situation nicht zu trauen war. Ich wollte ihn berühren, ihn küssen. Sein Duft erfüllte mich. Ethan war ein anständiger Mann und hatte offensichtlich kein Interesse an mir. Er war nur nett zu mir. Warum Mary solche Geschichten über ihn erzählte, war mir schleierhaft. Oder ich war einfach nicht sein Typ. Vielleicht stand er auch auf reichere Frauen, die Erfolg hatten und die es sich leisten konnten, ihn auszuführen.

In stillem Einvernehmen setzten wir uns zurück in das Auto. Es war ein Audi in Luxusversion. Wie konnte sich ein Barkeeper einen solchen Wagen leisten? Ach ja, er war ja gar kein Barkeeper. Doch was war er dann? War er Marys Bodyguard? Ihr jugendlicher Liebhaber? Oder gar ein Mann, den man für gewisse Stunden mieten konnte? Erschrocken riss ich die Augen auf. Das würde erklären, warum er sich ein solch luxuriöses Auto leisten konnte.

Ich musterte ihn verstohlen von der Seite. Ja, einen solchen Mann würde ich auch aussuchen, wenn ich auf käufliche Ware stehen würde. Hey! Was fantasierte ich mir da eigentlich zusammen? Das war ja unfassbar, was in meinem Hirn ablief. Seit wann vermutete ich hinter jedem gut aussehenden Mann einen Escort?

Die Neugier brachte mich um, also fragte ich kopflos: »Ethan?«

»Ja?« Kurz huschte sein Blick zu mir, ehe er sich wieder konzentriert auf die Fahrbahn heftete.

»Wie können Sie sich ein solches Auto leisten?« In dem Moment, als die Worte meinen Mund verlassen hatten, biss ich mir auf die Zunge, doch es war zu spät. Ich war ein totaler Idiot! Wie kam ich nur auf die Idee, einen Mann, den ich nicht mal richtig kannte, etwas derartiges zu fragen? Anziehungskraft hin oder her!

Irritiert legte sich seine Stirn in Falten und ein harter Zug erschien auf seinen Lippen. War offensichtlich, dass ich zu weit gegangen war. Das schlechte Gewissen griff unnachgiebig nach mir. »Harte, zum Teil körperliche Arbeit.«

Puh, lag ich etwa doch richtig? Verdiente er sein Geld damit, fremde Frauen zu beglücken? Schamesröte stieg in mein Gesicht, als ich mir ausmalte, ihn zu buchen. Wie er meinen Körper berührte und ich seinen ... Gut, dass es in dem Wagen dunkel war. »Oh, na dann haben Sie es sich redlich verdient.« Der erneute irritierte Blick, den er mir zuwarf, sprach Bände. Ich war ihm suspekt. Vermutlich wusste er, dass ich ahnte, was er beruflich trieb, was bei ihm offenbar eher Groll als Scham verursachte.

»Ja, das habe ich in der Tat. Im Gegensatz zu vielen anderen.« Irrte ich mich, oder hörte sich seine Stimme ungehalten an? Vielleicht sollte ich doch lieber die Klappe halten. »Und was macht eine Frau wie Sie beruflich?«

»Ich bin Journalistin, bei *Cosmostar*«, antwortete ich bereitwillig, obwohl ich mir sicher war, dass er es bereits wusste.

»Ach? Und was führt Sie in die High Society?« Wollte nicht eigentlich ich das Fragen übernehmen?

Unwohl rutschte ich auf dem Polster des Sitzes herum, doch dann hatte ich eine Idee, wie ich mich ohne zu lügen, aus der Affäre ziehen konnte. »Mein Boss, Mister Keaton, hat mich eingeladen. Anscheinend war ich in diesem Monat in seinen Augen besonders fleißig gewesen.«

»Dann sind wir ja schon zwei.« Sein Gesichtsausdruck war plötzlich distanziert, dennoch fragte er weiter. »Und gestern?

Wie sind Sie zu der Einladung bei Mary gekommen?« Warum bohrte er mit einem Mal nach? Hatte er die Befürchtung, dass ich mich in die noble Oberschicht einschleichen würde?

»Sie hat mich eingeladen, nachdem wir uns bei einem Interview kennengelernt haben.« Nun hatte ich allerdings die Nase voll, denn ich spürte eindeutig seine Ablehnung. Vielleicht war ihm mein Beruf nicht recht. Vielleicht war ich ihm nicht wohlhabend genug. Vielleicht hatte er auf eine weitere lukrative Kundin gehofft. Tja, Escortman, Pech gehabt.

Erleichtert stellte ich fest, dass wir uns in der Straße befanden, in der ich wohnte. Ich wollte so schnell wie möglich aus diesem Auto. Die Straßenlaternen spendeten ein diffuses Licht und weit und breit war niemand zu sehen, als wir aus dem Auto stiegen. Die Szenerie erinnerte mich an einen alten Film. Gleich würde Fred Astaire pfeifend um die Ecke kommen, seinen Gehstock schwingen und sich zum Gruß an den Strohhut tippen. Amüsiert über meine blühende Fantasie schüttelte ich den Kopf und warf einen kurzen Blick nach links. Ethan war tief in seinen Gedanken versunken.

Als ich die Tür öffnete, tat er es mir gleich und wir stiegen aus.

An der Treppe, die zu meiner Tür des kleinen viktorianischen Stadthauses führte, blieb ich stehen. »Vielen Dank, Ethan. Mal wieder«, fügte ich ernst hinzu und drehte mich um. Er stand noch neben seinem Auto und beobachtete mich.

»Gern geschehen. Morgen bringe ich Ihnen den Mantel. Bis dann.«

Ich nickte, drehte mich um und sah nicht mehr zurück zu ihm, sondern verschwand schnell im Haus. Mein Herz schlug heftig, da ich mir sein Verhalten idiotischerweise zu Herzen nahm, denn ich fühlte mich unwürdig, arm und einfach nicht gut genug. Obwohl das totaler Blödsinn war. Was wusste ich schon von ihm? War er wirklich ein Escort? Ein Callboy? Aus seinen kryptischen Antworten konnte man ja nicht gerade schlau werden. Dennoch musste ich zugeben, dass Vieles darauf hindeutete, dass ich mit meiner Vermutung richtig lag.

In dieser Nacht schlief ich unruhig. Was nicht nur an dem lag, was ich mit William Garner und seinem herzallerliebsten Marc hatte durchmachen müssen. In meinen Träumen vermischte sich die Realität mit den Romanen, die ich seit Tagen verschlang und ständig tauchte darin das Gesicht von diesem Ethan auf, das über mir schwebte. In seinen Augen brannte ein Feuer, das von dem Verlangen sprach, das in ihm brodelte.

ETHAN

Shit! Wenn ich weiter so schlecht schlief, konnte man mich bald für einen Zombie halten. Zumindest bräuchte ich dann für Halloween kein Kostüm, dachte ich ironisch.

Als ich am gestrigen Abend zurück zur Party gefahren war, fand ich keine Spur mehr von Will und seinem Handlanger, was vermutlich auch besser für alle Beteiligten gewesen war. Stattdessen hatte mich Toni abgefangen und wir waren zu mir gefahren. Gemeinsam hatten wir den restlichen Whiskey aus der angefangenen Flasche vertilgt und waren dann eingeschlafen. Toni schnarchte noch immer auf meiner Couch, doch mich trieb die altbekannte Unruhe aus dem Bett.

Nachdem ich mir eine riesige Tasse voll mit extrem schwarzen Kaffee eingegossen hatte, verzog ich mich in mein Arbeitszimmer. Einige der Aktenordner mussten noch durchgesehen werden und dann konnte ich die zehn großen Kartons an den neuen Besitzer der Firma, die ich mit viel Herzblut aufgebaut hatte, abschicken. Ein bisschen Wehmut schwang bei den Tätigkeiten mit und ich fragte mich nun zum wiederholten Mal, ob es tatsächlich die richtige Entscheidung gewesen war, zu verkaufen. Ich hatte keine Angst, am Hungertuch zu nagen, so wie es mein Vater und meine

Mutter befürchteten. Gerade die beiden waren die größten Gegner gewesen, als es vor ein paar Jahren darum ging, diesen Berufsweg einzuschlagen.

Sie hatten versucht, es mir auszureden und mir später sogar Steine in den Weg gelegt. Nun waren sie plötzlich anderer Meinung?

Das konnte und wollte ich nicht recht nachvollziehen. Aber vermutlich ging es ihnen viel mehr darum, wie ich mein erwirtschaftetes Geld zukünftig investieren würde.

Natürlich hätten sie es lieber gesehen, wenn ich es in den Firmen meines Vaters angelegt hätte, aber das war immer noch meine Entscheidung und nicht ihre.

Mein jetziges Schwanken betraf den Wohnortwechsel, der mir bevorstand. Klar, Toni würde mich besuchen kommen und auch Trish wäre sicherlich bereit, hin und wieder in eine abgelegene Gegend zu reisen. Zukünftig war ich selbst ortsgebunden.

Ich schüttelte über meine eigenen Gedanken den Kopf und machte mich daran, die restlichen Ordner abzuarbeiten.

Für den Nachmittag hatte ich etwas vor, deshalb wollte ich so schnell wie möglich hier fertig werden. Mal wieder hatte ich die Ehre, den Mantel von Abigail Jones zurückzubringen. Er hing in meinem Flur und als ich vorhin daran vorbeigegangen war, hatte ich eindeutig ihr Parfum riechen können. Die Aussicht, sie wiederzusehen, versetzte mich in gute Laune.

~

Zwei Stunden später, ich war gerade im Begriff, den letzten Karton mit Klebeband zu verschließen, stand ein strubbeliger Toni in der Tür meines Arbeitszimmers. Er hielt eine Tasse Kaffee in der Hand und so wie er dabei aussah, hatte er das schwarze Gesöff bitter nötig.

»Ausgeschlafen?«, fragte ich ihn, obwohl das offensichtlich nicht der Fall war.

»Sprich nicht!«, klagte er mit einem Ausdruck im Gesicht, der klar erkennen ließ, wie es um seinen Kopf bestellt war.

Ich hatte Mitleid und griff in meine Schreibtischschublade, wo ich für Notfälle immer ein paar Kopfschmerztabletten liegen hatte. Nachdem ich Toni noch ein Glas Wasser eingegossen hatte, reichte ich ihm die kleine Dose.

Erleichtert ergriff er sie und schluckte die Tabletten umgehend. Danach spülte er mit dem Wasser nach. »Danke, Kumpel!«

Damit sein Kopf geschont wurde, streckte ich ihm nur den erhobenen Daumen entgegen und beschriftete den Karton. Während Toni duschte und sich frische Klamotten von mir anzog, rief ich das Speditionsunternehmen an, das die Kartons abholen und zu dem neuen Firmeninhaber bringen würde.

In meiner Wohnung war bereits vieles in stabilen Kisten verstaut, zum Teil hatte ich sie schon in mein neues Zuhause liefern lassen. Einen großen Teil der Sachen hatte ich Wohltätigkeitsorganisationen gegeben, weil ich mich nicht mit unnötigem Ballast auf den Weg machen wollte. Noch einmal sah ich mich in der Wohnung um. Langsam konnte man erkennen, dass ich die Zelte abbrach. Auf der einen Seite freute ich mich auf einen Neuanfang, auf der anderen Seite hatte der Abschied von meinem alten Leben einen bitteren Beigeschmack.

ABIGAIL

Ein *Ping* kündigte eine neue E-Mail an. Dankbar, mich von meinem Artikel losreißen zu können, öffnete ich das Postfach. Ich konnte mich kaum auf das konzentrieren, was ich schreiben wollte. Mein Kopf war voll, dennoch fand ich nicht das passende Ventil, meine Ideen rauszulassen. Bereits im Morgengrauen war ich aufgestanden und gleich unter die Dusche gesprungen. Nach einem leichten Frühstück hatte ich mich an meinen Schreibtisch gesetzt. Doch in den letzten drei Stunden hatte ich gerade mal ein paar hundert Wörter in die Tasten gehauen und das, obwohl ich den Artikel schon fertig in meinem Kopf abgespeichert hatte.

Immer wieder kreisten meine Hirnwindungen um diesen einen mysteriösen Mann, der mir viel zu nahe ging.

Als ich den Namen des Absenders las, schlich sich ein Lächeln auf mein Gesicht. Clodette alias Mary schrieb mir. Neugierig klickte ich die Mail an.

Guten Morgen Liebes,
was halten Sie davon, mit mir zu Mittag zu essen?
Liebste Grüße
Mary
(Ja, heute bin ich mir sicher, wer Ihnen schreibt.)

Wieder einmal brachte mich Mary zum Lachen. Ja, ich wollte mit dieser wundervollen älteren Dame essen gehen, also schrieb ich ihr schnell eine Antwort und wir verabredeten uns für zwölf Uhr in einem kleinen italienischen Restaurant, nicht weit von meinem Zuhause. Ich wählte ein leichtes Sommerkleid und zog Ballerinas an. Der Tag versprach laut Wetterbericht warm zu werden. Mein Haar band ich zu einem hohen Zopf und trug etwas Lipgloss auf. Anschließend griff ich nach den Schlüsseln und ging zu Fuß zu meiner Verabredung.

Draußen empfing mich ein wunderschöner Spätfrühlingstag. Die Sonne schien noch nicht zu heiß auf mich nieder und als ich durch den nahegelegenen Park schlenderte, hörte ich über meinem Kopf die Vögel singen. Unwillkürlich legte sich ein Lächeln auf mein Gesicht. Ich war glücklich und so wie es jetzt war, war es gut. Wieder huschten meine Gedanken zu Ethan. Was er wohl in diesem Moment gerade tat? War er gestern noch lange auf der Party geblieben, nachdem er dorthin zurückgefahren war? Hatte er eventuell sogar eine andere Frau getroffen? War er überhaupt allein dort gewesen oder in Begleitung? Vielleicht war diese Trish seine Geliebte.

Ich merkte, wie sich mein Glücklichsein in einen Zustand des Missmuts verwandelte, also drängte ich Ethan ganz weit zurück in mein Unterbewusstsein, verschloss ihn dort und nahm mir vor, vorerst nicht mehr an ihn zu denken. Ganz fest nahm ich mir vor, damit erfolgreich zu sein.

Diesen Vorsatz behielt ich tapfer bei und während des gemeinsamen Essens mit Mary wurde ich auch nicht schwach.

Doch dann fragte mich die Autorin, die mittlerweile mehr als eine Interviewpartnerin für mich war, ob ich mich gestern mit Ethan amüsiert hätte, nachdem er mich von der Party entführt hatte.

Ich verschluckte mich an der Weißweinschorle und hustete. In meinen Augen sammelten sich Tränen und als ich die endlich weggeblinzelt hatte, erkannte ich das schelmische Grinsen auf Marys Gesicht.

»Na, na, Kindchen. Wer wird sich denn gleich so aufregen? Sie müssen dringend an ihrem Pokerface arbeiten. Sollten Sie öfter in dem Haifischbecken der High Society mitschwimmen wollen, müssen Sie Ihre Emotionen besser verbergen.« Sie zwinkerte mir kurz zu und lächelte wissend.

»Den Schwimmkurs für das Haifischbecken muss ich nicht extra absolvieren. Ich bin nur vorübergehend dort unterwegs, bis ich die Artikelserie über die Millionäre beendet habe«, erklärte ich ihr.

»Oh!«, gab Mary enttäuscht von sich. »Ich dachte, Sie würden mir noch ein wenig länger erhalten bleiben.«

Nun war es an mir zu grinsen. »Nur weil ich nicht mehr zu offiziellen High Society Events gehen werde, heißt das ja nicht, dass wir uns nicht mehr sehen können.«

Zufrieden nickte sie, hielt mir ihr Glas entgegen und sagte: »Ich bin Mary und von nun an werden wir dieses alberne Sie weglassen. Einverstanden?«

Lachend stieß ich mein Glas an ihres. »Einverstanden, Mary.«

Dann wurde sie ernst und setzte ihr Glas bedächtig ab, hob ihren Kopf und durchbohrte mich mit einem Blick, der mir Angst machte. »Also, was war gestern mit Ethan?«

Wie hatte ich nur denken können, dass ich so einfach davonkommen würde?

»Er hat mich nach Hause gefahren, nachdem William Garner und sein Assistent mir gegenüber aufdringlich geworden waren.«

Marys Augen weiteten sich, dann richtete sie sich kerzengerade auf und fragte mit eisiger Stimme: »Haben sie dich bedrängt?«

Beschämt senkte ich den Kopf und nickte. »Ja, aber ich habe Garner die Nase gebrochen, das glaube ich zumindest.«

»Sehr gut!«, stieß Mary triumphierend hervor und lachte trocken auf.

»Und Ethan hat mich dann vor den beiden gerettet und nach Hause gebracht.« Nervös fing ich einen Tropfen Kondenswasser auf, der an dem Weinglas herunterlief und drohte, die weiße Leinentischdecke zu beschmutzen.

»Tu mir einen Gefallen, Abigail.«

Sie wartete, bis ich meinen Kopf gehoben hatte und sie erneut ansah.

»Scham ist hier völlig unangebracht, also hebe deinen Blick und sitz gerade. Zu allen Zeiten schon waren sich Männer ihrer körperlichen Überlegenheit bewusst, doch die wenigsten nutzen das aus. Garner ist ein Arschloch! Verzeih mir den Ausdruck, doch mir fällt momentan nichts Passenderes ein. Komm ja nicht auf die Idee, dich deswegen schlecht zu fühlen.«

Mary wirkte dermaßen aufgebracht, dass ich mich fragte, ob sie wusste, dass ich nicht die Einzige war, an der er versucht hatte, seine perversen Vorlieben auszuleben.

»Okay.«

»Nein, nicht nur okay. Willst du ihn anzeigen?«, fragte sie mich eindringlich.

»Nein!«, stieß ich atemlos hervor. »Das wäre das Aus für meine Karriere.«

»Pah! Genau darauf spekuliert doch ein Typ wie dieser Möchtegerncasanova.«

»Ich weiß, aber was soll ich tun, wenn man mich durch den Kakao zieht und ich anschließend nicht einmal mehr das Horoskop für eine Zeitung schreiben darf? Ich bin darauf angewiesen, Geld zu verdienen. Und ich will nicht all das, für was ich in den letzten Jahren gearbeitet habe, für einen solchen Idioten aufs Spiel setzen« Ich war kurz davor zu sagen, dass es in ihrer Position sicherlich anders wäre, doch ich ließ es. Unsere Bekanntschaft war noch nicht gewachsen, da wollte ich nicht jetzt schon beenden, was eben erst begonnen hatte.

Vertraulich beugte sie sich vor, was nicht nötig war, denn wir waren die einzigen Gäste, die auf der kleinen Veranda saßen. »Hör zu, Abigail. Wenn du dich doch entschließt, ihn anzuzeigen, dann kannst du dich auf mich verlassen. Auch ich habe meine Kontakte und wenn das nicht genügt, habe ich genug Geld, um dir zu helfen.«

Fassungslos starrte ich die Frau an, die ich erst so kurze Zeit kannte. Eine Frau, die ihren Prinzipien treu und offensichtlich bereit war, mit mir gemeinsam zu kämpfen.

»Überlege es dir. Mein Angebot steht.« Mit einem Wink rief Mary den Kellner herbei, um die Rechnung zu zahlen. Als wir uns kurz darauf verabschiedeten, nahm sie mich herzlich in den Arm. »Wollen wir uns nächste Woche wieder zum Lunch treffen?«

»Gerne«, erwiderte ich und meinte es auch von ganzem Herzen so.

Auf dem Weg nach Hause klingelte mein Handy. Ein Blick auf das Display offenbarte mir, dass die Snyder am Telefon war. Schön! Nein, gar nicht schön. Eigentlich war ich gerade überhaupt nicht in der Verfassung, die harte Nuss zu spielen, dennoch nahm ich das Telefonat an. Die Snyder würde nicht eher Ruhe geben, bis sie mich am Apparat hatte.

Ich kam nicht dazu, mich zu melden, denn meine Vorgesetzte fiel mir sofort ins Wort: »Jones?« Auch hier erwartete sie keine Rückmeldung. »Was lief da gestern zwischen Ihnen und Garner?«

Ein Schlag ins Gesicht hätte nicht ernüchternder wirken können, als diese Frage. »Nichts!«

Schweigen. Dann fragte sie: »Wirklich nicht? Mir sind Gerüchte zu Ohren gekommen.«

Erschrocken sog ich die Luft ein. Hatte Garner etwa über mich Dinge erzählt, um einer Anzeige meinerseits vorzubeugen? Um mich bereits im Vorfeld mundtot zu machen?

»Welche Gerüchte sollen das sein?« Meine Stimme klang erstaunlich gefasst, beinahe schneidend kalt.

»Das tut nichts zur Sache. Was ist passiert?«, bellte sie ins Telefon.

»Ich habe ihm lediglich mein Getränk über sein Hemd gekippt. Er hat sich umgezogen und danach bin ich nach Hause gegangen.«

»Allein?«

Hatte sie noch alle beisammen? »Das geht Sie nichts an.«

»Aha! Also nicht allein. War es Garner?«, bohrte Miss Snyder nach und ich hätte sie am liebsten eigenhändig erwürgt.

»Wie gesagt, das geht Sie nichts an«, wiederholte ich noch einmal.

»Hören Sie mir mal gut zu, Schätzchen! Alles was Sie auf diesen Veranstaltungen tun, geht mich etwas an. Sie sind dort nicht zu Ihrem privaten Vergnügen unterwegs. Mit wem sind Sie nach Hause gefahren? Welchen Namen kann ich als Überschrift für den großen Artikel nehmen?« Sie ließ nicht locker und erinnerte mich an einen kleinen bissigen Köter, der sich an meinem Bein zu schaffen machen wollte.

»Ich bin mit dem Taxi nach Hause gefahren, reicht Ihnen das?«

»Ja, wenn es der Wahrheit entspricht.«

»Gut, dann werde ich jetzt mal weiter recherchieren. Auf Wiederhören.« Ich war schon im Begriff tief Luft zu holen und aufzulegen, doch da hatte ich die Rechnung ohne die Snyder gemacht.

»Ach, noch eins«, hier machte sie eine gekonnt gewählte Pause. »Warum hat man Garner gesehen, wie er mit blutender Nase die Party verließ? Und zwar kurz nachdem Sie angeblich in Ethan Andersons Auto gestiegen sind?«

Mir blieb das Herz stehen. Mein Kiefer klappte herunter und mir stockte der Atem. Sie hatte mich beobachten lassen und wusste offenbar sehr genau, was ich getrieben hatte. Was sollte ich darauf antworten? Hektisch suchte ich in meinem

Gehirn nach einer passenden Erwiderung, doch das war plötzlich leergefegt.

»Jones?«

Und dann tat ich das Einzige, das mir in diesem Moment einfiel. Ich presste meinen Mund ans Handy und gab zischende und rauschende Geräusche von mir. Zu guter Letzt gab ich noch einen Piepton zum Besten und legte auf. Völlig aufgelöst fingerte ich an den Knöpfen des kleinen Geräts herum und stellte es aus. Vorerst durfte ich nicht erreichbar sein. Zumindest nicht, bis ich mir eine hieb- und stichfeste Erklärung ausgedacht hatte. Mit eingezogenem Kopf verschwand ich in meinem Wohnhaus und schloss die Tür der Wohnung gleich zweimal ab. Doch auch das verlieh mir nicht das Gefühl von Sicherheit.

Sollte die Snyder davon Wind bekommen, dass Ethan mich schon zum zweiten Mal nach Hause gebracht hatte, würde sie vermutlich augenblicklich eine exklusive Meldung zurechtschustern. Denn eins war mir sofort klar gewesen, als ich den vollständigen Namen meines Retters gehört hatte, auch wenn die Berichte über ihn in den vergangenen Jahren immer weniger geworden waren und ich ihn deshalb nicht sofort erkannt hatte. Ethan Anderson war niemand Geringeres als der Sohn des ehemaligen amerikanischen Präsidenten. Der Sohn, der öffentlich erklärt hatte, dass er niemals einen Mann wie seinen Vater in eine solch hohe Position wählen würde. Ethan Anderson galt als das schwarze Schaf der früheren Präsidentenfamilie. Ein Schaf, das, nachdem seine Familie sich von ihm abgewandt hatte, ohne Startkapital zu einem mehrfachen Millionär wurde. Einem Millionär, dem nicht nur die ein oder andere Affäre nachgesagt wurde, sondern zusätzlich Verbindungen zur Unterwelt. In einem Punkt hatte ich richtig gelegen, er verdiente sein Geld damit, andere Menschen anzufassen. Jedoch nicht auf sexueller Ebene. Er galt als der beste Personenschützer weit und breit. Ethan Anderson hatte sich ein Unternehmen aufgebaut, das in ganz Amerika Kunden hatte. Man sagte ihm nach, unbarmherzig zu eventuellen Angreifern zu sein. Sogar in Europa hatte er sich einen Kundenstamm aufgebaut. So weit reichte sein Ruf.

Instinktiv wusste ich, dass William Garner und seine Finger, die er nicht bei sich behalten wollte oder konnte, von nun an mein geringstes Problem sein würden. Es sei denn, ich schaffte es, Ethan von nun an aus dem Weg zu gehen.

ETHAN

Als ich mich von einer der Kisten aufrichtete, in die ich die DVD´s gepackt hatte, fragte mich Toni: »Wann genau soll es losgehen?«

Auch davon würde ich mich trennen. Mit einer stabilen Internetleitung brauchte man heutzutage die ganzen silbernen Scheiben nicht mehr.

Toni saß auf der Couch und beobachtete mich, während er an seiner zweiten Tasse Kaffee nippte.

Mittlerweile sah er wenigstens wieder wie ein Mensch aus.

»Ende nächster Woche. Es bleibt bei dem ursprünglich angesetzten Termin. Dann bist du mich los.«

Er verdrehte die Augen. »Mensch du Idiot! Du wirst mir fehlen. Gerade unsere spontanen Treffen abends, wenn mir mal wieder die Decke auf den Kopf fällt.«

»Jetzt spiel hier nicht den melodramatischen Helden!«, zog ich ihn auf und versuchte durch meine ruppige Art, meine eigenen Gefühle besser zu kontrollieren.

»Arsch!«

»Du auch!«

Wir sahen uns an und mussten lachen. Seit wir uns kannten, waren wir nie weiter voneinander getrennt gewesen als ein paar Meilen, doch das würde sich ab nächster Woche ändern.

Ich wurde wieder ernst. »Mit deinem Jet bist du in kürzester Zeit bei mir und dann machen wir einen drauf. Egal wann, ruf an oder steh wartend wie ein Eheweib vor meiner Tür. Du weißt, wo du mich finden kannst.«

Toni nickte und verzog das Gesicht zu einer Grimasse. »Vielleicht sollte ich froh sein, dich endlich mal los zu sein.« Der Gesichtsausdruck, den er bei diesen Worten aufsetzte, war ganz klar als traurig zu bezeichnen.

»Hey Mann, jetzt mach mir doch kein schlechtes Gewissen!«

Toni lachte trocken. »Hat es denn geklappt?«

Ich schüttelte den Kopf. »Nein, das schaffst nicht mal du.« Um aus dieser emotionalen Situation zu entkommen, ging ich in die Küche und machte mir eine Tasse extrastarken Cappuccino. Toni folgte mir.

»Was hast du heute noch vor?«, wollte er von mir wissen, nachdem er seine leere Tasse in den Geschirrspüler gestellt hatte. Das mochte ich an Toni, wenn er mich besuchte, sah meine Wohnung danach niemals wie ein Schlachtfeld aus. Er achtete stets darauf, Ordnung zu halten. Das hatte seine Mom uns gut beigebracht.

»Ich werde Abigail nachher den Mantel zurückbringen.«

»Oh, oh. Sag schon, Kumpel, was wirst du als Dank einfordern?«, feixte Toni.

Ich nahm einen gierigen Schluck von meinem Cappuccino und verbrannte mir prompt die Zunge.

»Oh man, Kumpel. Die Aussicht deine Angebetete zu sehen, macht dich aber ganz schön nervös, was?«

Ich stellte die Tasse ab, holte aus und wollte ihn gegen die Schulter boxen, doch er war schneller. Sein jahrelanges Boxtraining machte sich bezahlt. Toni tänzelte vor meiner Nase herum und mimte den Boxer.

Genervt ließ ich die Fäuste sinken. »Manchmal bist du eine echte Nervensäge, weißt du das eigentlich, Toni?«

Das breite Grinsen, das sich auf seinem Gesicht zeigte, wirkte triumphierend. »Na klar, weiß ich das. Mama Luciana hat mir das oft genug gesagt.«

Mit einem Schlag wurde ich ernst. »Ich vermisse sie ziemlich oft.«

»Ich auch, aber manchmal bin ich auch froh, ihrem strengen Regiment entkommen zu sein.« Toni zwinkerte mir zu. Er liebte seine Mom über alles, aber er war teilweise ein sehr aufsässiges Kind gewesen und hatte seiner Mutter mehr als eine schlaflose Nacht beschert. Luciana hatte streng sein müssen, ansonsten wäre Toni in noch ganz anderen Kreisen gelandet als sowieso schon. »Bald kannst du sie öfter besuchen und sie dich. Glaub mir, wenn du erst mal wieder unter ihrer Fuchtel stehst, wirst du dich nach den aufregenden High Society Partys sehnen.«

Das glaubte ich weniger. Luciana war für mich Mutter und Vertraute und ich freute mich, bald wieder in ihrer Nähe zu leben. »Träum weiter!«

»Meinst du, du tust das Richtige?«, fragte Toni besorgt.

»Wenn ich das wüsste! Ich bin eigentlich überzeugt davon, doch dann kommen eben manchmal die Zweifel. Aber in ein oder zwei Jahren habe ich das Gröbste überstanden und dann kann ich mich endlich zurücklehnen.« Im Grunde genommen war es der richtige Weg, er erforderte nur jede Menge Opfer.

ABIGAIL

Kaum hatte ich mich ein bisschen beruhigt, klingelte es an der Tür. Tapfer ignorierte ich denjenigen, der nicht lockerlassen wollte und immer wieder auf den Klingelknopf drückte. Genervt rollte ich mit den Augen. War da jemand begriffsstutzig? Ich wollte die Tür nicht öffnen!

Kopfschüttelnd ging ich in die Küche, rührte Kakao in eine Tasse voll Milch und stellte sie anschließend in die Mikrowelle. Das war genau das, was ich jetzt brauchte – eine Tasse voll Behaglichkeit. Doch ein lautes Klopfen ließ mich erschrocken zusammenfahren.

Welcher Idiot wollte es bitteschön nicht einsehen, dass ich nicht zu Hause war?

Neugier war schon immer ein großes Laster von mir, vielleicht habe ich mich deshalb für eine Karriere im Journalismus entschieden. Jedenfalls war ich von ebendieser getrieben und schlich auf Zehenspitzen zur Tür. Vorsichtig sah ich durch den Spion, direkt in Ethans meeresblaue Augen, die wütend Blitze zu mir sandten. Er erkannte genau, dass ich hinter der Tür stand und ihn beobachtete. Erschrocken fuhr ich zurück, um im nächsten Moment schon wieder neugierig durch den Spion zu linsen.

»Abigail Jones, ich weiß, dass Sie da sind. Machen Sie bitte die Tür auf. Ich habe keine Nerven, heute ein weiteres Mal vorbeizukommen, nur weil Sie ständig und überall Ihren Mantel liegenlassen.« Sein Blick fixierte mich, als sähe er durch den Spion direkt in mein Auge.

Ich wollte gerade erneut zurückweichen und mich schleichend von dannen machen, als die Mikrowelle piepend auf sich aufmerksam machte. Oh man, waren denn alle gegen mich? Sogar dieses blöde Gerät? Irgendwie hatte ich die Vermutung, dass bei mir eine satte Pechsträhne begonnen hatte und im Moment keine Aussicht auf Beendigung dieser bestand. Ethan hämmerte erneut gegen die Tür, diesmal so stark, dass ich es mit der Angst bekam, er würde das Holz zum Zersplittern bringen. Was sollte ich tun? Ich konnte ja schlecht weiter dieses Affentheater veranstalten. Früher oder später hätten meine Nachbarn genug von dem Krach und würden die Polizei rufen. Mit den Staatsbediensteten kämen die Journalisten und dann hätte ich einen waschechten Skandal an der Backe und wahrscheinlich keinen Job mehr, weil ich die Story der Konkurrenz überlassen hätte.

»Abigail!«, bellte der Barmann, der eigentlich keiner war, ungehalten. »Ich weiß, dass Sie da sind! Machen Sie verdammt noch mal die Tür auf, damit ich Ihnen diesen albernen Mantel zurückgeben kann!« Ethan Anderson war bisher immer sehr ruhig und freundlich in meiner Gegenwart gewesen, warum war er so wütend? Und warum war mein Mantel albern? Ich fand ihn schön.

Genervt von der ganzen Situation riss ich die Tür viel zu schnell auf. Ich hatte den festen Vorsatz, mir den Mantel zu greifen und anschließend Ethan die Tür wieder vor der Nase zuzuschlagen. Doch in dem Moment da ich sie aufgerissen hatte, fiel mir ein aufgebrachter Ethan entgegen, der mit seiner flachen Hand gegen die Tür hatte schlagen wollen und dabei ins Leere stürzte. Leider traf er hierbei meine Stirn, was mich taumeln und letztendlich auf meinem Hintern landen ließ.

Ethan wiederum kippte in meine Richtung, doch er fing sich im letzten Augenblick mit den Händen rechts und links meines Kopfes ab und verharrte in einer Art Liegestütz. Hätte mein Schädel in dem Moment nicht so wehgetan, wäre mir die Intimität in dieser Lage sicherlich aufgefallen, doch dazu kam es nicht.

»Oh!« Hörte ich die Stimme der alten Mrs Meyer von gegenüber erschallen. »Die jungen Leute von heute haben keinen Anstand mehr. Fallen über sich her, ehe sie die Wohnungstür verschlossen haben! Schämt euch!«

Ethan runzelte seine Stirn und sah mich an. Ich antwortete ihm mit einem Augenrollen. Ehe ich ihn davon abhalten konnte, erhob er sich schon. »Entschuldigen Sie bitte. Ich bin manchmal etwas stürmisch. Aber Sie sehen ja selbst, wie hübsch mein Mädchen ist«, erklärte Ethan der älteren Frau. Das war nicht zu fassen. Ausgerechnet der Tratschtante der Straße erzählte er eine solch idiotische Lüge. Sein Mädchen, so ein Schwachsinn!

»Mister Anderson!«, quietschte Mrs Meyers augenblicklich. Oh nein! Sie hatte ihn erkannt. Hatte ihn erkannt, nachdem sie ihn in meiner Wohnung in dieser kompromittierenden Situation gesehen hatte. Ich ahnte Schreckliches. Als ob ich nicht schon genug Probleme hatte, da musste nun auch noch die Klatschbase von Chicago in Aktion treten.

»Sie müssen mich verwechseln, Lady. Mein Name ist Clarkson und nun entschuldigen Sie mich, da wartet eine junge Frau darauf, dass ich ihr beim Aufstehen helfe.«

Ich konnte an Mrs Meyers Gesicht erkennen, dass Sie ihm kein Wort glaubte. So alt und wirr war sie nun auch wieder nicht, dass sie den Sohn des ehemaligen Präsidenten nicht erkannte. Vermutlich war ich auf diesem Planeten der einzige Mensch, der seine Sinne nicht beisammenhatte, wenn er in das Gesicht dieses Mannes blickte.

Ethan schloss im nächsten Moment die Tür meiner Wohnung, und zwar von innen. Das entsprach gar nicht den Plänen, die ich ursprünglich hatte, als ich ihm öffnete.

»Kommen Sie, ich helfe Ihnen auf«, sagte er nun in einem viel freundlicheren Ton und reichte mir die Hand, die ich tapfer ignorierte und ohne seine Hilfe aufstand. Vermutlich sah das nicht annähernd elegant aus, aber das war mir egal. »Sie wissen also, wer ich bin und werden von nun an meine Wenigkeit ignorieren.« Der Tonfall in seiner Stimme ließ mich irritiert aufblicken. Es lag ein Hauch Enttäuschung in ihr. Mit verschränkten Armen stand er vor mir und sah mich abweisend an. »Wissen Sie, ich fand es durchaus amüsant mit Ihnen. Zumindest so lange Sie nicht wussten, wer ich bin und mit Vorurteilen auf mich reagiert haben. Das hat mir besser gefallen.«

»Deshalb haben Sie mir verschwiegen, wer Sie sind?«

»Ich habe Sie nie belogen, Abigail«, konterte er. Mein Mantel lag noch auf dem Boden, also bückte ich mich danach. Kaum hatte ich den Kopf vornübergebeugt, wurde mir schlecht und schwindelig.

Ethan erfasste die Situation augenblicklich und kam mir zu Hilfe, ehe ich erneut auf dem Boden landen konnte. Mit mehr Einfühlungsvermögen, als ich es ihm zugetraut hätte, bugsierte er mich zur Couch. »Setzen Sie sich, ich hole Ihnen ein kühles Tuch.« Da meine Wohnung nicht sehr groß war, fand er schnell, nach was er suchte und stand innerhalb kürzester Zeit wieder neben mir, ein feuchtes Handtuch in den Händen, das er mir fürsorglich auf die Stirn legte. »Legen Sie sich hin und packen Sie die Füße hoch. Ihr Kreislauf ist offenbar nicht stabil. Ich hoffe nicht, dass es eine Gehirnerschütterung ist. Shit!« Offensichtlich erschöpft fuhr er sich mit der Hand über das Gesicht. »Es tut mir leid, Abigail. Ich wollte Sie nicht verletzen«, gab er zerknirscht von sich.

Ich machte eine wegwerfende Handbewegung. »Schon gut.« Es war ja nicht so, als wäre ich unschuldig an dem Geschehenen.

»Soll ich Ihnen ein Glas Wasser holen?«, fragte er befangen. Irgendwie fand ich es süß, wie er sich Sorgen machte.

Mit einem schlechten Gewissen bewaffnet, machte er einen guten Eindruck auf mich, musste ich zugeben.

»Ja, bitte«, stimmte ich zu, denn der Geschmack in meinem Mund sorgte dafür, dass ich die aufsteigende Übelkeit nicht im Griff hatte. Die Couch schien sich zu drehen, sobald ich die Augen schloss, also behielt ich sie offen und beobachtete Ethan, der sich seiner Jacke entledigte, ehe er in meiner Küche verschwand. Er trug ein dunkles Shirt, das eng an seinem Oberkörper lag und das Spiel seiner Muskeln gut in Szene setzte. Um ein Haar fing ich an zu sabbern. Das sind nur Äußerlichkeiten, rief ich mich selbst zur Raison. Doch die inneren Werte von Mister Anderson waren auch nicht zu verachten, schließlich war er es, der mich in den letzten Tagen aus allen möglichen, sehr peinlichen Situationen gerettet hatte. Wie konnte ein Mann, der so nett, hilfsbereit und mitfühlend war, kriminell sein? Das passte irgendwie nicht zusammen. Waren das nur Gerüchte, die keinen wahren Hintergrund hatten? Doch die Erfahrung in meinem Leben hatte mich gelehrt, dass sich hinter solchen Gerüchten oft die Wahrheit verbarg. Vielleicht nicht immer eins zu eins, aber von irgendwoher kamen solche Klatschgeschichten immer.

Ethan kehrte mit einem halb gefüllten Glas Wasser zurück und reichte es mir. Mit einem Zug leerte ich es, woraufhin er mit dem Glas und dem Handtuch erneut in der Küche verschwand. Das Wasser rauschte und kurz darauf hielt ich ein weiteres gefülltes Glas in der Hand und das Handtuch war wieder schön kühl. Betreten schaute Ethan mich an, man konnte ihm das schlechte Gewissen wahrlich vom Gesicht ablesen.

Aufgrund der Berichte in den vergangenen zehn Jahren, wusste ich, was man sich über ihn erzählte, doch stimmte das wirklich? Konnte es wahr sein, dass dieser zuvorkommende, zugegebenermaßen gutaussehende Kerl mit dem organisierten Verbrechen zu tun hatte? Mittlerweile hegte ich massivste Zweifel daran. Aber vielleicht war genau das seine

Masche. Doch warum sollte er sich mir von einer anderen Seite zeigen?

»Brauchen Sie noch etwas, Abigail?«, wollte er von mir wissen.

Ja, einen Kuss, dachte ich und spürte die Röte, die heiß in mein Gesicht schoss. War ich von allen guten Geistern verlassen? Ein Kuss von einem Typen wie ihm? »Nein!«, stieß ich viel zu heftig hervor. Das Nein war die Antwort auf meine innere Plauderei gewesen und nicht für Ethan bestimmt. Obwohl ich ihm dennoch die richtige Antwort gegeben hatte, denn ich brauchte wirklich nichts mehr. Je eher er meine Wohnung verließ umso besser für meinen Seelenfrieden und meine eigentlich nicht vorhandene Libido. Die Libido, die sich lautstark bemerkbar machte, sobald er in meiner Nähe war.

Sein Gesichtsausdruck verfinsterte sich, während er sich von seinem Platz neben mir auf dem Sofa erhob. »Gut, dann gehe ich jetzt.« Ethan griff in seine Hosentasche und ich wusste nicht so recht, was ich davon halten sollte. Was wollte er jetzt herausholen? Ein Tütchen Kokain gegen meine Schmerzen? Gott, ich hatte sie echt nicht mehr alle. Es war lediglich seine Brieftasche und aus eben dieser zog er eine Visitenkarte. Schwarz mit silberner Prägung. Stilsicher wie er sah sie aus. »Wenn doch noch etwas ist, zögern Sie nicht, mich anzurufen. In Ordnung, Abby?«

»Es wird schon nichts sein. Leben Sie wohl, Ethan!« Demonstrativ drehte ich den Kopf weg, allerdings vielmehr, um meine eigenen Gefühle vor ihm zu verbergen. Denn ich war mir nicht sicher, ob er nicht sofort erkennen würde, dass ich ihn viel lieber bei mir in meiner Wohnung hatte, als sonst irgendwo.

»Ich glaube nicht, dass ein Lebewohl angebracht ist. Wir werden uns hoffentlich irgendwann wieder über den Weg laufen.« Ein grimmiger Zug lag auf seinen Lippen, doch auch jetzt wollte ich nicht gegen meine eigenen Vorsätze verstoßen und ihn bitten, zu bleiben.

Mit energischen Schritten marschierte Ethan zur Wohnungstür, drehte sich nicht noch einmal zu mir um und riss die Tür auf. Ein Tornado an Blitzlichtgewittern entlud sich in meinem Hausflur, Fragen prasselten auf Ethan ein, doch er handelte schnell und geistesgegenwärtig. Mit einem lauten Knall war die Tür wieder zu und Ethan noch immer in meiner Wohnung.

~

Mrs Myers! Nur sie konnte dafür verantwortlich sein, dass wir nun die Reporter am Hals hatten. Diese alte Tratschtante! Na toll, jetzt waren wir eingeschlossen und konnten das Haus so schnell nicht unbemerkt verlassen! Wie lange würden die Journalisten hier ausharren? Ich war selbst eine von ihnen und konnte mir die Frage gut und gern beantworten: Sehr lange. Für eine Topstory mit Bild wären die Zeitungen bereit eine Menge Kohle hinzublättern, und dementsprechend würden die Leute da unten viel Geduld beweisen.

Eine Frage hatte ich ganz genau herausgehört. »Miss Jones, wann erwarten Sie ihr gemeinsames Kind?«

Oh mein Gott!

Dass die Artikelserie solche Auswirkungen auf mein Leben haben würde, hätte ich nie vermutet. Dann wäre ich vermutlich niemals mit diesem Auftrag einverstanden gewesen. Nun würde in den Zeitungen zu lesen sein, dass ich, Abigail Jones, dem Unterweltboss Ethan Anderson ein Kind gebären würde. Wenn mein Vater und meine Mutter das erführen! Die Nachbarn meiner Eltern oder meine Schwester! Ich malte mir ein regelrechtes Horrorszenario aus und musste dabei recht blass geworden sein, denn Ethan war mit wenigen Schritten bei mir.

ETHAN

Ich erfasste einen Hauch des Parfums, das ich bereits an ihrem Mantel wahrgenommen hatte. Es vernebelte mir die Sinne.

Weswegen hielt ich sie noch mal im Arm? Ach ja, sie war ganz blass geworden, nachdem ich die Tür geschlossen hatte.

Vermutlich war ihr wieder schlecht.

»Atmen, Abby!« Mit diesen Worten richtete ich ihren Oberkörper auf, indem ich ihr den Rücken stützte.

Abigail stöhnte, was von der Übelkeit kommen musste. Ich hob sie kurz entschlossen hoch und trug sie ins Badezimmer, wo ich das Leichtgewicht vor der Toilette absetzte und ihr die Haare aus dem Gesicht wischte.

»Alles wird gut. Scht!«

Ich hatte das starke Bedürfnis, ihr auf irgendeine Art zu helfen. Es war unfassbar, aber das erste Mal in meinem Leben stand ich sogar neben einer Frau und hielt ihr die Haare zurück, in der festen Annahme sie würde sich gleich erbrechen müssen. Offenbar hatte ich jedoch die Situation völlig falsch gedeutet, denn Abigail fing an zu lachen, bis ihr die Tränen die Wangen hinunterliefen.

»Ethan ...« Sie konnte nicht sprechen, zu sehr schüttelte sie der Lachanfall und ich kam mir vor wie ein Idiot.

»Du hast offensichtlich einen Schock.« Wieder zog ich sie an mich. Es fühlte sich verdammt gut an, sie in meinen Armen zu halten. Sie war so warm und weich, doch im nächsten Moment stellte ich sie einfach unter der Dusche ab und drehte den Wasserhahn auf. Eiskaltes Wasser prasselte auf uns nieder. Entsetzt riss Abby die Augen auf und sah unmittelbar in meine. Aus Entsetzen wurde Wut. Ich konnte es ihr nicht verdenken, ich hatte sie direkt in die eiskalte Hölle ihrer Wohnung bugsiert und besaß dann auch noch die Nerven sie frech anzugrinsen. »Na, immerhin bist du nun wieder bei Sinnen.«

Ich registrierte, dass ich ziemlich locker zum Du übergegangen war und sie verfiel wie selbstverständlich ebenfalls in die freundschaftliche Anrede. Die Worte, die sie wählte, waren jedoch alles andere als freundschaftlich.

»Du Trottel! Lass mich sofort runter!«, schrie sie aus Leibeskräften und sah dabei total niedlich aus. Ihr Haar klebte klitschnass an ihrem Gesicht und einzelne Wassertropfen hatten sich an ihren Wimpern gesammelt.

Erst jetzt wurde ich mir der intimen Situation vollends bewusst. Mein Körper reagiert prompt, doch dann wurde ich kurzfristig klar im Kopf.

Im nächsten Moment presste ich Abby an die Kacheln und hielt ihr den Mund zu, anstatt das blöde Wasser abzustellen und ihr ein Handtuch zu geben. Doch das kühle Nass war alles, was mich noch bei Verstand bleiben ließ. Ich spürte jede ihrer Rundungen an mir. Wir passten hervorragend zueinander. Alles fühlte sich so richtig an. Sie zappelte unter mir und mir fiel wieder ein, warum ich sie an die Kacheln gedrückt hatte. Der Grund war nicht derselbe wie der, mit dem mein Körper zu kämpfen hatte.

»Halt mal einen Augenblick den Mund. Da draußen steht eine Horde Sensationsreporter und die wartet nur darauf, alles was du von dir gibst, auszuschlachten. So durchdringend wie du schreist, hören sie jedes einzelne Wort!«, flüsterte ich ihr gereizt ins Ohr.

Mein heißer Atem glitt über ihre Haut, und der Blick in ihre Augen ließ eine ungeheure Lust in mir hochsteigen, denn ich konnte darin heißes Feuer entdecken.

Wir verharrten, sahen uns abwartend an. Ich konnte kaum atmen, ihre Nähe schnürte mir einfach die Luft ab. Doch so berauschend diese Situation auch war, sie konnte nicht ewig anhalten.

Mit einem leisen Fluch löste ich mich von ihr, griff nach dem Wasserhahn und stellte die Dusche ab. Mein Blick glitt langsam an ihrem Körper herab. Das dünne Sommerkleid, das sie trug, klebte an ihrer Haut und offenbarte dadurch mehr, als ihr wahrscheinlich lieb war. Ich schluckte hart und fuhr mir kurz mit der Hand über mein Gesicht. Stattdessen würde ich viel lieber mit dieser Hand über ihre Haut gleiten, sie an mich ziehen und jeden Zentimeter ihres Körpers erkunden.

Sie hätte nur ein Zeichen von sich geben müssen und ich wäre über ihre Lippen hergefallen, doch sie verschränkte lediglich die Arme vor der Brust, damit mir der hinreißende Anblick des nassen Kleides, das an ihrem Oberkörper klebte, verwehrt wurde.

Das eiskalte Wasser hatte ganze Arbeit an ihren Brustwarzen geleistet. Oder war das doch meiner Gegenwart zu verdanken? Mein Schwanz drückte hart gegen meine Jeans. Das hatte eindeutig nichts mit dem kühlen Nass zu tun.

»Wo die Handtücher sind, weißt du ja schon. Kannst du mir bitte eins geben?« Abigails Stimme klang erstaunlich gefasst, für das Gefühlswirrwarr, das offensichtlich auch in ihrem Innern tobte. Oder hatte ich den Ausdruck in ihren Augen völlig falsch gedeutet? Faszinierend, dass sie sich so gut im Griff hatte. Wahrscheinlich war ein Ethan Anderson niemand, mit dem sie sich eine heiße Sexszene unter der Dusche vorstellen konnte, leider.

Ohne sie eines weiteren Blickes zu würdigen, nahm ich zwei Handtücher aus dem Regal und reichte ihr eines davon. Hätte ich sie noch einmal angesehen, wäre ich vielleicht nicht in der Lage gewesen, sie zu ignorieren. Sie und ihren verführerischen Körper.

Stillschweigend trockneten wir uns ab. Langsam kühlte ich runter und bekam mich wieder in den Griff. Diese Frau war für mich die reinste Versuchung, aber auf sie hatte ich offensichtlich nicht die gleiche Wirkung.

»Hast du eventuell etwas Trockenes zum Anziehen, das mir passen könnte?« Mit hochgezogenen Augenbrauen sah ich an mir herab, um ihr zu verdeutlichen, dass ich so unmöglich weiter herumlaufen konnte.

Sie sah mich an, als hätte ich sie gebeten mit mir das Höllentor zu durchschreiten. Sie würde doch hoffentlich irgendwas von ihrem Freund oder Exfreund hier haben. Oder war ich selbst dafür nicht gut genug? Nicht gut genug, um ein paar alte Klamotten ausgeliehen zu bekommen? »Das ist in meiner Wohnung schwierig. Ich habe selten männliche Gäste. Höchstens einen Bademantel kann ich dir anbieten.«

»Besser, als nackt zu sein oder weiterhin in diesen nassen Klamotten zu stecken«, erwiderte ich mit einem süffisanten Grinsen, das ihr ein leichtes Keuchen entlockte. Kurzentschlossen zog ich das Shirt über meinen Kopf. Der Anblick, der sich mir daraufhin bot, war es wert, dass mir arschkalt wurde. Abigail stand da wie vom Donner getroffen und sah an meinem Körper mit einem Blick herab, der verdeutlichte, dass ich mit meinem Dasein ihre kleine Welt erschüttert hatte. Mehrmals die Woche trainierte ich in einem Gym und mein Oberkörper hatte dementsprechend ansehnliche Muskeln. Mein Körper, die sonnengebräunte Haut und mein Six Pack, genügten offenbar, um Miss Jones aus der Fassung zu bringen. Fasziniert starrte sie auf mein Tattoo, das sich auf meiner linken Seite wand und einen Drachen zeigte. Es war nicht sehr groß, und es passte sich an meinen Körper an, als wäre ich damit geboren worden. Der Tattookünstler hatte ein wahres Meisterwerk vollbracht und ich liebte es. Meinen Vater hatte ich damit zur Weißglut getrieben, was mir jedoch schlichtweg egal gewesen war.

Ihre Hand zuckte, aber sie hielt sich im letzten Moment zurück. Mir hingegen hätte es gefallen, ihre Finger auf meiner nackten Haut zu spüren. Mein Körper war in einem Ausnahmezustand und ich wollte sie so gern an mich reißen, doch die Zweifel und die Angst in ihren Augen waren unübersehbar.

Warum? Weil mir nachgesagt wurde, dass ich Verbindungen in die Unterwelt hatte? Weil ich der Sohn eines narzisstischen ehemaligen Präsidenten war? Frustriert ballte ich die Hände zu Fäusten.

Abigail räusperte sich verlegen und verschwand in einem anderen Zimmer. Vermutlich war es das Schlafzimmer und sie würde bald mit dem besagten Bademantel zurückkehren.

Da ich mittlerweile zitterte und sich eine dicke fette Gänsehaut auf meinen Unterarmen gebildet hatte, fing ich an, mich auszuziehen. Am besten ich rief Toni so schnell wie möglich an, damit er mir trockene Klamotten brachte. Noch viel länger würde ich es in Abigails Gegenwart nicht aushalten, ohne sie zu küssen und zu berühren. Doch was würde das bringen? Nächste Woche wäre meine Zeit in Chicago beendet. Abigail würde als Journalistin des *Cosmostar* Karriere machen und ich weit weg sein. Von daher war es idiotisch sich auf eine Affäre einzulassen, vorausgesetzt sie würde es auch wollen. Aber von all diesen Bedenken wollte mein kleiner Freund da unten nicht wirklich etwas wissen. Er rebellierte trotz der Eiseskälte, die durch meine Adern floss.

»Der Mantel hängt an der Türklinke. Ich gehe mich mal umziehen«, hörte ich in diesem Moment Abby von der anderen Seite der Tür.

»Ist gut und danke!«, rief ich ihr mit heiserer Stimme zu.

»Kein Problem.«

Von wegen, kein Problem. Nackt mit steifem Schwanz stand ich im Badezimmer dieser wundervollen Frau. Ich ließ die Tür angelehnt, bis sie verschwunden war, und griff dann nach dem Bademantel. Es dauerte eine ganze Weile, bis ich so weit war, wieder aus dem Raum heraustreten zu können.

Als ich in das Wohnzimmer zurückging, zog ich die dicken Vorhänge zu. Der Raum war in ein schummriges Licht getaucht, weil ich Abby vor den neugierigen Augen der Journalisten schützen wollte. Bestimmt lagen sie unten auf der Lauer und zoomten mit Objektiven, die so groß wie die Oberarme eines durchtrainierten Bodybuilders waren, an die Fenster heran.

Hinter mir hörte ich ein Geräusch. Abigail kam in das Wohnzimmer. Sie trug einen mausgrauen Jogginganzug und hatte sich die nassen Haare zu einem strengen Zopf zurückgekämmt.

Was das aussagen sollte, musste selbst dem größten männlichen Volltrottel klar sein. Sie wollte auf keinen Fall, dass wir uns auf der körperlichen Ebene näherkamen. Gut, das war die richtige Einstellung. Zumindest war davon mein Kopf überzeugt.

»Hey, ich hab mal die neugierigen Blicke ausgesperrt. Sobald es dunkel wird, sitzen wir hier ansonsten auf dem Präsentierteller«, erklärte ich ihr.

»Gute Idee«, gab sie leise von sich. Sie hörte sich plötzlich wie ein schüchternes Highschool-Mädchen an. Nervös knetete sie ihre Hände. Irgendwie machte mich diese Geste schon wieder heiß. Verzwickte Situation mit nichts an, außer dem Bademantel. Sie nahm ihr Handy und schaltete es an. »Hast du Hunger? Oder Durst?«, fragte sie mich in diesem Moment und lenkte mich dadurch ein wenig ab.

Mit einem zerknirschten Lächeln sah ich sie an. »Ich bin ein Mann und Männer haben immer Hunger. Na ja, und Durst.«

Auf ihrem Unterarm richteten sich die feinen Härchen auf und sie fuhr sich nervös über die Haut. In meinem Kopf erschienen Bilder, die meinem Sexualtrieb zusätzlich Futter gaben. Oh ja, in ihrer Gegenwart hatte ich immer Hunger. Aber der Hunger, den ich empfand, war definitiv nicht mit Lebensmitteln zu stillen. Das Ganze entwickelte sich nicht so, wie ich es vorgehabt hatte. Ich war dermaßen scharf auf sie und dabei wollte ich nicht mal etwas mit Abigail anfangen. Doch mein Körper und mein Geist waren da unterschiedlicher Ansicht. Sie reizte mich mehr, als alle Frauen zuvor, doch das Fatale war, dass dies nicht auf der körperlichen Ebene so war. Ansonsten hätte ich versucht, sie zu verführen.

Hastig räusperte ich mich und trat den Rückzug an. Mit einem verkniffenen Lächeln setzte ich mich auf die Couch, die Klingel der Haustür ließ mich jedoch erschrocken zusammenzucken.

»Nicht öffnen!«, stieß ich hervor. »Das sind mit Sicherheit die Reporter.«

Es klingelte erneut und diesmal hörte es nicht wieder auf.

»Dann stellen wir das ab.« Mit einem Besen bewaffnet schritt Abby zur Tür.

Was hatte sie vor? Unvermittelt stand ich neben ihr, griff nach dem Besenstiel und fragte fassungslos: »Was hast du vor? Willst du die Aasgeier in die Flucht schlagen?«

Allein die Vorstellung ließ ein hysterisches Kichern in ihr hochsteigen, doch dann erinnerte sie sich daran, was ich getan hatte, als sie zuvor einen Lachanfall hatte. Ihr Gesicht war zu diesem Zeitpunkt wie ein aufgeschlagenes Buch und ich konnte ihre Gedankengänge nachvollziehen, als hätte sie es laut ausgesprochen.

Abrupt hielt sie inne. »Nein, natürlich nicht! Ich will nur die Klingel abstellen und dafür benötige ich den Besenstiel, da ich ansonsten nicht an den Schalter herankomme.«

»Ach so!« Ich war ein solcher Idiot! Müde strich ich mir über das Gesicht. »Sorry, meine Nerven liegen offenbar blank«, gab ich verwundert zu.

»Ja, das glaube ich auch.« Sie streckte sich ein wenig und legte den Schalter der Klingel um, der kurz unterhalb der Decke angebracht war. Endlich verstummte das Läuten, doch dann hörte ich einen anderen nervtötenden Ton. Ein Handy brummte in einer Tasche.

»Willst du nicht rangehen?«, fragte ich sie neugierig, als sie keine Anstalten machte nach dem Handy zu suchen.

»Nicht wirklich.«

Lächelnd zuckte ich mit den Schultern. Jede Minute, die ich in ihrer Wohnung war, mochte ich Abby mehr. Ich sollte hier verschwinden. Doch, anstatt Toni anzurufen, sagte ich: »Dann lass es und schalt es aus.«

Entschlossen den Anrufer zu ignorieren, nahm sie das Telefon aus der Tasche. Ich erhaschte einen kurzen Blick auf das Display, auf dem *Cosmostar* zu lesen war. Vermutlich waren ihre beiden Vorgesetzten schon Feuer und Flamme, einen Artikel über das Liebesleben mit mir zu bringen. Obwohl ich es gewohnt war, dass die Presse jeden meiner Schritte in den gängigen Schundblättern breitwalzte, machte es mir diesmal tatsächlich etwas aus.

Abby wirkte so anders auf mich, als diese abgebrühten Typen und ich wollte nicht, dass sie zu diesen Blutsaugern gehörte. Zumindest hatte sie das Handy abgeschaltet, vielleicht wollte sie diesen Abend einfach auch privat belassen und nicht Profit daraus schlagen. Denn auch wenn ich keine Beziehung mit ihr eingehen wollte, genoss ich die Zeit, die ich mit ihr verbrachte und hoffte, dass ich mich nicht völlig in ihr täuschte. Das erklärte auch, warum ich beschloss, ihre Einladung zum Essen anzunehmen.

»Gibt es etwas, das du nicht isst oder nicht verträgst?«, fragte sie mich eine Minute später, während sie den Inhalt ihres Kühlschranks inspizierte.

»Nein, ich bin ein echter Allesfresser«, gab ich lächelnd von mir und lehnte dabei lässig im Türrahmen. Lediglich der alberne Bademantel mit den Snoopy Bildern darauf, der mir zu kurz und zu eng war, ließ ein gewisses Unwohlsein in mir hochkommen. Shit! Wahrscheinlich sah ich wie eine Witzfigur aus, aber das war mir egal. Im Moment war mir nur wichtig, die wenige Zeit, die mir mit Abigail vergönnt war, zu genießen. Völlig unverfänglich und freundschaftlich. Ich mochte sie und ganz unsympathisch war ich ihr bestimmt auch nicht.

»Steht dir übrigens gut«, sagte sie kichernd zu mir und zeigte mit dem Kinn auf das Kleidungsstück.

Schmunzelnd blickte ich an mir herab. »Vielleicht sollte ich mich damit von der Presse ablichten lassen, wenn es so gut aussieht.«

Kurzfristig entgleisten ihr die Gesichtszüge. »Oh Gott! Wenn ich mir vorstelle, dass meine Mutter dieses Bild sehen würde! Sie hat mir das Teil letztes Weihnachten geschenkt und würde gleich schlussfolgern, dass Ethan Anderson und ich etwas ganz anderes miteinander getan haben, als angezogen unter einer eiskalten Dusche zu stehen.«

»Wäre das so schlimm?«, wollte ich wissen und wartete angespannt auf ihre Antwort.

Sie starrte mich mit offenem Mund an, was mir wieder einmal bewusst machte, welchen schlechten Ruf ich hatte.

»Hey, das war nur ein Witz!«, sagte ich, obwohl dem nicht so war.

»Schon klar.« Kopfschüttelnd wandte sie sich wieder der Essenszubereitung zu. »Was hältst du von Tagliatelle und sahniger Tomatensoße? Mehr gibt mein Vorrat grad nicht her.«

»Das hört sich großartig an.« Erleichtert atmete sie aus. »Hast du vielleicht einen Trockner hier, damit ich meine Sachen demnächst wieder anziehen kann?« Ich wollte so schnell wie möglich aus diesem lächerlichen Kleidungsstück heraus.

Abigail zuckte entschuldigend mit den Schultern. »Nein, einen solchen Luxus kann ich dir nicht bieten.«

»Nicht so schlimm, aber dann werde ich dir noch ein wenig länger auf die Nerven gehen.« Lauernd beobachtete ich jede Regung an ihr, doch mittlerweile war es mir nicht mehr möglich, zu erkennen, was in ihr vorging. Was an sich wirklich schade war.

»Kein Problem, du kannst auf der Couch schlafen, wenn das für dich okay ist.« Und dann ließ sie ihren Schutzschild für eine Sekunde fallen, lächelte nervös und griff zittrig nach den Zwiebeln und dem Knoblauch. Spontan fällte ich eine Entscheidung.

»Völlig okay.« Erstaunt, aber mit Freude im Blick, sah sie für den Bruchteil einer Sekunde zu mir, ehe sie anfing, die Zwiebeln zu schneiden. Innerlich jubelte ich, angesichts ihrer Reaktion. »Kann ich dir irgendwie helfen?«

Kopfschüttelnd wischte sie sich die Tränen fort, die ihr von dem Zwiebelschneiden in die Augen geschossen waren. „Lass mal gut sein."

Oh man, auf was ließ ich mich da nur ein? Ich hatte sie tatsächlich gefragt, ob ich ihr beim Kochen helfen könnte!

Kurz darauf saß ich vor ihrem Fernseher und zappte fahrig durch die Kanäle, ohne wirklich wahrzunehmen, was ich mir ansah.

ABIGAIL

Eine halbe Stunde, nachdem ich angefangen hatte zu kochen, saßen wir friedlich nebeneinander auf meiner Couch und drehten die Tagliatelle auf unsere Gabeln. Im Fernsehen lief ein Film, von dem ich nicht viel mitbekam, weil ich zu nervös war.

Nervös? Ich? Wo war die Abigail Jones, die sich immer im Griff hatte?

Ich hatte doch gar keinen Grund nervös zu sein, schließlich wollte ich keinen Mann in meinem Leben. Dementsprechend konnte es mir doch egal sein, was Ethan von mir dachte.

Dennoch war ich noch nie mit einem Mann so häuslich gewesen. Wir saßen hier wie ein Paar, das zusammen den Abend verbrachte. Die Frau hatte gekocht, während der Mann vor dem Fernseher saß. Es fehlte nur noch, dass ich ihm ein Bier holte, dachte ich belustigt.

»Liest du eigentlich Marys Liebesromane?«, fragte Ethan in diesem Moment völlig unvermittelt und ich verschluckte mich, bekam mehr schlecht als recht Luft.

Ethan kam um den Tisch herum und klopfte mir vorsichtig auf den Rücken. Kaum hatte ich aufgehört zu husten, reichte er mir ein Glas Wasser, das ich gierig leer trank.

Endlich beruhigte ich mich wieder. »Danke!«

»Keine Ursache.«

Ich hegte die Hoffnung, dass er durch die Aufregung, die mein Beinaheableben mit sich gebracht hatte, seine ursprüngliche Frage vergessen hatte. Aber mit den nächsten Worten machte er mir klar, dass er ein sehr gutes Gedächtnis hatte.

»Warum bringt dich eine solch simple Frage dermaßen durcheinander, Abby?« Das Grinsen auf seinem Gesicht ließ erkennen, dass ich in der Falle saß und er mich offenbar durchschaut hatte. Oder fand er nur die Situation so amüsant?

Ich musste schlucken, doch der Kloß in meinem Hals verschwand nicht. »Ja«, sagte ich und beantwortete damit seine ursprüngliche Frage, die er mir gestellt hatte, ehe ich mich verschluckt hatte.

»Ja?« Irritiert sah er mich an. Dann fiel der Groschen und er fing an zu lachen. »Nicht dein ernst! Du liest Marys Romane? Das hätte ich nie für möglich gehalten. Du wirkst alles andere als romantisch und verträumt. Eher karriereorientiert und beflissen, wie jemand, der ausschließlich Fachliteratur verschlingt.«

»Nun ja, bis vor Kurzem habe ich auch keinerlei belletristische Romane gelesen, erst durch die Recherche für meinen neuen Artikel, bin ich auf Mary beziehungsweise Clodette Poirot aufmerksam geworden. Damit ich weiß, wovon ich schreibe, wollte ich mich schlaumachen, was die Frauen an solchen Romanen fasziniert«, verteidigte ich mich kleinlaut.

»Und was ist es, was den Frauen an diesen Geschichten gefällt?«, fragte er mich amüsiert und lehnte sich entspannt auf dem Stuhl zurück. Seine Augen funkelten belustigt, während er mich durchdringend ansah.

Ich überlegte, doch so recht wollte mir keine passende Antwort einfallen, deshalb nahm ich einen weiteren Bissen von den Tagliatelle und kaute sie eingehend. Wenn ich ihm erklären würde, was Frauen daran faszinierte, wäre ich an seinen aufkeimenden Vorurteilen selbst schuld.

Ethan würde mit Sicherheit automatisch davon ausgehen, dass ich, weil ich diese Bücher las, ebenfalls auf solche Männer stand. Reiche Männer, die wussten, was sie wollten und es sich nahmen, egal was es für Konsequenzen für sie hatte. Das waren Männer wie er.

Dann gab ich mir einen Ruck und sagte: »Es ist die Art, wie Mary schreibt. Es ist eindringlich und spielt mit den Wünschen der Frauen.«

»Und welche wären das?«

»Frauen wollen Sicherheit, wollen beschützt werden und gleichzeitig einen Mann, der ihnen die Welt zu Füßen legt. Millionäre sind da natürlich genau die richtigen Protagonisten und befriedigen die Urinstinkte der Leserin.« Ich starrte gebannt auf den Fernseher und wollte ihm nicht in die Augen schauen, doch ich wartete gespannt auf seine Reaktion.

»Deine auch?«, fragte er mit einem grummelnden Unterton.

Unangenehm kroch mir die Scham durch die Adern. »Na ja, ich würde lügen, wenn ich das Gegenteil behauptete. Ich denke, Mary weiß sehr gut, welche Knöpfe sie drücken muss, um Frauen süchtig nach ihren Büchern zu machen.« Gehemmt drehte ich kurz den Kopf zu Ethan, doch nun sah er angespannt auf den Fernseher.

»Welche Art von Artikel schreibst du, dass du Marys Romane lesen musst?«, hakte er dennoch nach.

Mrs Snyder hatte gesagt, dass ich zu keinem ein Wort sagen sollte. Auch nicht zu Ethan, also versuchte ich, mich herauszureden.

»Es geht um die Faszination der Leserinnen an solchen Romanen. Warum sind sie erfolgreich? Warum werden sie zurzeit so viel gekauft?«

Ethan lachte und für einen kurzen Augenblick trafen sich unsere Blicke. Es war schön, mit ihm zusammen zu reden und mit ihm zu lachen, auch wenn es ein heikles Thema war.

»Und hast du Antworten gefunden?«

»So einige.«

~

Den Rest des Abends, schauten wir uns einen Film an, schwiegen dabei, aber es war ein angenehmes Schweigen. Der Streifen entpuppte sich als actionreich und ich fand ihn gar nicht mal so schlecht. Nachdem er zu Ende war, machten Ethan und ich die Couch bereit für seinen nächtlichen Aufenthalt bei mir. Allein der Gedanke daran, dass dieser heiße Typ nackt auf meinem Sofa schlafen würde, ließ mich fahrig werden, als ich versuchte, die Knöpfe des Bettbezugs zu schließen.

»Hey, hast du sonst ein Hausmädchen hier?«, fragte mich Ethan glucksend.

»Nein, wieso?« Endlich bekam ich den Knopf in den passenden Schlitz. Triumphierend schnappte ich mir den Nächsten.

»Weil du aussiehst, als hättest du ein persönliches Problem mit diesen Knöpfen.« Ethan wackelte provozierend mit den Augenbrauen und schmunzelte, um anschließend nach der Decke zu greifen und statt meiner die restlichen Knöpfe zu schließen.

Gespielt entrüstet sah ich ihm dabei zu. »Okay, du bist eindeutig ein Profi im Knöpfezumachen.«

»Jederzeit zu Diensten, Ma´am!«, antwortete er in einem gedehnten Südstaatenakzent und tippte sich an eine imaginäre Mütze.

»Vielleicht komme ich beim nächsten Mal auf Sie zurück, Sir«, scherzte ich.

»Gerne auch dieses Mal«, raunte er direkt an meinem Ohr. Wann war er mir so nahegekommen? Die feinen Härchen auf meinen Unterarmen schnellten empor und mir wurde heiß.

Wie sollte ich darauf reagieren? Mein Hirn hatte sich in einen warmen Brei verwandelt, der ungefähr so viel Intelligenz aufwies wie ein Toastbrot. Na ja, eher noch weniger.

Ethans Schulter berührte kurz meine, als er sich vorbeugte und die Decke auf die Couch legte. »Melde gehorsamst, Bett bezogen«, rettete er die Situation mit seinem gespielt militärischen Unterton.

»Sehr gut, Soldat. Doch nun entschuldigt mich mein Herr. Eine Dame braucht ihren Schönheitsschlaf.« Mit klopfendem Herzen floh ich in mein Schlafzimmer und stand anschließend dümmlich grinsend mit dem Rücken an der Tür. Ja, ich benahm mich eindeutig wie ein Highschoolmädchen. Das Schlimmste war jedoch, dachte ich in dem Moment und das Lächeln verschwand von meinem Gesicht, dass ich völlig vergessen hatte, welche mafiösen Kontakte Ethan Anderson vorgeworfen wurden.

Der Abend war angenehm gewesen, zu keiner Sekunde hatte ich auch nur einmal an diese Vorwürfe gedacht. Vielleicht entsprachen sie nicht der Wahrheit? Vielleicht waren es nur Gerüchte, die ich ignorieren sollte?

ETHAN

Die vergangene Nacht war die Hölle für mich. Nackt unter dem Bettzeug zu liegen, das so eindeutig nach ihr gerochen hatte, war schlichtweg unerträglich gewesen. Der Stoff hatte bei meinen unruhigen Bewegungen über sämtliche Bereiche meines Körpers gestrichen und Fantasien in mir wach gerufen, wie sie eigentlich nur Schuljungen hatten.

Nachdem ich mich damit abgefunden hatte, dass an Schlaf nicht zu denken war, hatte ich mir einen Plan ausgedacht, wie wir am besten aus Abigails Wohnung kommen könnten, ohne zu sehr von den Journalisten belästigt zu werden.

In den nächsten Tagen würden die Aasgeier diese Adresse belagern und es bestünde keine Chance, ein normales Leben zu führen. Irgendwann würde die nächste Sensationsstory auftauchen und ab da träte Ruhe ein. Diese Zwischenzeit gedachte ich, gemeinsam mit Abby zu überbrücken. Natürlich hatte ich dabei auch Hintergedanken, denn ich wollte diese wundervolle Frau besser kennenlernen. Auf rein freundschaftlicher Ebene nahm ich mir vor.

Es war zwar erst sechs Uhr morgens, aber ich wusste aus Erfahrung, dass Toni bereits um fünf Uhr aufstand, um joggen zu gehen. Entschlossen, das Beste aus dieser verfahrenen Situation zu machen, griff ich nach meinem Mobiltelefon und rief ihn an.

»Hey, Ethan. Bist du aus dem Bett gefallen? Das ist doch im Normalfall nicht deine Zeit!«, fragte Toni neugierig. »Hat das vielleicht etwas mit der Story des Tages zu tun, die im Frühstücksfernsehen rauf und runter läuft?« Nun konnte er sein Lachen nicht mehr zurückhalten.

»Toni, fahr mal einen Gang runter. So witzig ist das nicht. Wir sitzen hier in ihrer Wohnung fest. Ich brauche deine Hilfe.« Ich versuchte, ruhig zu bleiben, aber gerade in diesem Moment war ich einfach nur genervt, weil Toni immer alles ins Lächerliche ziehen musste. Im Normalfall lachte ich mit, aber die Sache ging mir nahe, weil ich Abigail aus der Schusslinie bringen wollte.

»Okay, Kumpel. Erzähl schon.«

Endlich hatte ich seine volle Aufmerksamkeit, also weihte ich ihn in meinen Plan ein und Toni stimmte zu, uns zu helfen. Nach einer halben Stunde hatten wir sämtliche Details abgesprochen, bis hin zu einem Ablenkungsmanöver für die Presse, damit sie uns nicht verfolgten, wenn wir die Wohnung verließen.

Nachdem das geklärt war, inspizierte ich die Küche nach etwas Essbarem und fragte mich, wovon Abigail lebte. Der Kühlschrank wies eine gähnende Leere auf, bis auf ein wenig Grünzeug, eine Tomate und Eier. In den Schränken war auch nicht viel zu finden.

Also beschloss ich, mit dem Frühstück zu warten, bis sie aufgewacht war. Vielleicht hatte sie ja einen Plan, den ich eventuell durchkreuzen würde, wenn ich mir einfach etwas zubereitete. Frauen waren da merkwürdig, das wusste ich von Tonis Mom, die ausflippte, wenn ich mich, ohne zu fragen, in ihrer Küche auslebte.

Abbys Wohnung war winzig, aber stilsicher eingerichtet. Sie hatte ein gutes Gespür für Formen und Farben. Mir gefiel der Stil, für den sie sich entschieden hatte und ich fühlte mich hier wohl.

Neugierig näherte ich mich dem Bücherregal, in dem ausschließlich Fotobände und Fachliteratur zu finden waren, genau wie ich es mir gedacht hatte. Marys Romane passten da tatsächlich nicht ins Bild. Aber irgendwie regte sich dadurch noch mehr meine Neugier. Es offenbarte mir eine Frau, die nicht nur straight ihren Weg ging, sie besaß auch Gefühle, war romantisch und träumte.

Auch wenn ich es nie vor jemand anderem zugegeben hätte, auch nicht vor Toni, musste ich mir selbst eingestehen, dass der eine Roman, den ich von Mary gelesen hatte, meine Fantasy beflügelt hatte. Schmunzelnd trat ich ans Fenster und lugte vorsichtig zwischen den Vorhängen hinaus. Es waren zwar nicht mehr so viele Reporter auf der Straße wie am Tag zuvor, doch deshalb würde ich nicht von meinem Plan abweichen.

Es war bereits sieben Uhr, also beschloss ich, zu duschen und dann die Klamotten von gestern anzuziehen, um endlich aus diesem albernen Bademantel zu kommen.

ABIGAIL

Am nächsten Morgen sah die Welt schon ganz anders aus. Die Gefühle für Ethan hatte ich ganz weit nach hinten geschoben und würde sie so schnell auch nicht wieder hervorkramen.

Das war zumindest mein Vorsatz für die nächsten Tage.

Als ich aus dem Schlafzimmer trat, stellte ich enttäuscht fest, dass das Wohnzimmer leer war.

Sogar das Sofa war wieder ordentlich und das Bettzeug lag gefaltet darauf.

Kurzfristig dachte ich, Ethan wäre gegangen, doch dann hörte ich das Rauschen des Wassers. Er duschte gerade, seine Kleidung war vermutlich mittlerweile trocken und einem baldigen Aufbruch seinerseits stand nichts mehr im Wege.

Vorsichtig spähte ich aus dem Fenster. Draußen vor dem Haus standen nur noch vereinzelte Reporter, die vermutlich die ganze Nacht dort kampiert hatten.

Um meiner Vorgesetzten keine Migräne zu verschaffen, angelte ich das Handy vom Fensterbrett, wo ich es gestern Abend hingelegt hatte, und schaltete es an. Damit die Snyder nicht völlig durchdrehte, wollte ich ihr lediglich eine rasche Nachricht senden. Doch dann las ich den Text, den sie mir gerade geschickt hatte.

Abigail Jones, Sie sind raffinierter, als ich es für möglich gehalten habe. Ausgerechnet Ethan Anderson! Das ist ein genialer Schachzug. Bleiben Sie dran. Und sollten Sie außer der »Wie angle ich mir einen Millionär« Geschichte noch an weitere pikante Details aus seinem Leben kommen, sehen Sie zu, Beweise dafür zu sichern. Ich bin beeindruckt. Weiter so!
Snyder

Sie ging tatsächlich davon aus, dass ich mir Ethan ausgesucht hatte, um über ihn die Millionärs-Story zu schreiben. Eigentlich war das überhaupt nicht das, was ich wollte. Dafür mochte ich ihn mittlerweile viel zu sehr. Ihn so vorzuführen erschien mir nicht gerecht, doch bei welchem Kandidaten wäre es das gewesen?

Nachdenklich trat ich vom Fenster zurück und verschwand in der Küche, wo ich mir einen Instant Chai Latte zubereitete und die seltsamen Gedanken und Snyders Nachricht weit wegschob. Ich verbarrikadierte sie hinter der letzten Tür meines Verstandes, dort, wo bereits die merkwürdigen Gefühle für den duschenden Mann begraben lagen.

Voller Elan öffnete ich zuerst den Kühlschrank und dann den Vorratsschrank. Außer zwei Scheiben Toast hatte ich nur noch eine Packung Eier und eine Tomate im Kühlschrank. Ich beschloss, den Morgen mit einem Omelett zu starten, und hoffte, dass Ethan es zu schätzen wusste.

Im Radio lief gerade ein Song, der mir durch und durch ging. Der Sound war cool und der Text schnell verinnerlicht. Beim zweiten Mal sang ich den Refrain schon mit und tanzte vor der Pfanne, ehe ich das Omelett wendete.

»Na das ist ja mal ein Anblick, den es zu genießen lohnt. Eine attraktive Frau, die für mich Essen zubereitet und dabei noch verführerisch mit den Hüften wackelt. Du hast ungeahnte Fähigkeiten«, scherzte er lachend. Doch in seinem Blick erkannte ich, dass seine Worte nicht nur scherzhaft gemeint waren. In ihm brodelte ein Feuer, an dem ich mich verbrennen würde, sollte ich mich entscheiden, ihm zu nahezukommen. Blut pulsierte in meinen Wangen und ich sah vermutlich aus wie die Tomate, die ich gerade aufschnitt. Ganz toll. Ausgerechnet in diesem Moment musste er mich beobachten. In meiner Musiktrance hatte ich nicht mitbekommen, dass er aus dem Badezimmer getreten war.

»Du bist ein erwachsener Mann und selbst für deine Verpflegung zuständig. Wer sagt, dass ich das Essen mit dir teilen werde?«, fragte ich ihn mit einem provozierenden Augenaufschlag. Zumindest hoffte ich das.

»Gut gebrüllt, Löwin. Aber ich glaube kaum, dass du in der Lage bist, zwei dieser riesigen Omeletts zu verdrücken.« Das schelmische Grinsen auf seinem Gesicht entfachte ein Kribbeln in meinem Magen, das definitiv nicht vom Hunger kam.

»Gut kombiniert Sherlock Holmes. Setz dich. Ich hoffe, du magst Omelett mit Tomate und Chai Latte? Wenn nicht, hast du Pech gehabt. Leider habe ich nichts anderes im Haus.«

Bedächtig nahm ich die Omeletts aus den beiden Pfannen und drapierte sie auf den Tellern. Daneben legte ich jeweils eine Scheibe getoastetes Weißbrot.

»Glaub mir, es ist so, wie ich es gestern schon gesagt habe – ich esse alles.« Er amüsierte sich, seine Stimme verdeutlichte mir das.

Ich war unglaublich stolz auf mich, dass ich mich nicht zu einer unüberlegten frechen Erwiderung hinreißen ließ, als ich die beiden Teller zum Tisch brachte und anschließend die zwei hohen Gläser mit dem Chai Latte holte.

»Das sieht köstlich aus«, sagte er und lächelte mich freundlich an.

»Danke!« Ich war nicht das Heimchen, das gern kochte, aber ich freute mich dennoch über sein Lob.

»Ich habe zu danken, dass du mich hier beherbergst und auch noch verpflegst.« Sein Blick hinterließ eine Gänsehaut auf meinem Unterarm, weil ich mir vorstellte, wie es hätte sein können, wenn ich gestern Abend nicht so abrupt geflohen wäre. »Guten Appetit.«

»Dir auch«, erwiderte ich. Wir aßen in friedlichem Einvernehmen und lauschten der Musik aus dem Radio. Irgendwann brach ich das Schweigen. »Wie wollen wir jemals wieder aus der Wohnung kommen, ohne dass man uns da unten zerfleischt?«

Ethan legte das Besteck neben seinen leeren Teller und sah mich aufmerksam an, während er mir erklärte: »Ich habe Toni, einen Freund von mir angerufen, als du noch geschlafen hast. Er wird uns um zwölf Uhr abholen.«

»Uns?«, fragte ich irritiert, weil sich mir der Sinn der Worte irgendwie nicht erschloss.

Doch eines wusste ich, Ethan Andersons bester Freund hieß Toni Irgendwas. An den Nachnamen konnte ich mich nicht erinnern. Dieser Toni war angeblich einer der führenden Unterweltbosse Chicagos. Zumindest behauptete die Presse das, die man, wie ich zugeben musste, nicht unbedingt als zuverlässige Quelle heranziehen konnte.

»Willst du dich etwa in den nächsten Tagen den vielen Fragen allein stellen?« Ich schüttelte den Kopf und Ethan fuhr mit seiner Erklärung fort. »Ich hatte vor, ein paar Tage unterzutauchen. Wenn du magst, begleite mich.«

Angesichts seines Angebots erschrak ich ein wenig und hielt inne. Zu vermessen klang es in meinen Ohren, zu anrüchig, obwohl er mit keinem Wort meine Befürchtungen untermauerte. Doch dann wurde ich skeptisch. Warum hatte er nicht schon gestern Abend jemanden angerufen und sich abholen lassen? »Ich denke, das ist keine gute Idee. Damit würden wir doch die Gerüchte nur noch zusätzlich bekräftigen.«

Ein schräges Grinsen legte sich auf sein Gesicht. »Glaub mir, genau das hatte ich vor.«

Irritiert runzelte ich die Stirn. »Wie meinst du das?«

»Wenn wir ihnen dieses Futter vor die Füße knallen, dann lassen sie uns bald in Ruhe. Ich hätte auch schon früher abhauen können, notfalls in nassen Klamotten, aber dann hätten sie keine Ruhe mehr gegeben. Da ich die Nacht hier verbracht habe, gehen die Zeitungsmenschen nun davon aus, dass wir ein Paar sind und wenn wir jetzt noch weitergehen, sind wir bald uninteressant.« Seine Augen verdunkelten sich und er sah mich an, als erwarte er von mir eine Antwort auf eine unausgesprochene Frage. Doch ich schwieg.

»Wenn wir ihnen nichts geben, über das sie berichten können, dann werden sie uns weiter verfolgen oder noch schlimmer, sich irgendwelche Storys ausdenken. Zum Beispiel, dass du schwanger bist oder etwas noch Extremeres. Abby, ich mag dich und habe nicht vor, zukünftig auf deine Gesellschaft zu verzichten, nur weil ein paar Reporter uns auf den Fersen sind.«

Fassungslosigkeit breitete sich in mir aus. Was fiel ihm ein? Er wollte nicht auf meine Gesellschaft verzichten? Hatte er gefragt, was ich wollte? Wollte ich ihn zukünftig wiedersehen?

»Nun schau nicht so. Es ist ja nicht so, als hätte ich dir einen unsittlichen Antrag gemacht. Ich mag dich und ich finde, Menschen die man mag, sollte man nicht aus den Augen verlieren.« Ein freches Blitzen war in seinen Augen zu erkennen. Nahm er mich auf den Arm?

Verwirrt blinzelte ich und schob mir ein Stück des Omeletts in den Mund. Wann hatte mich das letzte Mal ein Mann zu Sprachlosigkeit erstarren lassen, Garner und sein Assistent mal ausgenommen? Diese Art von Schwachsinn hatte ich mir doch schon vor Urzeiten abgewöhnt. Doch er hatte es geschafft, dass ich mir vorkam wie eine blöde Kuh. Eine Kuh, die kurzfristig davon ausgegangen war, dass sich der Hornochse für sie interessierte. Ich war wirklich dämlich. Der Kerl mir gegenüber sah aus wie ein gottverdammter Filmstar, hatte Charisma und besaß Humor. Warum sollte er, der bei den oberen Zehntausend ein- und ausging, sich ausgerechnet für mich interessieren? Und warum bereitete mir die Erkenntnis, dass er es tat, solche Bauchschmerzen?

»Und?«, fragte Ethan mit einem Schmunzeln auf den Lippen.

»Was und?«, fragte ich wenig geistvoll.

»Begleitest du mich?« Sein Blick war lauernd. Was hatte ich verpasst? Irgendwie hatte ich immer noch das Gefühl, einen Teil der Unterhaltung zwischen uns nicht mitbekommen zu haben.

Statt einer Antwort, fragte ich: »Gibt es dort W-Lan?«

Das dunkle Lachen von Ethan wanderte über die Haut meiner Unterarme und hinterließ dort ein sattes Kribbeln. Der Kerl trieb mich in den Wahnsinn.

»Ja, gibt es. Du kannst also gern weiterarbeiten, während wir untertauchen.«

»Gut«, sagte ich spontan. »Ich komme mit.« War ich von allen guten Geistern verlassen? Warum um Himmels willen hatte ich zugesagt? War es wegen Mrs Snyders eindeutiger Anweisung? Oder lag es daran, dass Ethan eine Anziehungskraft auf mich ausübte, der ich nur schwer widerstehen konnte? Ich wusste es nicht, aber ich würde es durchziehen. Endlich würde ich mal etwas machen, das nicht in meinem Lebensplan bereits seit Jahren festgeschrieben stand.

Der siegessichere Ausdruck auf Ethans Gesicht bestätigte das Gefühl, mit meiner Zustimmung die falsche Antwort gegeben zu haben, doch ich ruderte nicht zurück.

~

Zwei Stunden später stand ich mit einem gepackten kleinen Koffer in meinem Wohnzimmer, schaute aus dem Fenster und überlegte ernsthaft, diese Sache doch noch abzusagen. In meinem ganzen Leben hatte ich noch nie etwas dermaßen Spontanes gemacht. Alles plante ich und prüfte es. Pro und Kontra wurden gegenübergestellt und dann erst entschieden, was ich am besten machte. Ich war hin- und hergerissen.

Ethan hatte mir nicht sagen wollen, wo wir hinfahren würden. Irrsinnigerweise vertraute ich ihm, obwohl wir uns kaum kannten. In seiner Nähe fühlte ich mich sicher, zumindest solange kein Alkohol in der unmittelbaren Umgebung war, den er zu bewusstseinserweiternden Drogen verarbeiten konnte. Genau deshalb zog ich diese gemeinsame Flucht überhaupt in Erwägung.

Mrs Snyder würde mir die Hölle heiß machen, wenn ich hierbliebe. Zudem war da noch mein törichtes Bedürfnis, mit Ethan zu gehen. Die letzten achtzehn Stunden hatten mein Leben total aus der Bahn geworfen, doch anstatt vor Angst zu erstarren, grinste ich dümmlich vor mich hin und freute mich auf das Abenteuer meines Lebens. Ja, ich würde es tun.

Als Ethans Handy klingelte, schrak ich fürchterlich zusammen, weil ich tief in meinen Gedanken versunken war. Er hatte die ganze Zeit neben mir gestanden und per Handy Mails beantwortet.

»Das muss Toni sein«, sagte er beruhigend und legte mir eine Hand auf den Unterarm, während er mit der anderen den Anruf entgegennahm. Seine Körperwärme hatte allerdings nicht den gewünschten Effekt, sondern ließ mein Blut wild pulsieren und ich wurde noch nervöser.

Neugierig lauschte ich den knappen Worten, die Ethan in das Handy sprach, ehe er auflegte.

»Er hat ein paar Bodyguards mitgebracht, die uns den Weg freimachen. Im Moment kümmern sie sich darum, dass der Hausflur geräumt ist. Wir sollen in zwei Minuten runterkommen. Hast du einen Hut und eine Sonnenbrille?«, wollte er wissen und setzte sich dabei ein Basecap und eine Ray Ban auf, die er vorher aus seiner Jacke gezogen hatte. Was der Mann alles mit sich herumschleppte!

»Ja, warte. Ich hol schnell was.«

Nachdem ich aus dem Schlafzimmer zurückkehrte und mir die gewünschten Requisiten für unsere Show aufgesetzt hatte, verließen wir die Wohnung. Zweimal schloss ich die Tür ab und hoffte, dass sich niemand Zutritt verschaffen würde, während meiner Abwesenheit. Das grenzt schon an paranoides Verhalten, dachte ich kopfschüttelnd.

»Bist du so weit?« Ethan zog sich die Sonnenbrille ein Stück von der Nase und sah mich an.

»Ja.« Kurz atmete ich noch einmal durch, dann spürte ich Ethans Hand, die meine fest umschloss. Wir eilten die Treppen hinunter. Im nächsten Moment öffnete er die Tür.

Draußen standen etliche Bodyguards und schufen uns einen Gang, der direkt zu einer wartenden Limousine führte. Ethan beschleunigte seine Schritte nicht. Obwohl ich das Bedürfnis verspürte loszuspurten, passte ich mich seinem Tempo an.

»Mister Anderson!«, schallte es über die Securitymänner hinweg. »Können wir mit einer Stellungnahme Ihrerseits rechnen?«

»Wie lange sind Sie schon ein Paar?«

»Wann findet die Hochzeit statt?«

»Weiß der ehemalige Präsident schon von Abigail?«

Meinen Namen zu hören, ließ mich kurz straucheln, doch Ethan zog mich an seine Seite und legte den Arm um meine Schultern. Wieder umhüllte mich das Gefühl der Sicherheit.

»Wie ernst ist es mit Ihnen beiden, Mister Anderson?«

Mittlerweile standen wir direkt vor der Limousine, Ethan schob mich hinein, ehe er sich noch einmal zu den Reportern umdrehte und sagte: »Sehr ernst!« Dann saß er schon neben mir und die Tür schloss sich. Das massige Auto setzte sich in Bewegung und reihte sich in den mittäglichen Verkehr Chicagos ein.

Die plötzliche Stille nach dem Fragentornado lag schwer auf mir. In meinen Ohren rauschte es noch immer und ich fragte mich zum wiederholten Male, warum mich Ethan bei seiner Untertauchaktion dabeihaben wollte.

Sehr ernst! Diese beiden Worte machten mich glücklich. Auf eine dumme, romantische Art stellte ich mir vor, wie es wäre, tatsächlich mit Ethan Anderson liiert zu sein. Und was ich mir ausmalte, gefiel mir ausgesprochen gut. Tja, Abigail Jones, die Frau, die den Männern abgeschworen hatte, träumte eben manchmal. Doch ich nahm mir fest vor, dass es ausschließlich bei diesen Tagträumen bleiben durfte.

ETHAN

Kaum hatte ich durchgeatmet, klingelte mein Handy. Tonis Name war auf dem Display zu lesen, weshalb ich das Gespräch sofort annahm.

»Ja?«

»Ist der Adler sicher gelandet?«

»Ja, Sir. Melde gehorsamst, der Adler ist gelandet. Die Spaghetti und die Tomatensoße sitzen in der Mikrowelle und machen sich bereit, gleich in die Luft zu fliegen.«

Abbys Blick brachte mich letztendlich dazu, in schallendes Gelächter auszubrechen.

»Gut, der Kommandant ist zufrieden«, antwortete Toni mit der Stimme von Marlon Brando in *Der Pate.* Er hatte diese Imitation bereits in der High School perfektioniert und man konnte ihn kaum vom Original unterscheiden.

»Mann, Toni! Ich werde dir mal wieder auf ewig dankbar sein müssen.«

Als Abby hörte, mit wem ich telefonierte, flüsterte sie: »Ich auch!«

Ich legte meine Hand auf das Mikrofon und flüsterte ebenfalls. »Sag das nicht zu laut, sonst nagelt er dich darauf fest.« Um meinen Worten die Ernsthaftigkeit zu nehmen, zwinkerte ich Abby zu. Das Lächeln, das sie mir schenkte, war jede Flucht wert. Mein Mund wurde trocken.

»Okay, Ethan, ich muss los. Macht nichts, was ihr später bereut und grüß Mama Luciana von mir«, verabschiedete sich Toni.

»Werde ich machen. Ciao, Mister Mafiaboss!«, scherzte ich.

Da mein Blick noch immer auf Abby ruhte, konnte ich die Veränderung in ihrem Gesicht genau erkennen. Sie glaubte doch nicht wirklich, dass Toni ein Mitglied der Mafia war, oder? Ich war schon drauf und dran, sie darauf anzusprechen, als der Fahrer des Wagens plötzlich einen abrupten Schlenker nach rechts machte. Mit dem Kopf knallte ich heftig gegen die Scheibe und Abigail, die nicht angeschnallt war, landete an meiner Schulter. Automatisch legten sich meine Arme um sie. Erstaunt hob sie den Kopf und unsere Blicke trafen sich. Shit! Sie roch so gut und in meinem Magen rumorte es.

»Alles okay?«, fragte ich sie besorgt, als sie sich wieder aufrichtete. Meine Stimme hörte sich bei diesen Worten merkwürdig belegt an.

»Ja, alles super. Mein Leben ist nur gerade dabei, völlig aus den Fugen gerissen zu werden. Aber ansonsten bin ich okay.« Sie verzog ihr Gesicht zu einer niedlichen Grimasse.

Diese Frau berührte etwas in mir, das sich schmerzhaft zusammenzog, sobald ich mir bewusst machte, dass sich unsere Wege nach diesem Ausflug trennen würden. In ihrer Gegenwart fühlte ich mich geerdet. In den letzten Jahren war ich nicht annähernd so zufrieden gewesen wie gestern Abend, als ich zusammen mit ihr den Film angesehen hatte. Es hatte sich einfach so richtig angefühlt. Das wollte ich nicht missen. Was war so anders mit ihr? War ich verliebt? Quatsch! So schnell verliebte man sich doch nicht. Ich konnte mir selbst nicht erklären, warum ich ausgerechnet bei ihr solch romantische Gefühle hatte.

»Wenn in drei oder vier Tagen Ruhe eingekehrt ist, werde ich dich zurück nach Chicago bringen und dein Leben wird wieder in normalen Bahnen verlaufen.« Meine Worte klangen vermutlich beruhigend, doch wem machte ich damit etwas vor? Abigail? Ihr konnte ich vielleicht noch etwas vorgaukeln. Mir selbst nicht, denn in mir drin tobte ein kleiner Tornado, weil ich aufgrund der Gefühle, die Abby in mir auslöste, nicht gerade ruhig bleiben konnte.

Sie schwieg und rutschte wieder zurück auf ihren Platz. Ihre Hände zitterten, als sie sich anschnallte. Während sie nachdenklich aus dem Fenster blickte, tippte ich gelangweilt auf meinem Handy herum, um sie nicht wie ein idiotischer Stalker die ganze Zeit zu beobachten.

ABIGAIL

Mein Herz hämmerte immer noch wild in meiner Brust. Ihm so nahezukommen, seine Arme um mich zu spüren und die Wärme seines Körpers an meinem zu fühlen, das hatte unweigerlich dazu geführt, dass meine Hände anfingen zu zittern. Ich starrte aus dem Fenster, ohne etwas zu erkennen. Außer Ethans Gegenwart nahm ich nichts wahr.

Dieser Kerl musste irgendwelche Zauberkräfte besitzen, dass ich mich nicht unter Kontrolle hatte, wenn er in meiner Nähe war. Erneut nahm ich mir vor, standhaft zu bleiben und nicht seinem Charme zum Opfer zu fallen. Vermutlich zog er diese Tour öfter ab. Die Tour des lustigen, aber unnahbaren Fremden. Oft genug, dass die halbe weibliche High Society ein gebrochenes Herz hatte. Bei Gelegenheit musste ich Mary doch mal ausfragen und herausfinden, was sie mit dieser Aussage gemeint hatte.

Kurze Zeit später hielt der Wagen mit den verdunkelten Scheiben direkt auf der Landebahn des Flughafens. Das durfte doch nicht wahr sein! Gab es hier keine Sicherheitsrichtlinien, die befolgt werden mussten? Was man sich mit genug Geld alles erkaufen konnte, schenkte meinem sicherheitsbedürftigen Herzen einen gehörigen Schrecken.

Was, wenn sich in diesem Auto Terroristen verstecken würden? Ich nahm mir fest vor, dieses Thema bei der nächsten Sitzung aufzugreifen und der Snyder vorzuschlagen, darüber einen Artikel zu schreiben.

Der *Cosmostar* konnte ruhig mal ein paar politisch kritische Themen angehen. Die Umgehung von Amerikas Sicherheitsgrenzen gehörte eindeutig dazu. Investigativer Journalismus wurde bei uns leider völlig außer Acht gelassen. Solche Missstände mussten aufgedeckt werden. Am besten ehe es die Falschen herausfinden und Schaden anrichten konnten.

Neben mir öffnete sich die Tür und ich sah das erste Mal den Chauffeur. Bisher hatte ich ihn nicht bemerkt, da die Scheibe zum Fahrerraum verdeckt worden war.

Sein braungebranntes Gesicht wurde von blauen Augen dominiert, die ein paar Lachfältchen umgaben. Er war äußerst attraktiv, doch ein Seitenblick zu Ethan offenbarte mir den Traum meiner letzten schlaflosen Nacht. Gegen ihn wirkte der Fahrer der Limousine wie ein Schuljunge.

Der Jüngling, der eigentlich keiner war, hielt mir seine Hand hin und ich griff zaghaft danach. Es fühlte sich irgendwie merkwürdig an, so behandelt zu werden, als wäre man die Queen von England.

Mit schnellen Schritten war Ethan um die Limousine herumgekommen und sah mit einem ernsten Gesichtsausdruck zwischen mir und dem blonden Fahrer hin und her. Er reichte mir galant seinen Arm, doch diesmal nahm ich die dargebotene Hilfe nicht an. Ich trug keine mörderischen High Heels und war auch nicht in sonstiger Weise gehbehindert. Abigail Jones war durchaus in der Lage allein die Gangway eines privaten Jets emporzusteigen. Eines Privatjets? Erstaunt wanderte mein Blick über das Flugzeug. Dieser Toni musste eine Menge Geld besitzen. Sehr, sehr viel Geld! Woher kam es? Kriminelle Geschäfte?

»Mund zu, sonst bietest du die perfekte Landebahn für fliegende Insekten«, witzelte Ethan, dessen Stimme mehr als amüsiert klang.

Doch ich ließ mich nicht provozieren und schloss den Mund, anstatt etwas zu erwidern. So würdevoll wie möglich ging ich auf die Gangway zu. Dennoch spürte ich Ethans Präsenz in meinem Rücken und das bei jedem einzelnen Schritt.

Als ich oben ankam und der hübschen Stewardess gegenüberstand, wurde mir erst richtig bewusst, dass wir gleich fliegen würden. Wohin? Was würde mich dort erwarten?

»Kneif jetzt nicht, Abby«, raunte Ethan vertraulich in mein Ohr. Er wirkte wie ein Magnet auf mich. Sein Körper zog mich an und ich konnte nur mit Mühe und Not die Selbstbeherrschung aufbringen, um mich nicht gegen ihn zu lehnen.

»Hallo Ethan, schön dich wiederzusehen.« Die Stimme der blonden Flugbegleiterin riss mich aus meiner Schwärmerei. Gab es im Personalstab dieses Tonis nur eine Haarfarbe? War das ein Aufnahmekriterium?

Dann besann ich mich der Unterhaltung, die gerade geführt wurde. Ethan? Sie kannten sich offenbar recht gut, ansonsten würde sie ihn nicht mit seinem Vornamen anreden.

»Hi, Tessa!«, erwiderte er viel zu sanft.

Sofort versteifte ich mich und ging, ohne die beiden eines weiteren Blickes zu würdigen, ins Innere des Jets. Die Eifersucht, die bittersüß durch meine Adern floss, war völlig unangebracht und ich ärgerte mich sehr darüber, dass ich so empfand, schließlich waren wir nicht zusammen.

Purer Luxus empfing mich, als ich durch die Tür trat. Die Möbel waren in hellen Sandtönen gehalten und vermittelten einen edlen Eindruck. Insgesamt verfügte der Hauptraum über zwölf Sitzmöglichkeiten. Im hinteren Bereich erkannte ich Türen, wovon eine mit Sicherheit zu einer Toilette gehörte und die anderen beiden vermutlich in Kabinen führten. Der Besitzer hatte eindeutig Geschmack bewiesen bei der Inneneinrichtung, oder besser gesagt der Innenarchitekt.

»Gefällt es dir?«, fragte in diesem Moment Ethan, der mir wieder gefährlich nahegekommen war. Seit wann war er so darauf erpicht, meine Nähe zu suchen? Hatte ich irgendetwas verpasst? Etwas hatte sich zwischen uns verändert, als ich mich darauf einließ, mit ihm unterzutauchen. Diese Veränderung gefiel mir.

»Es ist ... nett.«

Das raue Lachen, mit dem er mir antwortete, ging mir durch und durch. Es war, als glitte es wie ein Reibeisen an meiner Seele entlang. »Oh Abigail, du musst dir eindeutig ein besseres Pokerface zulegen, zumindest, wenn du nicht bei der Wahrheit bleibst.«

Ertappt!

Irgendwie verunsicherte es mich, dass er mich bereits nach solch einer kurzen Zeit so gut kannte. Oder war mein Gesicht ein offenes Buch?

Wieder einmal schwieg ich und setzte mich stattdessen in einen der freistehenden Sessel. Ethan ließ sich mir gegenüber nieder, was mir gar nicht behagte. Er war mir zu nahe und deshalb musste ich dringend auf meine Mauer achten, die ich um mich errichtet hatte, seitdem ich meinen Exfreund verließ. Ich fühlte mich von Ethan beobachtet und verspürte das dringende Bedürfnis, ein paar Minuten allein zu sein, um wieder ich selbst zu werden.

Die ständige Anwesenheit Ethans machte mich nervös, ließ mich teilweise irrational handeln, weil ich es einfach nicht gewohnt war, keine Minute für mich zu haben. Im Grunde genommen war ich eine Einsiedlerin, die nur aus ihrem Schneckenhaus herauskam, wenn sie zur Arbeit musste. Solange wir in meiner Wohnung gewesen waren, hatte ich mich auf sicherem Terrain befunden und seine Gesellschaft genossen.

Doch hier in dieser luxuriösen Umgebung war ich unsicher. Im Herzen war ich offenbar immer noch Abigail, das Landei, auch wenn ich so sehr versuchte, davor zu flüchten.

»Möchtest du etwas trinken?«, fragte mich Ethan, während ich damit beschäftigt war, nervös den Inhalt meiner Handtasche zu inspizieren.

Als ich den Kopf hob und in seine Augen sah, wirkte er ernst.

Die veränderte Stimmung zwischen uns war ihm nicht entgangen, denn ein fragender Ausdruck lag auf seinem Gesicht, der ganz bestimmt nicht von der ausgesprochenen Frage nach einem Getränk kam.

»Ein Chai Latte wäre toll.« Ich konnte nicht einfach unhöflich sein, auch wenn ich mir nicht vorstellen konnte, dass man mir meinen Wunsch erfüllen konnte. Welches Flugzeug hatte schon einen Chai Latte an Bord?

»Tessa?«, rief er, ließ mich dabei jedoch nicht einen Moment aus den Augen. Er fixierte mich regelrecht mit seinem Blick. »Einen Chai Latte und einen Espresso bitte.«

Zu meiner Verwunderung antwortete die Flugbegleiterin in flötendem Ton: »Kommt sofort!«

Um mich ein wenig zu beschäftigen, zog ich das Handy aus meiner Tasche und schaltete es an. Augenblicklich blinkten etliche entgangene Anrufe, zahlreiche Nachrichten und sonstige Mitteilungen auf. Ohne nachzuschauen, schaltete ich das Gerät wieder aus.

Meine Nerven lagen schon blank genug, mich jetzt noch mit meiner besorgten Familie oder der euphorischen Mrs Snyder zu befassen, dazu war ich nicht in der Lage.

»Schlechte Neuigkeiten?«, fragte Ethan. Als ich ihn lediglich fragend ansah, deutete er auf mein Handy. »Du siehst aus, als wäre etwas passiert.«

»Nein, alles gut. Ich habe nur die Massen an Nachrichten gesehen und war bedient. Deshalb ist es jetzt wieder aus und das bleibt es vorerst auch.« Nachdenklich sah ich aus dem kleinen Fenster und beobachtete das Flughafenpersonal, das den Abflug unserer Maschine vorbereitete. Geflissentlich ignorierte ich die Anwesenheit Ethans, was mir nur rein äußerlich gut gelang.

Tessa brachte uns kurz darauf unsere Getränke. »Ich habe den Chai Latte nicht ganz so heiß gemacht, damit Sie ihn noch trinken können, ehe wir starten«, erklärte sie mir freundlich.

»Danke, das ist sehr weitsichtig von Ihnen.« Ich bemerkte meinen unterkühlten Ton, doch ich war nicht in der Lage, eine aufgesetzte Unterhaltung mit einer Frau zu führen, die mich eifersüchtig werden ließ. Tatsächlich konnte sie nichts für meine verworrene Gefühlswelt, aber ich war zu verwirrt, um über meinen Schatten zu springen und ihr ein Lächeln zu schenken, das meinen Worten die Spannung nahm. Also ließ ich es bleiben und starrte stattdessen in das hohe Glas, als würde ich dort die Antworten auf die Fragen der Weltpolitik finden. Ich hasste es, mich wie eine Schnepfe zu benehmen.

»Entspann dich ein wenig, Abby.« Ethans Worte wehten sanft zu mir und für einen Moment schloss ich die Augen und atmete tief durch. Als ich ihn ansah, sagte er lächelnd: »Na, geht doch.«

Wie von Zauberhand legte sich ebenfalls ein Lächeln auf meine Lippen. Ja, er hatte recht. Ich sollte mich entspannen und einfach mal genießen. Ob das, was kommen würde für den Artikel verwertbar war oder nicht, es lohnte sich doch definitiv ein paar entspannte Stunden mit dem Sohn des ehemaligen Präsidenten zu verbringen. Es gab wahrlich unangenehmere Gesellschaft.

Der kleine Flughafen, auf dem wir landeten, ließ mich erahnen, wo wir waren. Über dem Gebäude prangte in fetten Lettern:

Hancock County Bar Harbor Airport

Wir waren in Maine! Ich wusste zwar, dass Ethans Familie aus Maine stammte, dennoch wäre ich nicht auf die Idee gekommen, dass wir hier landen. Es war nicht verwunderlich, dass er sich ausgerechnet seine Heimat als Zufluchtsort ausgesucht hatte, aber mich mitzunehmen schon.

Wir befanden uns nicht weit von Bar Harbor, einem kleinen Städtchen, das einst das Ferienziel vieler reicher Amerikaner gewesen war. Unter anderem hatten hier die

Rockefellers und die Astors ihre Urlaube verbracht, bis 1947 ein großes Feuer Teile der Stadt und die Villen dieser Familien zerstörte. Mittlerweile war es ruhiger in Bar Harbor, aber an seiner Schönheit hatte der beschauliche Landstrich wohl nichts eingebüßt.

Ich hatte bereits mehrere Berichte darüber im Fernsehen angeschaut, aber selbst war ich noch nie hier gewesen.

Entgegen meines Vorsatzes - entspannt zu bleiben – erfasste mich eine Vorfreude, die man mir vermutlich mal wieder am Gesicht ablesen konnte, doch das störte mich nicht weiter. Ethan konnte ruhig wissen, dass ich mich freute, ein wenig von Amerikas geografischen Schätzen entdecken zu können. Von selbst wäre ich vermutlich niemals nach Maine gekommen.

Hatte er hier ein eigenes Haus?

Kurzzeitig versetzte mich der Gedanke, die ehemalige First Lady kennenzulernen in Panik, doch dann fiel mir ein, dass Ethan sich mit seiner Familie zerstritten hatte. Außerdem wohnten die Andersons zum Großteil in Chicago, wo sein Vater das Familienimperium leitete. Doch wohin wollte er? Meine Neugier wurde zusätzlich angespornt, als ihm der Pilot einen wattierten Umschlag übergab und sagte: »Mit den besten Wünschen von Mister Conte.«

»Danke, John. Fliegen Sie gleich zurück, oder machen Sie sich ein paar schöne Tage in Maine?«

John lächelte aufrichtig. »Ja, wir haben tatsächlich drei freie Tage. Tessa und ich wollen etwas Romantisches unternehmen, streiten uns aber schon seit Stunden darüber, was es genau sein soll.«

»Na, Ihnen wird schon etwas einfallen.« Gutmütig klopfte Ethan dem Piloten auf die Schulter, während ich vor Erleichterung ausatmete. Meine Eifersucht war völlig unbegründet gewesen. Tessa und John waren offensichtlich ein Paar. Dann wiederum ärgerte ich mich, dass ich Erleichterung empfand. Was sollte das? Ich wollte nichts von Ethan, weder von ihm, noch von irgendeinem anderen Mann!

»Wenn Sie in drei Tagen zurückwollen, sagen Sie Bescheid, dann nehmen wir Sie mit. Erholen Sie sich gut, Mister Anderson.« John tippte sich gegen die Pilotenmütze und ging zurück zur Gangway, wo Tessa auf ihn wartete.

»Bereit?«, fragte mich Ethan.

»Zu jeder Schandtat!«, scherzte ich, doch als sich seine Augen verdunkelten, blieb mir kurz das Herz stehen, da ich erkannte, dass man meine Worte auch anders verstehen konnte.

»Dann bete, dass ich dich nicht beim Wort nehmen werde«, eröffnete er mir mit seiner tiefen Stimme, die wieder eine Auswirkung auf meinen Körper hatte, mit der ich nicht glücklich war. Ethan konnte nicht sehen, wie ich meine Augen verdrehte, da er sich bereits dem Inhalt des Umschlags zuwandte. Er zog lediglich einen Schlüssel heraus und grinste schelmisch. »Ich hoffe, du magst schnelle Autos?«

Diesmal ließ ich mich nicht zu einer unbesonnenen Antwort hinreißen, sondern zuckte lediglich mit den Achseln und hoffte, dass es einigermaßen cool wirkte.

Ethan lachte. »Ich merke, du lernst schnell. Der Taktikwechsel spricht von Intelligenz.«

Oh, dieser Idiot! Als ob ich es nötig hätte, ihm meine Intelligenz zu beweisen. Doch, anstatt hysterisch zu keifen, ballte ich lediglich die Hände zu Fäusten und mahlte mit den Zähnen. Missmutig ging ich hinter einem fröhlich vor sich hin pfeifenden Ethan her.

ETHAN

Holy Shit!

Der rote, schnittige Wagen, der uns auf dem Parkplatz begrüßte, ließ mich schmunzeln und Abigails Augen groß werden. Ein glänzender Maserati wartete in der Nachmittagssonne auf uns. Er passte nicht hierher, wirkte gar fehl am Platz. Doch wo sollte ein solcher Wagen schon hinpassen? Vielleicht wäre er in Los Angeles besser aufgehoben gewesen? Egal! Ich war zwar kein Autofreak, aber die Aussicht mit einem solchen Geschoss zu fahren, bereitete selbst mir ein diebisches Vergnügen. Der kleine Junge in mir gewann die Oberhand. Dieses Auto war so typisch für Toni. Es musste natürlich ein italienisches Auto sein, etwas anderes hätte ich auch gar nicht von ihm erwartet.

Galant hielt ich Abby die Beifahrertür auf und setzte mich hinter das Steuer des teuren Autos. Es roch nach Leder und einem Öl, das Tonis Angestellte vermutlich zur Pflege des Interieurs verwendeten. Der Sitz war nicht unbedingt gemütlich und ich saß so tief wie in keinem anderen Auto zuvor. Fast befürchtete ich, nicht selbstständig aus dem Wagen herauszukommen.

Als ich das Geschoss startete, röhrte der Motor mit einem tiefen Grollen. Der Ton ging mir durch und durch und ich spürte ihn sogar in meinen Eingeweiden. Eingefleischte Autofans kämen bestimmt auf ihre Kosten. Ob der Wagen auch Abigail gefiel? War sie jemand, der auf solche Statussymbole stand? Mir wurde bewusst, dass ich wenig über die Frau wusste, mit der ich gemeinsam die Flucht angetreten hatte. Aus einem Impuls heraus hatte ich gehandelt, doch der war vielmehr von meinem Schwanz als von meinem Hirn beherrscht worden. Was war nur in mich gefahren, Abigail mit hierher zu schleppen? Im Grunde genommen war es nicht nötig gewesen und ich auch nicht dazu verpflichtet, sie aus dieser Lage zu befreien. Doch etwas in mir wollte ihr helfen, ihr die nervigen Fragen der Reporter ersparen. Klar, es wäre auch in Ordnung gewesen, wenn ich sie einfach in einem Hotel untergebracht hätte. Doch ich war fasziniert von dieser interessanten Frau und wollte sie unbedingt in meiner Nähe haben. War es da denn so verwunderlich, dass ich diesen Weg gewählt hatte? Etwas ging in mir vor, sobald ich in ihre Augen sah. Etwas, das ich noch nicht verstand, aber vorerst akzeptierte ich es und genoss die Gesellschaft von Abby.

Es war einfach schön, mal wieder zu Hause zu sein. Maine war und blieb meine Heimat. Auch wenn ich die meiste Zeit in Chicago verbrachte, liebte ich es, immer wieder hierher zurückzukehren. Die hohen Bäume, die die Straße säumten und die Wälder, zu denen sie gehörten, das viele Wasser, das die Landschaft durchbrach, das alles war mein Zuhause. Ich merkte, wie ich ruhiger wurde und mich entspannte. Diese Wirkung hatte Maine schon immer auf mich gehabt. Hier wurde ich geerdet und konnte ich selbst sein.

Automatisch fuhr ich langsamer, um die Natur zu genießen. Auch Abby entspannte sich auf dem Beifahrersitz zusehends. Auf ihrem Gesicht lag ein bezauberndes Lächeln, während sie die Umgebung auf sich wirken ließ. Doch ich erinnerte mich noch gut an unser gestriges Gespräch. Sie hatte mir erklärt, dass sie sich nie wieder vorstellen könnte, außerhalb Chicagos zu wohnen. Für sie war es unvorstellbar, wieder ländlich zu leben.

Warum ich mir darüber überhaupt Gedanken machte, erschloss sich mir nicht wirklich, schließlich waren wir kein Paar und würden es auch niemals sein. Wir passten vermutlich nicht einmal zueinander, auch wenn sie mich mehr reizte als jemals eine andere zuvor. Zukünftig würde Maine wieder meine Heimat sein. Spätestens in ein paar Tagen war mein neues Zuhause renoviert und bezugsfertig. Abigail Jones würde wieder nach Chicago zurückkehren, wo sie ihren geliebten Chai Latte an jeder Straßenecke bekommen konnte.

»Es ist wunderschön hier!«, hauchte Abby andächtig, ohne den Blick von dem Wald abzuwenden, der punktuell das Sonnenlicht hindurch ließ und wunderschöne Lichtspiele hervorzauberte. Sogar ich nahm die Schönheit dieses Naturschauspiels wahr. Ein mir unbekannter Teil meiner selbst, fragte sich, wie es wäre, von ihr so angesehen zu werden.

Diesen Gedanken schob ich weit von mir und antwortete ihr lächelnd: »Da kann ich dir nur zustimmen. Ich liebe Maine. Es hat eine beruhigende Wirkung auf mich.«

Erstaunt drehte sie sich zu mir um und ich hatte Mühe, mich weiterhin auf die Straße vor mir zu konzentrieren. Viel lieber wäre ich in ihren Augen ertrunken. »Ja! Bei mir ist das auch so. Bis jetzt habe ich gar nicht bemerkt, wie angespannt ich war, ehe wir diese Autofahrt angetreten haben.«

Vor uns kam langsam wieder das Meer in Sicht. Kleine weiße Häuser säumten die Landstraße rechts und links. Der Anblick war malerisch und hätte glatt einer Postkarte entsprungen sein können. Neben mir seufzte Abby zufrieden, während sie es sich wieder in dem Sitz bequem machte. Ja, sie war auch dem Zauber dieser Landschaft erlegen, genau wie ich. Später, nahm ich mir vor, würde ich ihr ein paar meiner Lieblingsorte zeigen. Wenn sie schon so empfänglich für die Küstenstädtchen war, würde sie die verzauberten Orte lieben, die ich für mich entdeckt hatte.

Als Lucianas Haus in Sicht kam, zog sich mein Magen voller Vorfreude zusammen. Toni hatte es vor ein paar Jahren für seine Eltern bauen lassen. Leider hatte sein Vater nie einziehen können, weil er ein paar Wochen vorher an einem Herzinfarkt gestorben war. Luciana war in ein tiefes Loch gefallen, doch das Kinderheim, das in dem kleinen Küstenstädtchen untergebracht war, wurde zu ihrem Anker. Die Kinder, die dort wohnten, freuten sich, sobald Luciana nur in die Nähe der Einrichtung kam. Meistens hatte sie Kekse dabei, die sie zu Hause gebacken hatte. So war sie nach und nach zu einer Ersatzgroßmutter geworden.

Mittlerweile besuchten die Kinder sie regelmäßig, übernachteten bei ihr und nannten sie alle Granny, was Tonis Mutter sehr gefiel. Seitdem lag sie Toni ständig in den Ohren, dass er sich langsam um Nachwuchs kümmern musste. Toni verzweifelte regelmäßig bei seinen Telefonaten mit seiner Mutter, schließlich gab es noch nicht mal eine Frau in seinem Leben.

Wo sollten da die Kinder herkommen?

Bereits von Weitem konnte ich erkennen, dass Luciana an der Haustür stand und auf uns wartete. Toni hatte ihr bestimmt unsere Ankunftszeit durchgegeben und dadurch, dass ich so langsam gefahren war, hatte sie sich wahrscheinlich schon Sorgen gemacht. Als sie das Auto entdeckte, winkte sie mit einem Handtuch und drückte es sich anschließend an die Brust. Rasant parkte ich vor dem Haus und stürzte aus dem Wagen.

Diese kleine italienische Mama liebte ich über alles und es war mir auch nicht peinlich, diese Gefühle vor Abigail zu zeigen. Mama Lucia war mir zeit meines Lebens ein Muttersatz gewesen.

Meine eigene Mutter hatte nicht annähernd so viel Liebe im Herzen, wie Luciana im kleinen Finger.

»Oh mein Junge! Lass dich anschauen.« Tränen traten in ihre Augen, als ich vor ihr stoppte und ihre ausgestreckten Hände ergriff. »Gut siehst du aus! Komm her.« Sie zog mich in eine Umarmung und ich musste mich tief hinabbeugen, denn sie war mindestens dreißig Zentimeter kleiner. Von ganzem Herzen genoss ich es, denn sie roch nach Plätzchen und Vanille, nach Zuhause, nach Liebe und Festhalten. Ich seufzte und sie verstrubbelte mir liebevoll die Haare. »So, und nun zeig mir mal die Frau, die du mitgebracht hast.«

Lächelnd drückte ich ihr noch einen Kuss auf die Stirn, ehe ich mich umdrehte. Abigail war bereits ausgestiegen und lehnte am Auto. Sie wirkte gerührt.

»Mama Lucia, darf ich dir Abigail Jones vorstellen?«

»Jetzt mach mal nicht einen auf vornehm«, fuhr sie mir über den Mund und ging auf Abby zu, die sich vom Auto abdrückte und ihr entgegenkam. »Hallo Abigail, ich bin Luciana Conte, aber Sie dürfen mich Mama Lucia nennen, genau wie dieser Riesenhirsch hier.«

Abby lachte herzhaft und Luciana fiel mit ein. Gut, das war dann wohl geklärt. Die beiden Frauen mochten sich offenbar und ich hatte von nun an das Nachsehen. Obwohl ich Schreckliches ahnte, freute ich mich darüber, dass Abby Mama Lucia gefiel.

»Guten Tag, Mama Lucia. Der Riesenhirsch hier«, mit diesen Worten zeigte sie auf mich, »hat mich hierher entführt und ich weiß noch nicht, was wir bei Ihnen machen.«

»Das ist doch wieder typisch.« Mama Lucia sah mich strafend an, doch das schlechte Gewissen wollte sich bei mir nicht einschleichen. »Ethan hat mich gebeten, dass ihr beide hier ein paar Tage übernachten könnt. Natürlich habe ich zugesagt.«

Abigail sah unsicher zwischen mir und Luciana hin und her, doch sie fing sich schnell wieder und antwortete: »Okay, dann vielen Dank, dass Sie uns Unterschlupf gewähren.«

»Nicht so förmlich, zu dem Mama Lucia gehört auf jeden Fall noch das Du.«

Niemand konnte diesem entwaffnenden Lächeln von Luciana widerstehen, auch Abigail Jones nicht. Es war klar zu erkennen, wie ihre hohe Mauer langsam Risse bekam.

»Einverstanden.« Abby hielt der älteren Frau die Hand hin, doch diese ergriff sie nicht. Stattdessen zog Luciana sie einfach in eine mütterliche Umarmung und nach anfänglicher Überraschung schmiegte sich Abigail in die Arme der kleinen Italienerin.

Der Anblick ging mir nahe und ich verfluchte dieses absonderliche Interesse, das ich für Abigail empfand. Abrupt wandte ich mich ab und holte unser Gepäck aus dem Kofferraum. Missmutig stapfte ich damit die Treppe nach oben und verteilte es in den beiden Gästezimmern.

Als ich wieder nach unten kam, schlürfte Abby gerade an einem Cappuccino und lächelte selig.

»Das ist der beste Cappuccino, den ich je getrunken habe.« Luciana freute sich sichtlich über das Kompliment. »Du musst wissen, ich neige nicht zu Übertreibungen. Wenn ich etwas sage, meine ich das ernst. Er schmeckt wirklich himmlisch.«

Erneut setzte sie die Tasse an ihre Lippen und nahm einen winzigen Schluck von dem heißen Getränk.

»Ethan, möchtest du auch eine Tasse Cappuccino?«, fragte mich Mama Lucia.

»Sehr gern!«

»Dann setz dich zu dieser wundervollen jungen Frau und ich zaubere uns noch etwas zum Essen.«

Das ließ ich mir nicht zweimal sagen, denn wenn ich eins wusste, dann war es die Tatsache, dass Lucianas Kochkünste die besten weit und breit waren.

ABIGAIL

Die wärmenden Strahlen der Morgensonne kitzelten an meiner Nase, als ich am nächsten Morgen aufwachte. Zwar hatte ich die geblümten Vorhänge zugezogen, aber ich war nicht sonderlich ordentlich dabei gewesen. Was sich nun rächte. Obwohl ich zugeben musste, dass ich selten so gut geschlafen hatte wie in dieser Nacht. Aus diesem Grund stand ich auch voller Elan auf und freute mich auf den Tag, der vor mir lag. Als ich die Vorhänge ganz aufzog, blendete mich die Sonne. Blinzelnd gewöhnte ich meine Augen an die Helligkeit und hielt erstaunt inne. Die Aussicht, die sich mir bot, war phänomenal. Der Ausblick auf das Meer verschlug mir den Atem. Auf dem glitzernden Wasser schipperten ein paar kleinere Boote, und Vögel glitten durch die Luft. Alles wirkte friedlich, und ich fühlte mich seit langem wieder ein wenig ruhiger. Dieser Landstrich hatte etwas Magisches, zumindest wirkte es so auf mich. Denn im Normalfall war ich eher der unruhige Typ und genoss selten Landschaften oder einfach nur die Sonne.

Mit einem Lächeln auf den Lippen drehte ich mich um und ging dann in das angrenzende Bad. Die Gästezimmer hatten in diesem Haus jedes ein eigenes Badezimmer, was ich als sehr angenehm empfand. Kurz stellte ich mir vor, wie ich in das Badezimmer ging und dort einen halbnackten Ethan vorfand. Vielleicht hatte ein Gemeinschaftsbad auch Vorzüge, dachte ich amüsiert.

Bereits gestern Abend war ich erstaunt über die tolle Einrichtung der Landhausvilla. Mama Lucias Sohn Toni hatte offenbar an alles gedacht, als er dieses Haus für seine Eltern hatte bauen lassen. Es war schön geschnitten, nicht sehr groß und hatte dennoch alle Annehmlichkeiten wie ein luxuriöses Anwesen.

Nachdem ich geduscht und mich angezogen hatte, lief ich nach unten. Eigentlich hatte ich vorgehabt, mich um das Frühstück zu kümmern, um der Hausherrin ein wenig Arbeit abzunehmen, doch der Frühstückstisch war bereits gedeckt. Am Herd stand Mama Lucia und briet Spiegeleier. In der Küche duftete es herrlich.

»Guten Morgen, Abby. Hast du gut geschlafen?«

»Sehr gut sogar!« Einem Impuls folgend ging ich zu Mama Lucia und drückte ihr einen Kuss auf die Wange. In ihrer Gegenwart wurde mir bewusst, wie sehr ich meine eigene Mutter vermisste. Genauso meine Schwester und die Zwillinge. Ich nahm mir fest vor, endlich mal wieder meine Familie zu besuchen, denn damit hatte ich schon viel zu lange gewartet.

»Das freut mich, mia Cara. Setz dich. Essen ist gleich fertig. Ethan füttert gerade die Hühner, die bei seinem Anblick wahrscheinlich noch glücklicher sein werden, als ohnehin schon.« Sie zwinkerte mir frech zu und brachte mich damit mal wieder zum Lachen. Diese Frau musste man einfach gernhaben. »Wenn man vom Teufel spricht!« Ihr Kopf ruckte in Richtung Tür, die sich in diesem Augenblick öffnete und Ethan betrat die große Küche.

»Hey, du bist ja schon wach. Guten Morgen!«, rief er gelöst, als er mich sah. Bei seinem Anblick wurde auch ich eine Spur glücklicher. Das ging nicht nur den Hühnern so. Luciana warf mir einen wissenden Blick zu und zwinkerte verschwörerisch.

»Ja, die Sonne hat mich geweckt und ich war doch tatsächlich auf die Schnapsidee gekommen, euch ein Frühstück zuzubereiten. Tja, da habe ich nicht mit zwei Frühaufstehern gerechnet«, klärte ich ihn auf.

»Sobald ich in Maine bin, stehe ich früh auf. In Chicago bin ich ein echter Langschläfer, aber hier habe ich immer das Gefühl, den wunderschönen Morgen zu verpassen, wenn ich liegen bleibe«, verriet er mir.

Nachdem er sich die Hände gewaschen hatte, setzte er sich zu mir an den Tisch und trank einen Schluck Kaffee. Er nickte kurz in die Richtung meiner Tasse und ich griff danach.

Ich nippte an dem Getränk und stellte erstaunt fest, dass es sich dabei um einen Chai Latte handelte, der absolut himmlisch war. Lag das an der Luft, die das Wasser und die Wälder hier mit sich brachten? Alles schmeckte an diesem Ort so wahnsinnig gut. Luciana war ein Traum und dann erst der Mann mir gegenüber!

Ethan trug ein kariertes Flanellhemd, dessen Ärmel hochgeschoben waren und einen Blick auf durchtrainierte Unterarme preisgaben. Hastig wandte ich den Blick ab. Soweit kam es noch, dass ich am Frühstückstisch saß und anfing zu sabbern. Doch ich spürte, wie mir die verräterische Röte ins Gesicht schoss.

»Was habt ihr heute vor?«, wollte Mama Lucia wissen, als sie mit der riesigen, heißen Pfanne in der Hand an den Tisch trat und sie auf einem dicken Untersetzer abstellte. In der Pfanne brutzelten Spiegeleier und etliche Streifen gebratener Bacon. Diese Pfanne war für eine Großfamilie geeignet und imponierte mir. Sie musste extrem schwer sein, aber Luciana hantierte mit ihr, als würde sie nichts wiegen.

Mir lief das Wasser im Mund zusammen. Zwar hatte mein Magen vorhin geknurrt, aber erst jetzt merkte ich, wie hungrig ich war. Wenn das so weiter ging, konnte Ethan mich am Ende unseres kurzen Maineausflugs die Gangway hinaufrollen. Erstaunt stellte ich fest, wie traurig mich der Gedanke an die Abreise machte.

»Ich möchte nachher mit Abby zum Rocky´s Lake fahren und ihr dort alles zeigen.« Ethan schaufelte sich zwei Eier und jede Menge Speck auf den Teller. Beherzt griff er nach einem Brötchen. Erstaunt stellte ich fest, dass er nicht sofort mit dem Essen begann, sondern wartete, bis auch ich etwas auf meinem Teller hatte.

»Das ist eine großartige Idee! Könnt ihr kurz bei Thornestone vorbeifahren und mir einen Sack Hühnerfutter mitbringen?«, fragte Luciana und häufte meinen Teller mit Eiern voll.

»Danke, das reicht. So viel schaffe ich bestimmt nicht«, versuchte ich, sie zu stoppen.

Lächelnd reichte sie mir den Teller. »Ihr habt eine anstrengende Tour vor euch. Besser du hast was im Magen.« Was meinte sie damit? Welche Tour? Was hatte Ethan mit mir vor? »Lass es dir schmecken!« Dann wandte sie sich wieder Ethan zu. »Und fährst du zu Thornestone?«

»Mach ich. Weiß er Bescheid, dass ich da bin?« Etwas in seinem Ton ließ mich aufhorchen. Ich konnte nicht genau sagen, was es war, aber es regte meine Neugier an.

»Ja, ich habe ihn vorgewarnt.« Lucianas Augenrollen verriet mir, dass ich mit meiner Vorahnung richtig gelegen hatte. Etwas war da offenbar zwischen diesem Thornestone und Ethan und ich nahm mir vor, ihn danach zu fragen, sobald wir unter uns waren.

~

Eine halbe Stunde später saßen wir in Lucianas Pick up. Ethan hatte sich geweigert, in dem Maserati einen Ausflug zu machen. Verdenken konnte ich es ihm nicht. Der Wagen wirkte schon ein wenig protzig, wie ich zugeben musste. Auch wenn es ein schickes protziges Auto war, war es vermutlich völlig unpassend in der ländlichen Gegend von Maine.

Ich stellte mir vor, wie wir bei meinen Eltern mit diesem Geschoss vorfuhren und fing an zu kichern.

»Hey, was ist so lustig?«, wollte Ethan von mir wissen.

»Nichts!«

»Quatsch, da ist nicht nichts. Ich will auch lachen. Also raus mit der Sprache!«, forderte er mich heraus. Also erzählte ich ihm, was mir durch den Kopf gegangen war. »Mögen deine Eltern etwa keine italienischen Autos?« Kurzfristig ging ich davon aus, dass er seine Frage ernst meinte, doch dann sah ich das übermütige Zwinkern und wir lachten gemeinsam, bis uns die Tränen die Wangen hinab liefen.

Eine gelöste Stimmung lag zwischen uns, während wir durch die wunderschöne Landschaft Maines fuhren. Das erste Mal, seit wir uns kennengelernt hatten, hatte ich das Gefühl einen ganz normalen Mann neben mir zu haben. Keinen High Society Barmann, keinen Sohn des Präsidenten, keinen Gründer einer millionenschweren Security-Firma, sondern den netten Ethan Anderson, der in Maine bei Mama Lucia ein paar schöne Tage verbrachte. Und ich hatte das Glück, ihn bei diesem Trip begleiten zu dürfen. Die Situation offenbarte mir einen Blick auf eine völlig andere Person, auf jemanden, der warmherzig und humorvoll war. Also beschloss ich, in den nächsten Tagen all meine Vorurteile und sämtliche Halbwahrheiten, die ich aus der Klatschpresse über ihn wusste, zu vergessen. Dennoch ermahnte ich mein dummes Herz, sich nicht zu verlieben, denn ich war immer noch davon überzeugt, dass ein Mann in meinem Leben nur für Chaos sorgen würde.

»Warum bist du, als du erwachsen warst, nach Chicago gezogen?« Als er mir einen irritierten Blick zuwarf, fügte ich hinzu: »Na ja, man merkt, dass du hier zu Hause bist und dich unheimlich wohlfühlst. In Chicago hast du eher angespannt gewirkt.«

Seine Finger griffen ein wenig fester um das Lenkrad und ich dachte schon, ich wäre zu weit gegangen und er wollte mir nicht antworten. Immerhin hatte er sich mir geöffnet und mir Dinge über sich und seine Familie erzählt, die ich auch kaltherzig ausnutzen könnte. Dass ich Reporterin war, wusste er. Wollte er, dass ich die Familiengeschichte der Andersons ans Licht brachte? Oder war da tatsächlich in den letzten zwei Tagen zwischen uns ein feines Band der Freundschaft entstanden?

Ich hoffte auf das Letztere, denn die Intimität, die in dem Auto herrschte, wollte ich nicht auf Berufliches schieben, sondern einfach nur auf uns. Uns war ein großes Wort, aber ich hatte das Gefühl, wir waren Freunde geworden und das war ein so schöner Gedanke, dass es mir gar nicht gefiel, von etwas anderem auszugehen.

»Meine Eltern zogen nach Chicago, nachdem die Amtszeit meines Vaters beendet war«, begann Ethan zu erzählen und riss mich damit aus meinen Grübeleien. »Sie hatten schon früher dort gelebt. Der Hauptsitz von Anderson Communities ist in Chicago. In Maine war eigentlich nur mein Zuhause.« In seiner Stimme schwang ein Hauch von Bitterkeit, die mich berührte. »Meine Eltern waren zurzeit der Präsidentschaft viel unterwegs und ich oft nur ein Klotz am Bein, deshalb war ich, wann immer es ging, mit Mama Lucia und Toni in Maine. Meine Mutter stammt von hier. Als dann die achtjährige Amtszeit meines Vaters vorbei war, sind Luciana, ihr Mann, Toni und ich komplett hierher gezogen, während meine Eltern sich zum Großteil in Chicago aufhielten. Nach außen hielten sie zwar die Fassade aufrecht und ich musste hin und wieder bei irgendwelchen Anlässen dabei sein. Dadurch wurde das auch nie so publik. Ich war jedenfalls froh, denn dadurch hatte ich zumindest ein bisschen eine normale Kindheit.«

»Und deine Mutter hat es nie hierher zurückgezogen?« Damit meinte ich nicht nur das Land, sondern auch das Kind, das sie einfach aufgegeben hatte.

»Nein. Sie war froh, dem Landleben entkommen zu sein, und wollte nie wieder auf die Annehmlichkeiten einer Großstadt verzichten. Sie ist nicht gerade der mütterliche Typ, musst du wissen. Sie ist ein karrieregeiles Miststück.« Erschrocken sog ich die Luft ein. »Entschuldige bitte, dass ich dir das schöne Bild der Präsidentenfamilie zerstöre. Aber im normalen Leben waren wir nie eine Familie gewesen, jedenfalls nicht im herkömmlichen Sinn. Es war und ist vielmehr eine Zweckgemeinschaft.«

Schweigen breitete sich zwischen uns aus und jeder hing seinen Gedanken nach. War ich auch so ein gefühlskalter Brocken wie Ethans Mutter? Eine Frau, die nur auf sich selbst bedacht war und ihr Kind abschob, wann immer es ging? Denn auch wenn ich es nicht wollte, erinnerte mich das, was Ethan über die ehemalige First Lady erzählte, ein wenig an mich selbst. Auch ich war der Meinung, nicht mehr auf die Großstadt verzichten zu können und hatte meiner Heimat und meiner Familie den Rücken zugekehrt. Wobei mich die letzten Stunden eines Besseren belehrt hatten. Seit langem hatte ich mich nicht so wohl gefühlt. Aber ich wusste, dass das nur eine zeitweilige Sache war und ich nach ein paar Tagen in dieser Gegend vermutlich ganz schnell das Weite suchen würde. Der Gedanke, dass ich mit dieser herzlosen Frau Gemeinsamkeiten hatte, bestürzte mich.

ETHAN

Es war das erste Mal, dass ich einfach nur mit einer Frau in meinem Auto saß, ohne Smalltalk zu führen. Das war eine völlig neue Erfahrung für mich, und es gefiel mir ausgesprochen gut. Mit Abigail erschien es einfach richtig, sich nicht über Banalitäten zu unterhalten. In der letzten Stunde hatte ich ihr sogar Dinge über mich erzählt, die niemand wusste, der nicht gerade zu meinem engeren Kreis gehörte.

Im Grunde genommen hätte ich ihr gegenüber vorsichtiger sein müssen, schließlich konnte sie alles, was sie von mir erfuhr, auch gegen mich verwenden. Oder besser gesagt, es könnte ihrer Karriere nutzen. Aber auf eine irrationale Weise, die ich nicht erklären konnte, vertraute ich der Frau mit den rotbraunen Locken.

Ich war dabei, mein Herz zu verlieren und das in ganz großem Stil. Doch ich musste mir Abigail aus dem Kopf schlagen, denn wir hatten keine gemeinsame Zukunft. Jemand der hauptsächlich an seine Karriere dachte und nicht gern auf dem Land lebte, passte einfach nicht zu mir. Und ein böser Teil in mir verglich sie mit meiner Mutter, doch bis auf ein paar Oberflächlichkeiten waren die beiden doch extrem verschieden.

Wie könnte ich jemanden wie Abby glücklich machen, wenn ich erst einmal hier leben würde? Und auf eine Fernbeziehung hatte ich definitiv keine Lust.

Die entscheidende Frage war auch, ob sie überhaupt etwas für mich empfand. Bisher waren von ihrer Seite keine Signale gekommen, genauso wenig wie von mir. Diese ganze Sache war doch zum Scheitern verurteilt! Shit!

Dennoch konnte ich nicht aufhören, über sie und mich nachzudenken. Immer wieder stellte ich mir vor, wie sie sich in meinen Armen anfühlen würde.

Mit einem tiefen Atemzug ermahnte ich mich selbst, mir die Sache aus dem Kopf zu schlagen. Doch je mehr Zeit ich mit ihr verbrachte, desto schwerer fiel es mir, diesen Vorsatz umzusetzen.

Vorsichtig lenkte ich den Wagen über den unbefestigten Waldweg. Nur noch eine halbe Meile und wir wären an einem ganz bezaubernden Ort. Ich liebte diese Badestelle, zu der ein Wasserfall gehörte. Immer wenn ich mich in Maine aufhielt, fuhr ich hierher. Als ich am Ufer des kleinen Sees anhielt, konnte ich über das Wasser hinweg das Haus sehen. Seit Jahren hatte ich mir gewünscht, es mein eigen nennen zu dürfen. Es hatte der alten Betty gehört und als sie damals erfuhr, wie sehr ich dieses Gebäude und das Land auf dem es stand, liebte, rief sie mich an.

Das war vor zwei Jahren gewesen. Viel war seitdem geschehen. Nicht nur Schönes, sondern vor allem vieles, was mich an meiner eigenen Entscheidung hatte zweifeln lassen. Doch Mama Lucia hatte die ganze Zeit zu mir gehalten und mich in dem bestärkt, was ich vorhatte. Bald würde ich hier leben, hier an diesem See und in dem Haus meiner Träume, was ich immer noch nicht so recht fassen konnte.

»Wow!«, rief Abby neben mir, als wir anhielten. Sofort schnallte sie sich ab und sprang aus dem Wagen. Staunend lief sie zum Ufer und zog ihre Schuhe aus.

Das Wasser umspielte ihre Zehen und in ihrem Gesicht war die gleiche Verzückung zu erkennen, die auch mich bei meinem ersten Besuch an diesem besonderen Ort erfasst hatte.

Ich tat es ihr gleich und stellte mich barfuß zu ihr. Gemeinsam sahen wir schweigend über den See. Stille breitete sich aus. Nur das Zwitschern der Vögel und das Plätschern des Wassers waren zu hören. Eine tiefe Ruhe überkam mich.

»Wie hast du diesen Ort entdeckt?«, fragte Abby flüsternd.

Eine bittere Erinnerung breitete sich in mir aus. »Ein Freund hat hier gewohnt. Wir gingen gemeinsam zur Schule. Er war eine Klasse über mir und ich habe ihn damals sehr bewundert.«

Ihr Lachen rieselte bis in meine Seele. »Der Typ war wahrscheinlich Schulsprecher oder etwas in der Art«, versuchte sie, mich ein wenig aus der Reserve zu locken.

Erstaunt sah ich sie an. »Steve war tatsächlich Klassensprecher. Woher weißt du das?«

Ihre zarte Hand winkte ab. »Nur eine Vermutung. Seitdem ich hier angekommen bin, fühle ich mich so ausgeglichen, so geerdet. So ging es ihm bestimmt auch. Die Ruhe an diesem Ort hat ihn wahrscheinlich zu einem sehr besonnenen Menschen gemacht.«

»Damals ja, aber mittlerweile ist er cholerisch und besserwisserisch.« Abigail sah mich verständnisvoll an. »Seit unserer Schulzeit ist viel passiert, das nicht nur ihn verändert hat.« Ich zwinkerte kurz, weil ich mich ansonsten nicht von ihrem Blick hätte trennen können. Sie wirkte traurig. Warum? Wegen mir und meiner Kindheit? »Lass uns nicht weiter die Vergangenheit durchwühlen, sondern lieber schwimmen gehen.« Lächelnd sah ich zu ihr, denn ich wollte nicht, dass sie meinetwegen so niedergeschlagen war.

»Deshalb hast du also gefragt, ob ich einen Badeanzug dabeihabe!« Ihr Gesicht hellte sich auf.

»Genau! Und ich hoffe, du bist auch eine Wasserratte, ansonsten musst du heute leiden.« Ich riss gespielt theatralisch die Augen auf und zog mir das Shirt über den Kopf.

Ich bemerkte Abigails Blick, der langsam an meinem Oberkörper empor glitt, und hielt unwillkürlich die Luft an, als ihre Augen in meine schauten.

Etwas geschah in diesem Moment. Etwas, das die Erdumlaufbahn um einen halben Grad verschob. Ich war nicht fähig, wegzusehen, stattdessen hob ich meine Hand und legte sie an Abbys Wange. Ihre samtweiche Haut war warm und als sie sich in meine Handfläche schmiegte, trat ich unwillkürlich einen Schritt auf sie zu. All meine Instinkte waren plötzlich geschärft. Ich nahm ihren Geruch wahr, spürte die Luft, die über meinen entblößten Oberkörper strich. Ihre grünen Augen weiteten sich und erinnerten mich an das Wasser, in dem wir standen und das noch immer unsere Füße umspielte. Abby wich nicht zurück, sondern blieb stehen und sah mich weiterhin an. Dabei wirkte sie trotz allem unnahbar. Shit, diese Frau zog mich in ihren Bann, ohne es wahrscheinlich selbst zu merken.

Ich verharrte und wartete darauf, dass sie den nächsten Schritt gehen würde. Sekunden vergingen, die sich wie Minuten und dann wie Stunden anfühlten, doch endlich überbrückte sie die Distanz zu mir und legte ihren Kopf an meine Brust. Meine Arme schlossen sich um ihren zarten Oberkörper und ich verspürte den Wunsch, sie nie wieder loszulassen. Sie roch so gut und ihr Körper passte perfekt zu meinem.

Langsam strich ich mit meiner Hand ihren Rücken empor, bis ich in ihrem Nacken ankam. Das Gefühl, ihre Haut zu spüren, war berauschend. Wie von selbst wanderten meine Finger in ihr Haar. Abby hob den Kopf und ich sah in ihre Augen, die Unsicherheit verrieten. Ich wollte sie so sehr küssen, dass es schmerzte, doch ich durfte sie nicht überrumpeln.

»Warum gibt es keinen Mann in deinem Leben?«, fragte ich sie vorsichtig.

Ihr Blick verdüsterte sich, doch sie antwortete: »Ich wurde im College von einem enttäuscht und habe mir seitdem vorgenommen, dass ich ohne einen Kerl in meinem Leben besser dran bin.«

Fassungslos sah ich sie an. »Seit dem College? Ohne Mann? Für immer?«

»Zumindest habe ich es mir vorgenommen.«

Dass sie seit dem College keinen Mann gehabt hatte, versetzte mich in Erstaunen. Abigail war eine atemberaubend schöne Frau. Sie war gebildet, witzig und charmant. Hatte das außer mir niemand erkannt? Vermutlich schon, doch die Frau vor mir war ein harter Brocken. Aber ich liebte Herausforderungen und dieses Bekenntnis forderte mich mehr heraus, als alles andere, was ich bisher gehört und gesehen hatte. Oder lag es doch einfach nur an der Frau, die mich so fesselte?

»Ich habe heute Nacht kaum ein Auge zugemacht, weil ich wusste, uns trennt nur eine dünne Wand. Genauso ist es mir in der Nacht davor gegangen.« Sie schluckte und senkte den Kopf. »Nein, sieh mich an.« Abigail schüttelte den Kopf und drückte mich von sich. Alles in mir schrie danach, sie festzuhalten und an mich zu pressen. Sie zu küssen und nie wieder loszulassen. Doch ich tat nichts dergleichen, ließ sie stattdessen los und drehte mich in Richtung des Wassers. Über den See hinweg konnte ich das Haus erkennen und sehen, wie der Dachdecker die letzten Arbeiten verrichtete. So ein verdammter Mist! Ich hatte den Zeitpunkt verstreichen lassen. Warum hatte ich sie nicht sofort geküsst?

»Kommst du endlich?«, fragte Abby mich in diesem Moment und riss mich aus meinen Gedanken. Als sie in ihrer Unterwäsche an mir vorbeirannte und das Wasser um ihre Beine spritzte, brach sie die stille Anspannung, unter der ich gestanden hatte.

Ich konnte nur einen kurzen Blick auf ihren Körper erhaschen. Helle Haut, die keine Sonne gesehen hatte, und Kurven an den richtigen Stellen. Mit einem Blick zum Himmel watete ich aus dem Wasser und zog rasch meine Bermudas aus, um Abby folgen zu können. Auch ich trug nur meine Boxershorts. Diese Frau war mein Untergang. Sie war der Inbegriff dessen, was ich mir offenbar gewünscht hatte, ohne es zu wissen.

Ich war verloren und es gefiel mir auch noch. Wenn ich Toni das erzählen würde, musste ich mit einem saftigen Lachanfall seinerseits rechnen. Denn Toni war der Meinung, dass es Verliebtsein nicht gab, sondern alles simple Chemie war, die sich durch körperliche Anziehung erklären ließ. Bisher war ich auch davon ausgegangen, dass diese Theorie stimmte. Doch Abigail Jones war in mein Leben gestürmt und hatte sämtliche Theorien über den Haufen geschmissen und mich zu einem weichen Typen werden lassen. Ein Typ, der sie unbedingt küssen wollte.

Der Vorsatz, dies heute noch zu tun, reifte in mir. Hier an diesem See, in der Nähe des Hauses meiner Träume, an dem Ort, der mir so viel bedeutete.

ABIGAIL

Ich konnte noch immer seinen Herzschlag an meiner Wange spüren, noch immer seine Haut fühlen und hatte noch immer seinen unnachahmlichen Geruch in meiner Nase. All das hatte sich unauslöschlich in mein Unterbewusstsein eingebrannt und dort verewigt.

Es tat beinahe körperlich weh, sich von ihm zu lösen, nicht den Kuss zu stehlen, den ich so sehr wollte und doch nicht haben durfte. Zu sehr hatte ich Angst davor, verletzt zu werden. Das kühle Wasser umspielte meinen Körper und half dennoch wenig, meine heißen Fantasien in den Griff zu bekommen. Um mich und meine Gefühle in Sicherheit zu bringen, schwamm ich ein Stück von Ethan fort. Doch ich hatte verloren, denn ich war dabei, mich hoffnungslos zu verlieben. Vor mir kräuselte sich das Wasser und Ethans Kopf kam an die Oberfläche. Tropfen rannen aus seinem nassen Haar und verfingen sich in seinen Wimpern. Er lachte und mein Herz setzte einen Schlag aus. Im nächsten Moment war er wieder verschwunden und tauchte ein paar Meter weiter entfernt wieder auf.

»Komm Abby, ich zeige dir den Wasserfall.« Lächelnd nickte er in die Richtung des kleinen Berges und schwamm weiter.

Na toll, als ob er nicht schon Versuchung genug für mich war, legte er auch noch eins drauf und lockte mich mit einem Wasserfall. Ich liebte Wasserfälle! Wie ein Schmetterling, der von der schönsten Blüte weit und breit angezogen wurde, eine die nach Honig und Sonne duftete, schwamm ich hinter Ethan her. Bereits nach ein paar Schwimmzügen konnte ich das Plätschern von Wasser hören und meine Vorfreude steigerte sich. Noch einmal legte ich einen Zahn zu, um ihn einzuholen.

Und dann sah ich ihn, den Wasserfall, und erstarrte in Ehrfurcht. Das Wasser schoss über einen Felsvorsprung und fiel hinab, bis es auf die Oberfläche des Sees traf. Die Sonne brach sich in dem feuchten Nebel, in dem ein kleiner Regenbogen zu sehen war.

Ich war gerührt, ein Lächeln legte sich auf meine Lippen und mein Blick huschte zu Ethan, der hinter den Wasserfall geschwommen war. Obwohl ich ihn kaum erkennen konnte, zog er mich magisch an. Dieser Ort führte dazu, dass meine Beherrschung bröckelte und ich sämtliche Bedenken vergaß.

Ich schwamm um das Wasser, das plätschernd in den See fiel, herum. Dahinter war das Licht ein wenig gedämpfter und es war dort auch nicht so laut, wie ich gedacht hatte. Ethan stand da, das Wasser rann in kleinen Rinnsalen seinen Körper hinab, und ich musste mich beherrschen, nicht jedem Tropfen bis an das Ende seines Weges zu folgen. Wir befanden uns genau unter dem Wasserfall, man konnte stehen und die paar Sonnenstrahlen, die bis hierhin gelangten, tauchten alles in ein sanftes Licht. Mein Herz trommelte wild in meiner Brust, als ich endlich bei ihm ankam. Sein Blick ruhte auf meinem Gesicht und ich versank in seinen Augen.

Ethan streckte seine Hand nach mir aus und ich ergriff sie. Augenblicklich zog er mich näher zu sich heran. Doch für mich war es noch nicht nah genug. Ich legte meine Finger vorsichtig auf seine linke Brust und spürte seinen Herzschlag, der ähnlich meinem eigenen in einem schnellen Tempo schlug.

Er stand ganz still und ich musste mich entscheiden, was ich wollte. Ob ich ihn wollte und ob ich es wagen würde, meine eigenen Ängste zu vergessen. Ethan führte meine Hand an seine Lippen und küsste jeden einzelnen Finger. Zärtlichkeit lag in der Luft und meine Knie wurden weich angesichts der Gefühle, die in mir drinnen Achterbahn fuhren.

Ich fasste mir ein Herz, überbrückte die letzten Zentimeter und streckte mein Gesicht seinem entgegen. Ethan verstand und schon lag sein Mund auf meinen Lippen. Sanft ließ er seine Zunge in meinen Mund gleiten und küsste mich, wie ich nie zuvor geküsst worden war. Mein Herz schäumte über vor Glück und ein leiser Seufzer entfuhr mir, als ich meine Arme um seinen Nacken legte. Unsere Küsse wurden leidenschaftlicher und Ethans Hände wanderten zu meinem Gesicht. Er umfasste es und sah mich eindringlich an. Ein Lächeln huschte über meine Lippen. Unwillkürlich stellte ich mir die Frage, wie ich mit diesem sagenhaft coolen Typen unter einem Wasserfall gelandet war. Wie um Himmels willen, sollte ich mich weiter verhalten? Mein Kopf arbeitete auf Hochtouren, aber er schaffte es nicht, logische Zusammenhänge zu erkennen und zu verstehen, was hier gerade vorging. Erneut küssten wir uns, meine Beine zitterten und ich spürte Ethans Erregung fest an meinem Bauch. Auch ich war erregt, wollte mehr und doch war da wieder die Angst. Angst vor Zurückweisung, Angst vor dem eigenen Versagen und Angst, danach mit gebrochenem Herzen dazustehen.

Ethan spürte mein Zögern und sah mich fragend an. »Alles okay? Ist dir kalt?«

Ich verstand seine unausgesprochene Frage, die hinter den Worten verborgen war, so weit war ich noch nicht. So wie ich ihn verstanden hatte, wusste er meinen Gesichtsausdruck ganz genau zu deuten. Mein Körper wollte sofort alles. Am besten hier und jetzt. Hitze pulsierte durch meine Adern und Lust hatte sich zwischen meinen Beinen angesammelt, doch mein Kopf war noch lange nicht bereit, weiter zu gehen, als ihn zu küssen.

Zärtlich zog er mich noch einmal in seine Arme und hielt mich kurz fest. »Ich habe mir schon eine ganze Weile gewünscht, dich so zu küssen, und es ist noch viel besser, als ich es mir vorgestellt habe«, hörte ich seine Stimme direkt an meinem Ohr.

»Was war denn besser?«, wollte ich unbedingt wissen, musste es aus seinem Mund hören.

Sein Oberkörper vibrierte, als er leise lachte. »Dich zu küssen, zu halten und zu spüren ist der Himmel auf Erden. Ich bin in den letzten Tagen fast wahnsinnig geworden, dies nicht zu tun. Immer wieder habe ich mir eingeredet, es wäre besser, es zu lassen. Nichts zu riskieren.« Seine Worte rührten mich und zeigten mir, dass er kein Mensch war, der etwas tat, ohne zu überdenken, was sein Handeln für Folgen haben könnte. Genau wie ich. Letztendlich war es auch mir so ergangen. Auch ich hatte mich zu ihm hingezogen gefühlt, ihn gewollt. Doch auch ich hatte Ängste und Bedenken, die nicht unbedingt von einer auf die andere Sekunde aus der Welt waren. Anstatt etwas darauf zu erwidern, hob ich meinen Kopf erneut und küsste ihn zärtlich und lange.

Seine Hände streichelten mich weiter, als ich meinen Mund von seinem löste. Das Wasser plätscherte im Hintergrund und hörte sich an wie ein Musikstück.

Mir wurde bewusst, dass wir in einer Art Höhle standen. Über uns war der blanke Fels, von dem hin und wieder ein Tropfen Wasser auf unsere Köpfe traf.

»Es ist wunderschön hier«, sagte ich und ließ meinen Blick nun neugierig umherhuschen. Sonnenstrahlen brachen sich im Wasser und wanderten über den Stein. Fast erschien es, als ob wir mitten in einem Sternensturm standen.

»Ja, das ist es. Es ist mein Herzensort. Hier fühle ich mich mir selbst ganz nahe. Ich kann das nicht wirklich erklären.«

Er zuckte mit den Schultern und löste sich vollends von mir. Augenblicklich hatte ich das Bedürfnis ihn zurückzuhalten, an mich zu ziehen oder mich einfach in seine Arme zu werfen. »Komm, lass uns aus dem Wasser gehen. Du frierst.«

Erst jetzt bemerkte ich, dass sich auf meinen Armen eine Gänsehaut gebildet hatte und ich leicht zitterte. Ethan hatte recht, wir sollten zurück an Land und uns ein wenig aufwärmen. Also ließ ich mich tiefer in das Wasser gleiten und schwamm aus der kleinen Höhle.

Als die Sonnenstrahlen mein Gesicht trafen, musste ich aufgrund der Helligkeit blinzeln. Das Gefühl, aus einem schönen Traum erwacht zu sein, beschlich mich und ich fragte mich unwillkürlich, ob das eben Erlebte real gewesen war.

Langsam watete ich aus dem Wasser auf den Pick-up zu. Als Ethan mich gefragt hatte, ob ich einen Badeanzug dabeihätte, was ich natürlich nicht hatte, hatte ich mir vorsichtshalber eine Tasche mit einem Handtuch und frischer Unterwäsche gepackt.

Als ich mich nun abtrocknete, bekam ich plötzlich eine Decke umgelegt und sein starker Oberkörper schloss mich ein wie ein Kokon. Ich drückte meinen Rücken gegen Ethans Brust, der sogleich seine Arme ein wenig fester um mich legte. Augenblicklich wurde mir heiß, was nicht nur an der Decke lag, und ich genoss die Geborgenheit und die Wärme, die er mir dadurch schenkte. Ein leiser Gänsehautschauer rieselte über meinen Körper. Erstaunt stellte ich fest, dass ich glücklich war. Im nächsten Moment wurde mir bewusst, dass ich dieses Gefühl schon viel zu lange nicht mehr empfunden hatte.

Verträumt schloss ich die Augen, bis ich bemerkte, dass Ethan sich versteifte. Alarmiert drehte ich meinen Kopf zu ihm. »Was ist los?«, fragte ich flüsternd.

»Ach nichts Schlimmes. Ich denke nur, dass wir langsam aufbrechen sollten. Wir müssen noch zu Thornestone.« Wieder beschlich mich das Gefühl, dass Ethan und diesen Thornestone mehr als nur ein Sack Hühnerfutter verband.

»Schade, es ist so schön hier.« Schön und friedlich und ich war so glücklich hier.

»Wir können morgen gern wieder hierherkommen. Dann fahren wir um den See herum und schauen uns das Haus dort drüben näher an, wenn du magst.« Ethan freute sich ganz offensichtlich darüber, dass mir sein Herzensort so gut gefiel.

Mit einer schnellen Bewegung drehte ich meinen Körper in der Decke, sodass ich direkt vor ihm stand. Mutig nahm ich meine Arme aus der Decke und legte sie um seinen Hals. Er hatte sich bereits angezogen und sein Körper strahlte unter seinem Shirt Hitze aus. Wieder trafen sich unsere Lippen und wir küssten uns, als wäre es das letzte Mal. Doch ich glaubte nicht, dass ich zukünftig auf diese Art von Küssen verzichten könnte.

ETHAN

Auf der Fahrt zu meinem alten Freund Thornestone, schwiegen Abigail und ich. Immer wieder suchten wir den Körperkontakt zum anderen. Das Bedürfnis mich in ihr zu vergraben, sie festzuhalten und nicht gehen zu lassen, war enorm. Doch ich wusste es besser. Wusste, diese zarte Liebelei wäre beendet, sobald ich ihr eröffnete, dass ich ab nächster Woche hier in Maine leben wollte. Morgen würde ich ihr die Wahrheit sagen und ihr das Haus zeigen.

Es war gut, dass wir beide vorhin nicht weitergegangen waren, ansonsten würde sie mich vermutlich hassen, sobald sie zurück in Chicago war. So war es doch sauberer und klarer. Sex würde die Situation nur verkomplizieren. Obwohl ich mir über all das Gedanken gemacht hatte und sie nicht verletzen wollte, hatte ich nicht auf die Küsse verzichten wollen. Ob ich jemals wieder einer Frau begegnen würde, die mich durch ihre Küsse um den Verstand bringen könnte? Vermutlich nicht. Das, was sich zwischen mir und Abby abspielte, war etwas ganz Besonderes, etwas Außergewöhnliches. Ich konnte mir nicht vorstellen, dass ich noch einmal so empfinden könnte.

Während ich den Pick-up auf den unbefestigten Feldweg lenkte, der zu Thornestones Farm führte, wuchs das unangenehme Gefühl in meinem Magen zu einem fetten Knoten an. Abby schien zu spüren, was in mir vorging, ohne zu ahnen, warum ich so reagierte. Sachte legte sie ihre Hand auf meine und ließ sie dort, bis ich den Motor abstellte.

»Soll ich im Wagen warten?«, fragte sie verständnisvoll.

Mit verkniffenem Mund schüttelte ich den Kopf. »Auf keinen Fall.« Ich ahnte, dass sie gern wissen wollte, welche Geschichte sich hinter meinem Unwillen, Thornestone zu besuchen, verbarg. Aber ich war noch nicht so weit, sie einzuweihen. Entschlossen stieg ich aus dem Auto und Abby folgte mir. Die Farm sah nicht mehr so heruntergekommen aus wie bei meinem letzten Besuch. Die Veranda war gestrichen und die Fenster mussten erst vor kurzem geputzt worden sein. Der Anblick erleichterte mich ein wenig.

Plötzlich fühlte ich Abigails Hand, die sich in meine schob. Mein Blick wanderte zu unseren ineinander verschlungenen Händen und dann zu ihrem Gesicht. Sie lächelte mich aufmunternd an und signalisierte mir mit ihrem Verhalten, dass sie für mich da war. Am liebsten hätte ich sie in meine Arme genommen, doch in diesem Augenblick öffnete sich die Verandatür und mein ehemaliger Freund trat aus dem Haus. Er sah gepflegt aus, trug eine saubere Jeans und erinnerte an den jungen Mann, den ich einst bewundert hatte. Seine dunkelblonden Haare waren kurz geschnitten, aber ein wenig verwuschelt. Obwohl ich groß gewachsen war, Steve war noch einen halben Kopf größer als ich. Er hatte schon mit sechzehn die zwei Meter Grenze überschritten.

»Anderson!«, rief er, und entgegen meinen Erwartungen klang seine Stimme nicht feindselig. Thornestone kam zu uns und reichte zuerst Abigail die Hand. »Hi, ich bin Steve Thornestone«, stellte er sich vor.

In Abbys Gesicht zeichnete sich Erleichterung ab, was angesichts meines vorherigen Verhaltens auch nicht verwunderlich war. Wahrscheinlich war sie davon ausgegangen, hier einen Psychopathen zu treffen. Shit, das hatte mein alter Kumpel nicht verdient. Oder doch?

»Hallo Mister Thornestone, ich bin Abigail, eine Freundin von Ethan.«

Kurzfristig hatte ich das Bedürfnis klarzustellen, dass sie nicht irgendeine Freundin von mir war, doch ich wollte mich nicht lächerlich machen. Nur weil wir uns geküsst hatten, hieß das nicht, dass ich ein Anrecht auf sie hatte, obwohl der Gedanke mir außerordentlich gut gefiel. Sofort reagierte mein Körper auf diese Idee.

Steve schüttelte ihre Hand und dann stahl sich tatsächlich ein Lächeln auf sein Gesicht. Ich hatte ihn so lange nicht lächeln gesehen, dass ich ihn fassungslos anstarrte. Erst als Abby mich energisch in die Seite stieß, erwachte ich aus meiner Starre und griff nach seiner Hand, die er mir entgegengestreckt hatte.

»Hi Steve!«

»Hi Ethan, toll dich mal wieder in der Heimat begrüßen zu können. Nächste Woche siedelst du um, hat mir Mama Lucia erzählt?« Steve, der nicht ahnen konnte, dass ich Abigail noch nichts von meinem Umzug verraten hatte, sah mich neugierig an.

Und auch Abbys Kopf ruckte zu mir herum. Entschuldigend sah ich sie an und antwortete. »Ich wollte es dir morgen erzählen, sorry. Wir reden nachher darüber, okay?« Sie zuckte mit den Schultern, aber ich konnte erkennen, dass sie verletzt war. Dann wandte ich mich wieder dem Mann zu, dessen Anblick und Verhalten mich so verwirrte. »Mama Lucia ist eine ganz schöne Klatschtante.«

Steve lachte. »Ach, sei nicht so streng zu ihr. Sie freut sich sehr, dass du in ihre Nähe ziehst.« Kurz schwieg er und unsere Blicke begegneten sich. »Ich freu mich auch, Kumpel.«

Diese fünf Worte waren wie die Offenbarung eines Geheimnisses. Er freute sich, dass ich zurück nach Maine zog? Dass ich zukünftig in dem Haus seiner Mom wohnen würde? Damit hatte ich nicht gerechnet.

»Nun starr mich nicht so an. Seit unserem letzten Aufeinandertreffen hat sich viel geändert. Ich bin trocken und will es auch bleiben.« Er warf einen raschen Blick zu Abigail, die ihn aufmunternd und neugierig anlächelte.

Obwohl sie die Hintergründe nicht kannte und gerade erfahren hatte, dass ich demnächst Chicago verlassen würde, hatte sie das Ziel, Steve aufzumuntern? Diese Frau musste ein Engel sein. Mit jeder Minute eroberte sie ein weiteres Stück meines Herzens. Das konnte nicht gut enden, nicht für mich.

Völlig geflasht von Abby, konzentrierte ich mich wieder auf meinen alten Freund. Steve war Alkoholiker und in den letzten Jahren hatte er damit nicht nur sein eigenes Leben gefährdet. Er war in volltrunkenem Zustand Auto gefahren. Hatte Schießübungen in Gegenwart seines Sohnes abgehalten, obwohl die Promillezahl in seinem Blut so hoch gewesen war, dass er lediglich mit Glück die Büchsen hatte treffen können. Mit jedem Tag war es ein wenig schlimmer geworden.

Für mich war es gewesen, als wenn ich ihm dabei zusah, wie er Tag für Tag ein wenig seiner Selbst einbüßte. Es war schlimm gewesen, doch noch schlimmer hatte es für Betty sein müssen. Zuzusehen, wie der eigene Sohn sich zu Grunde richtete, zu sehen, wie die Schwiegertochter weglief und die beiden gemeinsamen Kinder mitnahm, und zu erkennen, dass man auch als Mutter nicht helfen konnte. Das musste sehr an Bettys Gemüt genagt haben.

»Schön zu hören, alter Freund«, stieß ich hervor. Zu mehr war ich nicht fähig, da mein Kopf gerade Achterbahn fuhr und damit beschäftigt war, alles zu verarbeiten. Niemals hätte ich gedacht, dass Steve mich freundlich empfing, schließlich war ich es gewesen, der seiner Frau geholfen hatte, von dieser Farm fortzukommen. Anschließend hatte ich ihr eine Wohnung besorgt, zweihundert Meilen entfernt von Steve. Wir hatten eine handfeste Prügelei gehabt, trotzdem hatte ich ihm nicht verraten, wo sich seine Familie aufhielt. Ich hatte es Sue überlassen, sich bei ihm zu melden.

Ein breites Grinsen legte sich auf Steves Gesicht. »Ganz genau das sollten wir wieder werden – Freunde.« Im nächsten Moment hatte Steve mich in seine Arme gezogen. Ungelenk erwiderte ich die Umarmung und klopfte ihm auf die Schulter. Als er sich wieder aufrichtete, räusperte er sich und wandte sich an Abby. »Sie müssen wissen, dass ich es Ethan verdanke, noch am Leben zu sein.«

Fragend sah sie von ihm zu mir und wieder zurück. »Wie das?«, wollte sie wissen.

Hastig antwortete ich: »Lange Geschichte.« Das war nichts, was wir jetzt und hier aufwärmen sollten, dazu erschien mir die Sache zwischen mir und Thornestone zu fragil.

Steve rettete mich, indem er uns signalisierte ihm zu folgen. Zu dritt gingen wir um das Hauptgebäude herum und traten auf den hinteren Hof. Auch hier war alles top gepflegt. Die Zäune strahlten in sauberem Weiß und nirgends lag Müll oder Schrott herum. Ein ganz anderer Anblick, als der, an den ich mich erinnern konnte. Ein Dutzend Pferde standen auf einer Koppel und ein alter Hund kam langsam auf uns zu geschlichen. Sein Schwanz wedelte freudig hin und her.

»Ist das etwa Sparky?«, fragte ich entgeistert.

Steve nickte lachend. »Ja, er ist zwar nicht mehr als Wachhund zu gebrauchen, aber er ist und bleibt mein Seelenhund.« Zärtlich strich er Sparky über den Kopf. Das Tier lebte bestimmt schon seit achtzehn Jahren bei Steve. Ich war dabei gewesen, als er geboren wurde. Damals war ich noch jung, vielleicht fünfzehn oder sechzehn, aber es hatte mich dennoch beeindruckt zu sehen, wie die Hündin der Familie Thornestone ihre fünf Welpen auf die Welt brachte.

»Kommt mit auf die hintere Veranda, ich habe uns Thornestones berühmten Eistee gemacht.« Er hatte gewusst, dass ich komme? Als er meinen verwirrten Blick sah, klärte er mich auf. »Ich habe Mama Lucia darum gebeten, dass sie dich zu mir schickt, wenn du das nächste Mal in Maine bist. Vorhin hat sie angerufen und mich vorgewarnt, dass du heute herkommst.«

Wir liefen zur Veranda und Abby drückte kurz meine Hand. Mein Herz zog sich vor Freude zusammen.

»Ich wollte mich persönlich bei dir entschuldigen und dir danken. Ich hoffe, es ist nicht zu spät.« Steve wies uns zu einem runden Tisch und ich ließ Abby den Vortritt.

Erst als sie sich gesetzt hatte, ließ ich mich auf dem Stuhl neben ihr nieder. Diesmal griff ich nach ihrer Hand, ehe ich meinem alten Kumpel antwortete. »Nein, dafür ist es nicht zu spät.«

Erleichterung zeichnete sich im Gesicht meines Gegenübers ab. »Das freut mich. Weißt du Ethan, wir waren zwar nie die besten Freunde, aber wir waren Freunde. Vielleicht schaffen wir es ja, da wieder anzuknöpfen, wo das Ganze zerbrochen ist.« Das stimmte. Nachdem ich hierher gezogen war und begonnen hatte, ein einigermaßen normales Leben zu führen, hatte ich neben Toni auch Steve einen Freund nennen können. In den letzten Jahren war ich davon ausgegangen, dass sich diese Freundschaft erledigt hatte.

Ich hob kurz Abbys Hand an und küsste sie, dann ließ ich sie los und stand auf. »Sehr gern, Steve!«

Sofort kam er auf mich zu und nahm mich erneut in den Arm. »Danke! Für alles, Kumpel!« Als er sich von mir trennte, sah ich, dass seine Augen glasig waren. Er hatte viel durchgemacht und es war gut, dass er zurück in sein Leben gefunden hatte. »Ich hole den Eistee.« Steves Stimme klang belegt und ich konnte mir vorstellen, wie schwer es ihm gefallen war, mich um Verzeihung zu bitten. Er war schon immer ein sehr stolzer Mensch gewesen.

Der Stuhl ächzte, als ich mich auf ihm niederließ. Abby gab mir Zeit und sah sich entspannt auf dem Hof um. Zu ihren Füßen lag Sparky, auch er hatte innerhalb von Minuten erkannt, dass hinter der kühlen Fassade dieser Frau, ein herzlicher Charakter steckte.

ABIGAIL

Kurz nachdem er im Haus verschwunden war, kam Steve zurück, goss uns Eistee ein und wir unterhielten uns über die gemeinsame Jugendzeit dieser beiden interessanten Männer. Die Geschichten, die sie zum Besten gaben, waren urkomisch und ich wischte mir amüsiert ein paar Lachtränen aus den Augenwinkeln, als sie von einem Streich erzählten, den sie Ethans bestem Freund Toni gespielt hatten. Die Stimmung war locker und ich fühlte mich unheimlich wohl in ihrer Gesellschaft. Bisher war mir noch nicht ganz klar, warum Ethan so extrem reagiert hatte, als es darum ging, zu Thornestones Ranch zu fahren.

Nur eines hatte ich herausgehört und zwar, dass Steve trockener Alkoholiker war und das noch nicht allzu lange. Ich mochte ihn und hoffte, dass er nicht rückfällig werden würde.

»Du musst wissen, dass das Anwesen der Andersons unmittelbar an das meiner Familie anknüpfte. Mrs Anderson hat mir damals verboten, mit Ethan zu spielen, weil ich angeblich einen schlechten Einfluss auf den Jungen hatte.« Steve zwinkerte mir frech zu und ich musste kichern.

Ethan gluckste ebenfalls. »Ja, ich kann mich noch sehr gut daran erinnern. Sie hat immer wieder gesagt, dass du es faustdick hinter den Ohren hast.«

»Dabei war der wahre Teufel Toni gewesen. Aber den hatte sie so fest in ihr Herz geschlossen, dass sie ihn nur durch eine rosarote Brille sah«, klärte Steve mich auf. Ethan versteifte sich ein wenig neben mir, doch Steve fiel es nicht auf, während ich mich fragte, warum er so reagierte.

»Ist das hier das Anwesen deiner Eltern gewesen?«, fragte ich unseren Gastgeber. Wir waren wie selbstverständlich zum Du übergegangen, was mir sehr recht war.

Steve stutzte kurz. »Nein ...«

Doch ehe er weiter erklären konnte, erhob sich Ethan. »Sei mir nicht böse, Steve, aber ich will Abby noch ein bisschen die Gegend zeigen und Mama Lucia wartet bestimmt pünktlich mit dem Abendessen auf uns. Du weißt doch, wie sie ist.«

»Oh ja, kann mich gut dran erinnern, wie sie euch die Ohren langgezogen hat, wenn ihr zu spät nach Hause gekommen seid!«

Ich stand ebenfalls auf und folgte den beiden zu einem Schuppen, aus dem Thornestone zwei schwere Säcke holte. Ethan und er trugen sie zu Lucianas Pick-up und wuchteten sie auf die Ladefläche. Mit einem lauten Knall schloss Ethan die Klappe und drehte sich zu uns um. Damit war dann wohl die Zeit des Abschieds gekommen, deshalb reichte ich Steve die Hand, der sie ergriff und vorsichtig schüttelte. »War schön, dich kennenzulernen«, sagte ich aufrichtig.

»Geht mir auch so!« Steve lächelte mich an und in seinen Augen konnte ich die Freundlichkeit entdecken, die er so bereitwillig an den Tag legte. »Vielleicht sehen wir uns ja jetzt öfter.«

»Das glaube ich nicht. Ich bin nur zu Besuch hier. Normalerweise wohne ich in Chicago«, erklärte ich Steve bereitwillig. Erstaunt hoben sich seine Augenbrauen und er sah zwischen mir und Ethan hin und her. Erst jetzt wurde mir richtig bewusst, dass sich Ethans und meine Wege trennen würden, sobald dieser kleine Trip vorbei wäre. Das erste Mal seit Jahren, dass ich mich für einen Mann interessierte und er zog in einen anderen Bundesstaat. Das bekräftigte mich darin, dass ich ohne einen Mann in meinem Leben besser dran war. Es tat jetzt schon weh, daran zu denken, ihn vielleicht nie wieder zu sehen.

Steven räusperte sich. »Oh, na das finde ich äußerst schade.« Dann wandte er sich Ethan zu. »Machs gut, Kumpel. Sag Bescheid, wenn dir draußen am See die Decke auf den Kopf fällt, dann gehen wir zusammen im Murphy´s ein Steak essen.«

»Mach ich!«, brummte Ethan unwillig und ich fragte mich, was die gute Stimmung so abrupt zerstört hatte. Er machte auf dem Absatz kehrt und setzte sich ins Auto, ohne noch einmal zu schauen, ob ich ihm folgte. Nachdem ich Steve zum Abschied gewunken hatte, ging ich ihm nach. Schweigen breitete sich zwischen uns aus, doch ich war mir keines Fehlers bewusst.

Insgeheim hatte ich gehofft, dass wir einen weiteren romantischen Flecken Maine erkunden würden, doch Ethan fuhr zehn Minuten später die Auffahrt zu Lucianas Haus hinein.

Enttäuschung machte sich in mir breit und ich stieg aus, ohne ihn zu fragen, warum er so mies drauf war. Er war damit beschäftigt, die Säcke mit dem Hühnerfutter abzuladen. Statt ihm zu helfen, verschwand ich in meinem Zimmer, legte mich auf das Bett und starrte die Decke über mir an.

~

Ich musste eingeschlafen sein, denn als ich die Augen aufschlug, hörte ich ein leises Klopfen. Müde rieb ich mir über die Lider und gähnte ausgiebig, bevor ich mich aufrichtete und antwortete. »Ja?«

»Ich bin´s Ethan. Kann ich reinkommen?«

»Na klar, komm rein!« Ich war noch angezogen und unten hörte ich Luciana in der Küche werkeln. Also musste ich keine Bedenken haben, ihn in mein Zimmer zu lassen. Mein

Herz versiegelte ich vorsichtshalber ein Stückchen fester vor ihm.

Vorsichtig öffnete er die Tür und schaute zu mir, ehe er eintrat und sie wieder hinter sich schloss. Den Gesichtsausdruck, den er dabei aufsetzte, zeigte eindeutig, dass er ein schlechtes Gewissen hatte. Ich musste schmunzeln.

»Hi«, sagte Ethan sanft.

»Hi«, erwiderte ich.

Zögerlich kam er näher und setzte sich auf den Rand meines Bettes. Die Wärme in seinem Blick ließ mein Herz einen aufgeregten Satz machen. Dieses blöde wild pochende Ding in meiner Brust, wollte sich nicht an meinen Vorsatz halten, dass ich ohne Mann besser dran war. Hastig leckte ich mir über die Lippen, als ich mich an die Küsse erinnerte, die so wundervoll geschmeckt hatten.

»Ethan«, begann ich, doch er legte mir einen Finger auf die Lippen und schüttelte den Kopf. Die Berührung versetzte mir einen Stromschlag und ich schloss kurz die Augen, um meine Gefühle in den Griff zu bekommen.

»Lass mich dir alles erklären, okay?«, bat er mich.

Ich nickte zustimmend, und bedauerlicherweise nahm er den Finger fort. Es hatte sich so gut angefühlt, von ihm berührt zu werden.

»Wo soll ich anfangen?« Aufgewühlt fuhr er sich durch das dunkle Haar und sah mir tief in die Augen. Eine Strähne hing zerzaust in seinem Gesicht und es juckte in meinen Fingern, sie ihm wegzustreichen.

Ich konnte ihn gut verstehen. Wenn man jemandem etwas aus seiner Vergangenheit erzählen will, beschleicht einen ein verletzliches Gefühl.

Man ist sich nicht sicher, ob man danach noch derselbe Mensch für den anderen ist und scheut sich davor, zu viel von sich selbst zu offenbaren. Ich schenkte ihm ein aufmunterndes Lächeln und erwiderte: »Am Anfang.«

Sein kurzes Lachen machte mich glücklich und er begann zu erzählen. »Toni, Lucianas Sohn, und ich waren ein unzertrennliches Gespann. Beste Freunde, wie man sie nur in der Kindheit finden kann. Hin und wieder trafen wir uns mit Steve. Er war ein Jahr älter als wir, Klassensprecher in seinem Jahrgang und super cool. Außerdem hatte er eine Mom, die anders war als Mama Lucia und erst recht anders als meine Mutter. Sie war Künstlerin und hatte sogar so weit Erfolg mit ihren Bildern und Skulpturen, dass sie und Steve vom Verkauf der Bilder leben konnten.« Ethan hielt inne und erinnerte sich. »Betty war ein ganz besonderer Mensch. Sie strahlte, ach was, alles strahlte, wenn sie den Raum betrat. Kennst du das?«

Und ob ich das kannte. »Ja, so war das mit meiner Granny. Sie war auch eine außergewöhnliche Frau und ihrer Zeit weit voraus.«

»Genau. Betty war selbstsicher und hatte ein großes Herz. Ihre Tür stand uns Kindern jederzeit offen. Sie hatte immer eine Schüssel voll selbst gebackener Müslikekse in der Küche stehen. Wenn man sich erstmal an das Zeug gewöhnt hatte, schmeckte es sogar. Als ich nach Chicago zog, sahen wir uns seltener. Mit Steve telefonierte ich ab und an und Betty besuchte ich, wenn ich in Maine war.« Ein schiefes Grinsen legte sich auf sein Gesicht, doch sein Blick wirkte abwesend. »Irgendwann fing ich an, meine eigene kleine Revolution anzuzetteln und schmiss mein Jurastudium. Danach begann ich, als Personenschützer zu arbeiten. Zuerst war es ein Spleen gewesen, weil ich meinem Vater eins auswischen wollte. Er ist speziell, sehr speziell.«

Wenn es anders gewesen wäre, hätte es mich erstaunt. Aber so schockierte mich diese Offenlegung ganz und gar nicht. Welcher Mann, der so viel Macht besaß, war nicht speziell?

Ethan schnaubte kurz gefrustet und fuhr dann fort. »Er will alle Menschen in seiner Umgebung kontrollieren, auch mich. Doch irgendwann war ich aus diesen Schuhen herausgewachsen und habe begonnen, mich gegen die Grenzen aufzubäumen, die mein Leben als Sohn des Präsidenten mit sich brachte. Ich kann dir gar nicht sagen, wie scheiße es sich angefühlt hat, bei jedem Schritt und Tritt von Bodyguards begleitet zu werden. Manchmal hatte ich das Gefühl, nicht atmen zu können.«

Die Geschichte, die er mir erzählte, war so intim. Er zeigte sich mir von einer solch verletzlichen Seite, die mich so sehr berührte, dass ich mich unwillkürlich fragte, wie ich es schaffen sollte, ihn ab nächster Woche nicht mehr zu sehen.

Ich rutschte ein bisschen zur Seite, lehnte mich ans Kopfende des Bettes und klopfte neben mich.

Ethan lächelte schief. »Du lädst mich freiwillig in dein Bett ein?« Seine Stimme klang dunkel und provozierend.

»Setz dich neben mich und erzähl weiter!«, wies ich ihn an und er hörte auf mich.

Das Zimmer war in spärliches Licht getaucht, wodurch ihm hoffentlich mein rotes, pulsierendes Gesicht verborgen blieb. Sobald er neben mir saß, musste ich mich konzentrieren, dass ich seinen Worten weiter folgen konnte. Seine Gegenwart versetzte meinen Körper in einen Ausnahmezustand.

»Na ja, Bob nahm mich in seiner Firma auf und trainierte mich. Er behandelte mich nicht, wie den Sohn des ehemaligen Präsidenten, sondern wie einen gleichberechtigten Mann. Wie sich herausstellte, habe ich Talent für die Tätigkeit des Personenschützers. Ab da ging es mir besser, ich wurde friedlicher und hatte endlich auch mal ein paar Stunden für mich ganz allein. Ich fand im Sport und im Personenschutz Ruhe. Gerade ich, der damals seine eigenen Bodyguards nicht ausstehen konnte.« Entspannt zuckte Ethan mit den Schultern. Er war mir so nahe, dass ich seine Bewegung spürte. »Bob war mal beim Secret Service gewesen und hat echt was auf dem Kasten. Nach und nach ist er eben älter geworden und ich bin in seine Fußstapfen getreten. Als er sich zur Ruhe setzen wollte, habe ich ihm die Firma abgekauft. Ich habe expandiert, nach zwei Jahren weitere Sicherheitsfirmen aufgekauft und mein Vermögen ist gewachsen und damit auch der Groll meines Vaters.«

»Das kann ich mir gut vorstellen. Ich kann mich noch daran erinnern, als das mit dem Jurastudium durch die Presse ging. Damals war ich zwar noch recht jung, aber den Klatsch und Tratsch habe ich geliebt. Du warst ein heißer Typ. Meine Freundinnen waren alle scharf auf dich.« Ich kicherte. Dass ich ihn auf Marys Party nicht erkannt hatte, war ein Wunder.

Ethan sah mich durchdringend an. »Heißer Typ? Und du warst nicht scharf auf mich?«

Ich boxte ihm freundschaftlich in die Seite. »Ich war da eher ein bisschen zurückgeblieben. Jungs fand ich doof und hab nicht verstanden, warum die anderen so sabbernd vor dem Fernseher saßen, wenn mal wieder ein Bericht über die ehemalige Präsidentenfamilie lief.«

»Schade. Das hätte meinem Ego gefallen, wenn du mir so verfallen wärst.« Nun lachte auch er und in meinem Bauch sammelten sich Schmetterlinge, die wild umherflogen.

Ich beschloss, nicht weiter darauf einzugehen. »Ganz Amerika hat sich gefragt, warum ausgerechnet Ethan Anderson anderer Menschen Leben beschützt. Aber du hast durchgehalten und deinen Weg perfekt gemeistert«, stellte ich beeindruckt fest. Seine Augenbraue schnellte empor und er sah mich fragend an. »Ich finde das großartig. Weißt du, es ist eine Sache, das in einer Zeitschrift zu lesen oder im Fernsehen zu verfolgen und eine ganz andere, das von dir erzählt zu bekommen.«

»Und meistens stehen in Zeitschriften Lügen, sehr viele Lügen.« Bei diesen Worten wirkte er niedergeschlagen und ich fragte mich, was uns Journalisten überhaupt einfiel, Geschichten aufzuplustern und Dinge hinzuzufügen, die nicht der Wahrheit entsprachen. Er besann sich dessen, was er mir erzählen wollte und schüttelte energisch den Kopf. »Jedenfalls bin ich mittlerweile über zwölf Jahre im Geschäft und nun war es an mir einen würdigen Nachfolger zu finden. Und das habe ich getan.«

»Du hast deine Firmen verkauft? Mit Vierunddreißig gehst du in den Ruhestand?«, fragte ich ungläubig und sah ihn durchdringend an.

»Ja, aber das ist noch streng geheim, also verwerte das nicht!«

Ich fühlte mich vor den Kopf geschlagen und mein Unterkiefer klappte herunter. Doch dann erinnerte ich mich der eigentlichen Aufgabe, wegen der wir uns kennengelernt hatte. Der Artikel *Wie angle ich mir einen Millionär?* war nicht gerade das, was man als investigativen Journalismus bezeichnen konnte. Auch hier hätte ich eine Menge Spielraum gehabt, die Story auszuschmücken. Mittlerweile war ich aber an dem Punkt angelangt, dass ich Ethan definitiv nicht als den Protagonisten dieser Geschichte verraten würde.

Doch das führte mich unweigerlich zu dem Problem, welchem Mann ich das stattdessen antun könnte. Niemandem.

Anstatt eine Antwort zu geben, schüttelte ich den Kopf, und er fuhr fort. »Ich möchte aus dem ganzen High Society Mist raus. Du kannst dir gar nicht vorstellen, wie anstrengend es ist, Menschen zu schützen, denen du selbst lieber die Gurgel durchschneiden möchtest. Na ja, den meisten zumindest.«

Ich musste laut lachen, weil ich mir das sehr gut vorstellen konnte. »Oh ja, die Snyder ist auch so ein Mensch. Sie treibt mich in den Wahnsinn und trotzdem muss ich für sie arbeiten.«

»Die hat Haare auf den Zähnen«, wendete Ethan ein und klapperte dabei mit seinen Zähnen.

»Da hast du recht!« Wir sahen uns an und wieder sprang dieser Funken über, der uns miteinander verband. Mir fiel ein, dass ich immer noch nicht wusste, warum man ihn mit dem organisierten Verbrechen in Zusammenhang brachte. Also fragte ich ihn ganz direkt danach.

Er sah mich mit einem wütenden Ausdruck an. »Das ist ausgemachter Blödsinn, von einer Zeitung erfunden, die ihre

Auflage steigern wollte. Leider hält sich der Mist in den Köpfen der Menschen. Es hieß damals, dass Toni zur Mafia gehöre. Totaler Schwachsinn!« Ethan schnaubte genervt, angesichts der Erinnerungen, die ihn einholten. »Tonis Großeltern sind vor fünfzig Jahren vor der Mafia nach Amerika geflohen. Er hat Investmentbanking gelernt und ist in seinem Job zu einer herausragenden Größe gewachsen. Mittlerweile besitzt er mehr Geld, als er ausgeben kann. Glaub mir eines, Abigail. Er würde niemals kriminell werden. Toni ist einer der ehrlichsten Menschen, die ich kenne.«

Ich schluckte. »Tut mir leid!«

Erstaunt sah Ethan mich an. »Was tut dir leid?«

»Dass ich dich darauf angesprochen habe«, gab ich zerknirscht zu.

»Ach Quatsch. Du darfst mich alles fragen. Ich vertraue dir.« Mit diesen Worten nahm er mir völlig den Groll, den ich zuvor empfunden hatte, als er mich darum gebeten hatte, seine Geheimnisse nicht zu verwerten. Sein jungenhaftes Lächeln traf mich an einer empfindlichen Stelle und ich erinnerte mich an den Kuss.

»Und was willst du nun machen?«, versuchte ich, das Thema zu wechseln.

»Ich werde nach Maine zurückziehen, in Bettys Haus. Vor ihrem Tod habe ich es ihr abgekauft und es wird gerade renoviert. Ab nächster Woche lebe ich in dem Haus meiner Träume an meinem Seelenort am See.« Seine Augen fixierten mich und er sog jede Regung meinerseits in sich auf.

»Das ist großartig, Ethan! Dieser Ort ist so wunderschön und ich kann dich sehr gut verstehen.« Konnte ich das wirklich? Ihn verstehen, dass er der Großstadt den Rücken zuwandte? »Wirst du dich nicht langweilen?«

Sein Blick huschte wieder zu dem Fenster, er wirkte nachdenklich. »Nein, das werde ich nicht. Ich habe eine Stiftung gegründet und um die werde ich mich zukünftig kümmern.«

»Eine Stiftung?« Ethan hatte zwar ein großes Herz, doch sein Geld für anderer Menschen Schicksal zu verwenden, war eine ganz andere Sache. Bewunderung erfasste mich und der Mann neben mir nahm ein weiteres Stück meines Herzens in Beschlag.

Er lachte befreit. »Ja, und ich freue mich schon sehr auf die Arbeit, die sie mit sich bringen wird.«

»Was ist es für eine Stiftung?«

»Sie wird sich um Kinder alkoholkranker Eltern kümmern, sie auffangen, ihnen Beistand geben und ihnen helfen, trotz der widrigen Umstände ein normales Leben führen zu können.« Spannung lag in der Luft, die von ihm ausging. Er war Feuer und Flamme für die Sache und ich beneidete ihn. Insgeheim wünscht sich doch jeder Mensch, für eine Sache so sehr zu brennen, dass man alles andere dafür stehenlassen würde.

»Das finde ich toll, die Sache, für die du dich engagierst, ist großartig, Ethan«, flüsterte ich und meinte jedes Wort auch so, wie ich es gesagt hatte.

Ethan blickte mir in die Augen, doch in Wirklichkeit sah er mir direkt in die Seele. Es schien ihm zu gefallen, was er dort vorfand, denn ein erleichterter Gesichtsausdruck legte sich auf seine Züge. »Danke.«

Ich schüttelte den Kopf. »Dafür nicht.« Als sich Stille zwischen uns ausbreitete, fiel mir etwas auf. »Und das ist dann die Verbindung zu Steve?«

»Ja, gut erkannt Sherlock Holmes. Es hat mich erschüttert, wie sehr Steves Kinder unter seiner Alkoholkrankheit gelitten haben und Sue ...« Seine Stimme brach und in mir wallte ein blödes Gefühl auf – Eifersucht. »Sue hat nicht nur seelisch gelitten und das hat mich tief bewegt, aber es gibt schon etliche Stiftungen, die sich misshandelte Frauen auf die Agenda geschrieben haben. Deshalb war mein Plan, mich um die Kids von Alkoholikern zu kümmern.«

Ich wollte gerade etwas darauf erwidern, als Mama Lucia von unten rief. »Essen ist fertig!«

Nachdenklich standen wir auf und gingen nach unten. Es war, als ob uns nach diesem Gespräch etwas Besonderes verband, jetzt da ich wusste, welches Ziel er für seine Zukunft hatte. Am Anfang war es körperlich gewesen, denn die sexuelle Anziehungskraft, die zwischen uns herrschte, war nicht zu verleugnen. Doch nun hatten wir ein neues Stadium erreicht und mein Herz pochte wild und hoffnungsvoll bei dem Gedanken daran.

ETHAN

Als Mama Lucia uns zum Essen rief, hätte ich am liebsten laut aufgestöhnt und einen derben Fluch abgelassen. Doch ich riss mich im letzten Moment zusammen. Shit! Noch so vieles hatte ich Abigail fragen wollen. Ich hatte das Bedürfnis, mich mit ihr hier in diesem Zimmer einzuschließen, um alles von ihr zu erfahren. Nun wusste sie einiges von mir, doch ich selbst war immer noch relativ ahnungslos, was ihr Leben und ihre Vergangenheit betraf, obwohl ich nach Informationen lechzte wie ein Verdurstender. Mein Vater hätte an meiner Stelle einen Hintergrundcheck angefordert, aber ich wollte nicht Abbys Vertrauen missbrauchen und ihre Vergangenheit durchforsten. Damit hätte ich vermutlich etwas kaputt gemacht, das noch gar nicht richtig begonnen hatte.

Nachdem wir eine fantastische Pasta gegessen hatten, setzten wir uns mit einem Glas Wein auf die Veranda und unterhielten uns bei Kerzenschein. Ich war nie ein romantischer Mann gewesen, doch an diesem Abend war das anders. Mit Abigail schien ich mich zu verändern. Mama Lucia hatte sich nach ein paar Minuten mit einem wissenden Lächeln auf den Lippen verabschiedet und uns allein gelassen. Die Stimmung zwischen uns war träge und etwas Süßes lag in der Luft.

Wären wir in Chicago und ich mir sicher, dass diese Beziehung, die sich zwischen uns anbahnte, eine Zukunft haben könnte, ich wäre aufs Ganze gegangen. Doch so saßen wir nebeneinander und sahen zum Sternenhimmel. Jeder hing seinen Gedanken nach. Meine Hand kribbelte, so sehr wollte ich Abigails Haut berühren. Sehnsucht breitete sich in meinen Adern aus und ich wusste nicht, wie ich damit umgehen sollte. So etwas hatte ich noch nie erlebt.

Als ich mich gerade entschlossen hatte, sie nach ihrer Familie zu fragen, klingelte mein Telefon. Zuerst wollte ich es ignorieren, aber es fing, kurz nachdem es aufgehört hatte, erneut an zu klingeln. Warum hatte ich es nicht vorher ausgeschaltet?

»Geh ruhig ran, vielleicht ist es etwas Wichtiges.« Abby sah mich verständnisvoll an.

Ein wenig missmutig fischte ich das Handy aus meiner Jeans und sah auf das Display. Der Name, der dort zu sehen war, ließ meine inneren Alarmglocken läuten.

Sofort nahm ich den Anruf entgegen. »Alles okay?«, fragte ich anstatt einer Begrüßung.

»Ja, Großer. Es ist alles okay. Ich ...«, sie stotterte und schwieg.

»Schieß los. Soll ich kommen? Ist was mit den Jungs?« Ich bemerkte Abbys neugierigen Blick, doch sie wandte schnell den Kopf ab und erhob sich. Mit ein paar Handzeichen signalisierte sie mir, dass sie schlafen gehen würde.

Am liebsten hätte ich sie aufgehalten, doch in dem Moment fing die Frau am anderen Ende der Leitung an zu erzählen.

»Nein, das ist Quatsch. Es ist wirklich alles in Ordnung. Ich wollte dich nur auf dem Laufenden halten. Wir haben schon lange nicht mehr telefoniert.« Da hatte sie recht, denn ich war so sehr mit den Renovierungsarbeiten an meinem neuen Haus und dem Abschluss der Vertragsverhandlungen beschäftigt gewesen, dass mir das gar nicht aufgefallen war.

»Das stimmt. Ist bestimmt schon vier Monate her, seit ich das letzte Mal deine Stimme gehört habe, Kleines. Aber da ist doch bestimmt noch was, was du mir erzählen willst, oder?«

Als ich das Gespräch beendet hatte, war von Abby nichts mehr zu sehen. Also schloss ich die Türen ab und schlich mich die Treppe nach oben. Angespannt lauschte ich an der Tür zu Abigails Zimmer, aber ich konnte kein Geräusch hören, vermutlich schlief sie schon. Die Enttäuschung schmeckte bitter, denn insgeheim hatte ich darauf gehofft, zumindest noch einmal einen solch leidenschaftlichen Kuss zu bekommen, wie am Nachmittag.

Frustriert und ratlos, wie das mit mir und Abby weitergehen sollte, ging ich in mein Schlafzimmer, doch an Schlaf war kaum mehr zu denken. In meinem Hirn drehte sich alles nur um ein Thema - Abigail Jones.

Am nächsten Morgen sah die Welt noch düsterer aus. Draußen regnete es in Strömen und drinnen herrschte Stille. Abby begrüßte mich unterkühlt beim Frühstück und sagte dann, dass sie heute arbeiten müsse und sich deshalb in ihr Zimmer zurückziehen würde. Ich brütete über der Frage, ob ich mit ihr reden sollte oder nicht. Sollte ich tatsächlich versuchen, ihr begreiflich zu machen, was ich für sie fühlte? Oder war es nicht viel besser, hier an dieser Stelle einen klaren Schnitt zu machen, so wie sie es gerade versuchte zu tun? Alleine der Gedanke daran zerriss mich. Undenkbar, Abby ziehen zu lassen, sie zu vergessen.

»Was bedrückt dich, mein Junge?« Mama Lucia trocknete ihre Hände am Geschirrtuch ab und setzte sich zu mir an den

Küchentisch. Seit einer geschlagenen Stunde hockte ich daran und starrte in die Tageszeitung, ohne die Worte zu lesen, die sich mir dort offenbaren wollten. Shit! Ich war so was von am Arsch!

Ich zuckte kurz mit den Schultern und fühlte mich wieder wie der kleine Junge von damals. Nur, dass ich diesmal kein angeschlagenes Knie hatte, sondern ein Herz, das nicht wusste, was es wollte.

Kurzentschlossen erzählte ich Luciana von meinem Projekt für die Kinder von Alkoholikern, denn bisher hatte ich das verschwiegen.

Eigentlich hatte ich vorgehabt, es ihr an ihrem Geburtstag zu erzählen, weil ich wusste, wie sehr es sie freuen würde. Und das tat es auch. Stolz war in ihren Gesichtszügen zu erkennen und Tränen glitzerten in ihren Augen.

»Das ist wundervoll, mein Junge. Du hast ein großes Herz und kannst wirklich stolz auf dich sein!« Als ich verkniffen lächelte, fragte sie: »Und was liegt dir jetzt auf dem Herzen?«

Ich erklärte ihr zerknirscht, dass mich der Besuch bei Thornestone am gestrigen Nachmittag emotional stark bewegt hatte. Zwar war das nicht unbedingt die Sache, die mich zurzeit am meisten zum Nachdenken anregte. Dennoch hatte mich der Anblick von Steve, wohlgemerkt von dem nüchternen Steve, total aus der Bahn geworfen. Das Telefonat, das ich ein paar Stunden darauf geführt hatte, war noch aufschlussreicher gewesen.

Und nun saß ich hier bei einer Tasse Cappuccino und log Mama Lucia indirekt an. Mein schlechtes Gewissen klatschte schon, zuversichtlich des baldigen Einsatzes, in die Hände. Denn tatsächlich war es Abby, über die ich mir den Kopf zerbrach. Die Frau, die oben in dem kleinen Gästezimmer saß und angeblich an einem super wichtigen Artikel arbeitete.

»Tja, Thornestone hat aus seinen Fehlern gelernt und ich hoffe, dass er sie niemals wiederholen wird. Es waren harte Jahre für ihn, aber auch für seine Frau und erst recht für die

Jungs.« Mama Lucias Blick war in die Ferne gerichtet. »Aber weißt du was, Ethan?«

Ich schüttelte lediglich den Kopf, da die Frage wahrscheinlich rein rhetorischer Natur war.

»Jeder Mensch hat eine zweite Chance verdient, auch dein alter Kumpel Steve Thornestone.« Sie sah nun mich an und das sehr eindringlich. »Geh ihm nicht aus dem Weg, wenn du wieder hier lebst. Das tun schon viel zu viele Menschen.«

Ich hielt inne, denn mir wurde bewusst, wie einsam Steve sein musste. Wie sehr er seine Frau und die Kinder vermissen musste, wie zerbrechlich Glück sein konnte. Wieder schlichen meine Gedanken zu der Frau im oberen Stockwerk. Die Küsse unter dem Wasserfall hatten eine tiefe Sehnsucht in mir entfacht, und ich war mir nicht sicher, ob ich es überleben würde, sie ein weiteres Mal zu küssen und dann für immer zu verlieren.

Da mich die Erinnerungen und Emotionen überwältigten, stand ich hastig auf, drückte Tonis Mutter einen Kuss auf die Wange und rief. »Ich bin mal beim Haus. Wartet nicht auf mich mit dem Abendessen. Ich frag Steve, ob er sich mit mir bei Murphy´s trifft.«

Luciana winkte mir zu, doch sie lächelte nicht. Sie hatte vermutlich durchschaut, dass ich auf der Flucht war.

ABIGAIL

Seit dem Frühstück am Tag zuvor war ich Ethan aus dem Weg gegangen. Luciana hatte mich immer wieder durchdringend angesehen, als wollte sie verstehen, was mit mir vorging oder nicht ganz richtig war. Welche Frau schloss schließlich Ethan Anderson freiwillig aus ihrem Leben aus?

Aber das Telefonat, das er geführt hatte, hatte mich verunsichert. Er hatte zärtlich mit einer Frau gesprochen und in mir war die kalte Eifersucht erwacht. Außerdem hatte er von den Kleinen gesprochen. Hatte er etwa Kinder?

Etwas hatte sich schmerzlich in mir zusammengezogen und meine Mauern waren hochgefahren. Hilflos hatte ich mich gefühlt und war geflüchtet. Bis jetzt. Heute war der Tag des Abschieds gekommen.

Wir würden Maine verlassen und zurück nach Chicago fliegen.

Auf der einen Seite versetzte es mir einen Stich, da sich dann Ethans und meine Wege trennen würden. Auf der anderen Seite würde ich mich fortan wieder auf sicherem Terrain befinden. Kein Typ, der mir schlaflose Nächte bereiten würde. Keine Gefühle, die ich nicht im Griff hatte. Sondern zurück in mein altes Leben, das in sicheren Bahnen und Strukturen verlief und dementsprechend langweilig war.

Erst hier war mir bewusst geworden, dass ich mit dem was ich tat, um meinen Lebensunterhalt zu bestreiten, nicht mehr wirklich glücklich war. Eine Zeit lang war es toll gewesen, für die große Zeitschrift zu arbeiten, doch mittlerweile hatte ich festgestellt, dass ich das nicht bis ans Ende meiner Tage machen wollte.

Doch was nun? Den Job schmeißen und zurück zu meinen Eltern? Ich musste zugeben, dass ich dem gar nicht abgeneigt gegenüber stand.

Als ich mit meiner gepackten Tasche die Treppe hinunterkam, stand Luciana bereits an der Tür. Sie wirkte traurig und auch ich fühlte mich schrecklich bei dem Gedanken an den Abschied. Endlich hatte ich das Gefühl gehabt, zur Ruhe zu kommen, weil ich mich hier in diesem kleinen Landhaus so wohl fühlte. Deshalb fiel es mir umso schwerer, in meine langweilige Existenz zurückzukehren.

»Abby«, Luciana sah mich liebevoll an und nahm meine Hände in die ihren. »Ich bin so froh, dass Ethan dich mitgebracht hat und ich dich kennenlernen durfte. Du bist jederzeit in diesem Haus willkommen.« Sie streckte ihre Arme nach mir aus und ich schmiegte mich an sie.

Sie duftete herrlich nach Vanille und ich fühlte mich augenblicklich geborgen und geliebt. Wie wundervoll es sein musste, sie als Großmutter zu haben. Da fiel mir ein, dass Ethan mir erzählt hatte, dass Toni keine Kinder hatte. Dabei wäre Mama Lucia eine großartige Granny Lucia.

Ich erwiderte ihr Lächeln und drückte ihre Hände. »Vielen Dank, dass ich hier schlafen durfte und dass du so toll für uns gekocht hast. Solltest du mal nach Chicago kommen, bist auch du jederzeit in meiner Wohnung willkommen. Ist zwar alles ein wenig kleiner, aber ich würde mich freuen, wenn du mich mal besuchst.« Und ich meinte jedes einzelne Wort ernst, denn die kleine Italienerin war mir ans Herz gewachsen.

In den Augen der alten Frau sammelten sich Tränen. »Pass gut auf das Herz meines Jungen auf.« Als ich sie verständnislos ansah, erklärte sie: »Ethan ist nicht so hart wie er immer tut. Ich glaube, er mag dich sehr, Abby.«

Angesichts dieser Worte musste ich schlucken. »Ich ihn auch«, gab ich flüsternd zu.

»Dann schnapp ihn dir. Er ist ein feiner Kerl.« Luciana zwinkerte mir zu und schob mich anschließend zur Tür hinaus.

Draußen lehnte Ethan lässig an dem italienischen Sportwagen. Als er mich sah, kam er mir entgegen und nahm mir die Tasche ab. Er vermied es dabei, mir in die Augen zu schauen, stattdessen küsste er Mama Lucia noch einmal auf die Wange und umarmte sie liebevoll.

»Bis nächste Woche.« Dann drehte er sich um und trug mein Gepäck zum Wagen.

Ich wendete mich noch einmal unserer Gastgeberin zu und nahm sie ebenfalls in den Arm, bevor ich Ethan zum Auto folgte und umgehend einstieg. In meinen Augen brannte es verräterisch.

Die Fahrt verlief schweigend, nur die leise Musik aus dem Autoradio durchbrach die Stille. Nachdenklich genoss ich den Ausblick, der sich mir bot und verstand nur zu gut, warum es Ethan hierher zurückzog.

Der Mann an meiner Seite faszinierte mich. Er war gut aussehend, das konnte man nicht abstreiten, aber er war zudem auch auf eine ganz besondere Art und Weise beeindruckend. Er hatte es geschafft, sich aus dem Schatten seines übermächtigen Vaters zu lösen, und nun verzichtete er auf einen Großteil seines Vermögens und gründete eine Stiftung.

Wie hätte ich Ethan nicht bewundern können? Er war so anders, so besonders.

Während ich in meinem Kopf über Ethan nachgedacht hatte, hatten wir den Flughafen erreicht. Das große Gebäude kam in Sicht, wir fuhren auf das Gelände und Ethan parkte den Wagen auf dem Privatparkplatz von Toni Conte, dessen Name in silbernen Lettern auf einem Schild prangte.

Endlich sah er mich an und sein Blick verlieh den Schmetterlingen in meinem Magen neue Energie. »Bereit?«, fragte er. Seine Stimme klang tief und mir lief ein Schauer über den Rücken.

Tapfer nickte ich. »Ja, obwohl es mir hier ausgesprochen gut gefallen hat«, gab ich leise zu.

Seine rechte Augenbraue rutschte nach oben. »Ach ja? Ich dachte, du stehst ausschließlich auf Großstädte und könntest dem Landleben nichts abgewinnen.«

»Tja, manchmal muss man eines Besseren belehrt werden.« Hilflos zuckte ich mit den Schultern.

»Warum bist du mir die ganze Zeit aus dem Weg gegangen?«, wollte er in sanftem Tonfall wissen, während wir über das Rollfeld auf das Privatflugzeug zuliefen.

Die Sonne stand hoch am Himmel und spiegelte sich in den Fenstern des Jets.

Ich blinzelte und versuchte, mir ein wenig Zeit zu verschaffen oder noch besser, der Antwort zu entkommen. Langsam ging ich die Gangway nach oben.

»Guten Tag, Miss Jones!«, begrüßte mich die Flugbegleiterin von unserem Hinflug.

»Hallo, schön Sie wiederzusehen. Wie waren Ihre romantischen Tage im schönen Maine?«, wollte ich wissen und lächelte sie an. Jetzt, da ich wusste, dass sie mit dem jungen Piloten liiert war, fiel es mir nicht schwer, nett zu ihr zu sein.

Sie schenkte mir ein perfektes Zahnpastalächeln und wirkte glücklich. »Wunderschön.« Dann hielt sie ihre Hand nach oben. An einem Finger strahlte ein Brillantring um die Wette mit der Sonne. »Wir haben uns verlobt.«

»Oh wie schön! Das freut mich für Sie. Herzlichen Glückwunsch!« Einer gefühlsduseligen Eingebung hatte ich es zu verdanken, dass ich Tessa in eine Umarmung zog. Zum Glück erwiderte die mir unbekannte Frau diese. Unterdessen spürte ich Ethans Blick auf mir, doch ich versuchte, cool zu sein und mich nicht von seiner Anwesenheit beeindrucken zu lassen.

Kaum saßen wir auf unseren Plätzen, spürte ich Ethans Blick erneut auf mir. Als ich aufsah, begann mein Herz zu hämmern. Er fixierte mich mit seinen Augen, war auf der Jagd und ich war das Ziel. Ich atmete tief ein und fragte: »Was ist?«

»Du hast mir noch nicht geantwortet.«

»Hattest du mir eine Frage gestellt?«, versuchte ich, unverfänglich aus dieser Situation wieder herauszukommen.

Aus halb geschlossenen Lidern sah er mich an, während sein Zeigefinger unablässig über seine Unterlippe fuhr »Ich habe dich gefragt, warum du an dem Abend so schnell verschwunden und mir anschließend aus dem Weg gegangen bist.«

Die Art wie er mich ansah, machte mich mal wieder extrem nervös. »Ich wollte dich bei deinem Telefongespräch nicht stören und am Morgen musste ich arbeiten.«

Er erwiderte nichts mehr, was mir recht war. Stattdessen hing ein Schweigen zwischen uns, das ich nicht so recht interpretieren konnte. Einige Minuten später hob die Maschine ab und kurz darauf durften wir uns abschnallen, was Ethan umgehend tat.

Hektisch nestelte ich ebenfalls an meinem Gurt herum, doch ich bekam ihn nicht geöffnet. Ethan kam zu mir, kniete sich vor mich hin und half mir. Seine plötzliche Nähe und seine Hände neben meinem Körper, ließen mich zischend einatmen. Dann blickte ich auf und direkt in seine Augen. Die Welt, meine Welt, wurde aus ihren Angeln gehoben und neu zusammengesetzt. Es war wie an dem Tag am Wasserfall, nur, dass mir dieses Mal bewusst war, auf was ich verzichten würde, wenn ich ihn von mir stieß.

Als die Schnalle geöffnet war, legte er seine Hände rechts und links von mir ab und als ich keine Anstalten machte aufzustehen oder ihn wegzuschieben, wanderten seine Finger an die Seiten meiner Oberschenkel.

Hitze durchflutete mich und ein kaum bezwingbares Verlangen. Dabei musste ich es bezwingen, das hatte ich mir vorgenommen, schließlich wollte ich doch keinen Mann in meinem Leben. Aber mein Hirn war auf Autopilot geschaltet und die Frage warum ich mir vorgenommen hatte, ihn nicht an mich heranzulassen, verlief ins Leere. Gierig sog ich die Wärme in mir auf, die seine Berührungen mir schenkte. Als seine Hände an meinen Hüften angelangten, rutschte ich nervös auf dem Sessel herum.

Ethan packte mich fest und zog mich ein Stück zu sich heran. Automatisch spreizte ich die Beine, sodass er dazwischen kniend, ganz nah bei mir war und ich ihn mit meinen Schenkeln theoretisch hätte umklammern können. Doch das unterließ ich, stattdessen beobachtete ich jede seiner Bewegungen mit einer Faszination, die offenbarte, wie wenig Erfahrung ich mit Männern hatte.

»Tu mir einen Gefallen, Abby«, raunte er in einem sanften, tiefen Tonfall. Am liebsten hätte ich erwidert, dass ich ihm jeden Gefallen erfüllen würde, doch mein Mund war trocken und ich nicht fähig zu sprechen, deshalb nickte ich lediglich. »Tu das nie wieder. Geh mir nie wieder aus dem Weg.« Wieder nickte ich, denn die Emotionen, die ich in Ethans Augen erkennen konnte, berührten mich zutiefst. Darin lag Zuneigung, aber auch Schmerz. »Gut, denn noch einmal halte ich das nicht aus, ohne in dein Zimmer oder deine Wohnung zu stürmen. Glaub mir eins«, er machte eine geschickte Pause, »eine verschlossene Tür würde mich nicht noch einmal aufhalten können.« Im nächsten Moment spürte ich seine Lippen auf meinen und ich gab mich ganz dem Kuss hin, den er mir schenkte.

ETHAN

Ich legte all meine Gefühle in den Kuss und hoffte, dass sie mich verstand. Dass sie erkennen würde, wie sehr ich es liebte, sie in den Armen zu halten. Ihr Mund saugte gierig an meiner Unterlippe und ich genoss es mit jeder Faser meines Körpers, der prompt mit einem Verlangen reagierte, das ich nur mit Mühe und Not zurückhalten konnte. Abby trieb mich in den Wahnsinn, in den süßen Wahnsinn. Sanft löste ich mich von ihr und legte meine Stirn gegen ihre, bis ich wieder zu Atem gekommen war. Ich musste einen klaren Kopf behalten, ansonsten konnte ich für nichts garantieren.

»Abby, ich ...« Weiter kam ich nicht, da sie mich erneut küsste und mein Hirn sich verabschiedete. Diese Frau, die sich von niemandem unterkriegen ließ, auch nicht von mir, raubte mir den Verstand. Shit! Ich war hoffnungslos verloren.

»Ethan«, stieß Abby atemlos hervor und ich sah ihr in die Augen und ertrank. Was ich darin entdeckte, ließ mich innehalten. War das Angst? Vor was hatte sie Angst? Vor mir? »Mit wem hast du vorgestern Abend telefoniert?«

Irritiert antwortete ich: »Mit Sue.« Abby verdrehte die Augen, was mir ein Lächeln ins Gesicht zauberte. Sie war eifersüchtig. Das gefiel mir eindeutig besser, als die Angst, die ich zuvor darin gesehen hatte.

»Und wer ist Sue?«

»Sue ist Steves Frau.« Dann fiel bei mir der Groschen, was zugegeben recht lange gedauert hatte. Hatte sie wirklich gedacht, dass ich eine Andere hatte, während ich dabei war, mich in sie zu verlieben? »Sie ist eine gute Freundin und sie hat mir erzählt, dass sie wieder mit Steve Kontakt hat.«

In ihrem Gesicht blitzte Erkenntnis auf. »Oh!«

»Sie liebt ihn noch immer und will ihm eine neue Chance geben. Du musst wissen, dass die beiden schon seit Ewigkeiten ein Paar waren, ehe Sue ihn verlassen hat. Sogar, als sie noch nicht den Unterschied zwischen Mädchen und Jungen kannten«, klärte ich sie bereitwillig auf.

Abby nickte verstehend. Eine leichte Röte überzog ihre hübschen Wangen. Sie sah zum Anbeißen aus.

»Warst du etwa eifersüchtig?« Ich musste sie das fragen. Es ging nicht darum, sie zu ärgern, sondern darum zu erfahren, ob sie dieselben Gefühle für mich hegte, wie ich für sie. Ich fühlte mich verletzlich, weil ich ihr am liebsten mein Herz auf dem Silbertablett präsentiert hätte.

Das war ein Novum und verursachte mir für einen kleinen Moment Panik. Obwohl sie mir den Atem raubte, hatte ich in ihrer Gegenwart endlich das Gefühl freier atmen zu können.

Sie hatte mein Herz im Sturm erobert, und das versetzte mich in diesem Moment in Angst und Schrecken.

Zerknirscht blickte Abby zur Seite. »Ja, das war ich. Ich weiß, das ist bescheuert und steht mir auch gar nicht zu, schließlich haben wir uns davor erst ein einziges Mal geküsst und ich habe kein Anrecht auf dich. Wir sind nicht verheiratet, verlobt oder sonst etwas. Es tut mir leid, dass ich mich so kindisch benommen habe.« Sie plapperte ohne Punkt und Komma und ich bekam Mitleid mit ihr.

»Schon gut. Ich wäre es an deiner Stelle auch gewesen«, gab ich zu. Abigails Kopf ruckte herum und sie sah mich mit großen Augen an.

»Wirklich?«

Ich lachte trocken auf, denn nun war ich am Zug. Nun musste ich mich offenbaren und durfte keine Angst vor Zurückweisung zeigen, obwohl in meinem Innern sämtliche Alarmglocken schrillten. »Ja, denn ich teile nicht gern. Erst recht nicht, wenn mein Herz involviert ist.«

Abby sog heftig die Luft in ihre Lungen und ich konnte erkennen, dass sie mit sich selbst rang. Als sie mich ansah, rann eine einzelne Träne aus ihrem Auge. Bedächtig wischte ich sie mit dem Daumen fort. Warum weinte sie? Frauen waren ein Mysterium! Augenblicklich hielt sie meine Hand an ihrem Gesicht fest und schmiegte ihre Wange an meine Finger. Ich konnte erkennen, dass auch sie Angst hatte, verletzt zu werden, konnte die ganzen mit sich streitenden Gefühle sehen, die auch in mir ihr Unwesen trieben und mein Herz öffnete sich von ganz allein. In mir steckte ein echter Romantiker. Ich war verloren.

»Ich glaube, ich habe mich in dich verliebt, Abigail Jones«, hauchte ich die Worte, die mir plötzlich ganz leichtfielen.

Unglauben zeichnete sich auf Abbys Mimik ab und ich musste grinsen. Ich grinste dämlich vor mich hin. Shit, sie hatte mich so was von an der Angel und ich zappelte bereits wie ein Fisch an Land. Dann räusperte sie sich und sagte etwas, das ich in meinem ganzen Leben nicht vergessen werde. »Ethan Anderson, da geht es dir nicht viel anders als mir mit dir. Ich will das eigentlich nicht, hab mir vorgenommen ohne Mann zu sein. Aber seit du mir an der Bar einen Drink gemixt hast, wankt dieser Entschluss gewaltig.« In ihre Augen trat ein übermütiges Glitzern. »Ich habe mich auch in dich verliebt.«

Abigail rutschte von ihrem Sessel zu mir auf den Boden. Kniend saßen wir einander gegenüber und sahen uns lächelnd an. Wir waren uns all der Möglichkeiten bewusst, die wir durch das Geständnis geschaffen hatten. Ich, Ethan Anderson, war verliebt, das erste Mal in meinem Leben. Je mehr ich in die ehrlichen Augen meiner Traumfrau blickte, desto mehr freute ich mich darauf, all das mit Abby gemeinsam zu erleben. Liebe – puh, was für ein gewaltiges Wort.

Als unsere Lippen sich berührten, verschmolz ihr Lächeln mit meinem zu einem einzigen und der Kuss schmeckte süß und verheißungsvoll.

~

Als Tessa, die während des ganzen Fluges im Cockpit gewesen sein musste, uns über Lautsprecher darauf aufmerksam machte, dass wir gleich zum Landeanflug ansetzen würden und wir uns anschnallen mussten, hielt ich Abby immer noch im Arm. Sie war eingeschlafen, genau wie ich. Wir hatten offenbar beide in den letzten Tagen kaum ein Auge zugemacht und nachdem wir uns unsere Gefühle füreinander gestanden hatten, war eine ungeheure Last von uns abgefallen. Bevor wir eingeschlafen waren, hatte sie mir von ihrem Exfreund erzählt, der ihr sehr wehgetan hatte.

Wie konnte man jemanden wie Abigail verletzen?

Dieser Betrug musste sie schwer getroffen haben, wenn sie seither keinen Mann mehr an sich herangelassen hatte. Irgendetwas steckte noch hinter der Geschichte, doch ich hatte nicht weiter nachgebohrt.

Wenn die Zeit gekommen war, würde sie mir davon erzählen.

Ich nahm mir vor, zukünftig dafür zu sorgen, dass niemand mehr sie verletzen würde.

»Hey, Abby«, weckte ich sie leise, da es Tessas Worte nicht geschafft hatten, sie aus dem Schlaf zu reißen.

»Mh?« Langsam öffneten sich ihre Augen und sie sah mich verschlafen an. Zärtlich küsste ich sie. Abigail erwachte zum Leben, schlang ihre Arme um mich und erwiderte den Kuss ungestüm.

Widerstrebend löste ich mich von ihr. »Wir müssen uns anschnallen.« Das Lächeln, das sie mir schenkte, schoss in meine Eingeweide. Ja, ich hatte mich eindeutig Hals über Kopf in dieses dickköpfige Frauenzimmer verliebt. »Komm«, sagte ich grinsend und reichte ihr die Hand.

Nachdem ich sie und mich angeschnallt hatte, begann auch schon der Landeanflug. Die ganze Zeit über hielten wir uns an den Händen.

Als die Maschine endlich hielt, trat Tessa in den Passagierraum und lächelte uns wissend an. Wir hatten nicht viel mehr getan, als uns zu küssen, aber vermutlich boten wir dennoch einen derangierten Anblick.

Zum Abschied nahmen sich die beiden Frauen in den Arm und Tessa drückte mir noch einen Umschlag in die Hand. Darin war wieder ein Schlüssel zu einem Auto und ein Zettel. Sofort erkannte ich Tonis Handschrift.

Hast du sie endlich flachgelegt?

Toni ;-)

Grinsend steckte ich das Stück Papier in meine Jackentasche und gab Tessa den leeren Umschlag zurück.

Abby und ich suchten den Wagen, der sich als silberner Maserati entpuppte und stiegen ein. Wir schwiegen, doch es war kein unangenehmes Schweigen, sondern es verdeutlichte, wie eins wir in unserem Empfinden füreinander waren.

Als ich vor ihrem Wohnhaus parkte, stellten wir erleichtert fest, dass sich die Paparazzi verzogen hatten. Anstatt mich von ihr zu verabschieden, stieg ich aus und begleitete Abigail zur Haustür. Kaum hatte sie die Tür geöffnet, ergriff sie meine Hand und zog mich mit sich ins Haus.

»Bleibst du heute Nacht bei mir?«, fragte sie herausfordernd.

Wie hätte ich da nein sagen können? Grinsend nickte ich. Sofort legte sich Erleichterung auf Abbys Züge und sie zog mich hinter sich her zu ihrer Wohnung. Wir kicherten wie zwei Schulkinder, versuchten leise zu sein und die Nachbarin, die sich als Klatschbase herausgestellt hatte, nicht auf uns aufmerksam zu machen. Als die Wohnungstür hinter uns ins Schloss fiel, atmeten wir erleichtert auf.

»Du bist der Spinne ins Netz gegangen, Ethan. Nun bist du mein.« Abigails Horrorimitation ließ mich laut auflachen.

»Vielleicht ist die Spinne nicht ganz so raffiniert, wie sie dachte und hat sich einen Typen ins Netz geholt, der auf kleine heiße Spinnen steht«, sagte ich mit meiner tiefsten Stimme und griff nach ihrer Hüfte, um sie an mich zu ziehen. Als ich sie endlich gepackt hatte, drückte ich ihren Körper an die Tür.

Abby quiekte erfreut auf. »Die kleine Spinne freut sich schon auf das Duell!« Mit diesen Worten fiel sie über mich her, klammerte sich an mich und eroberte meine Lippen.

Ich liebte es, dass sie mir in diesem Moment zeigte, was sie wollte. Dass ausgerechnet ich es war, den sie begehrte, war mein Glück.

Meine Finger glitten an ihren Seiten nach oben, bis ich ihre Schultern spürte, danach wanderte ich an ihrem Schlüsselbein entlang.

Abby stöhnte und ich setzte meinen Erkundungsgang fort. Als ihre Brüste in meinen Händen lagen, konnte ich selbst ein Seufzen nicht mehr zurückhalten. Ihre Brustwarzen waren durch den Stoff ihres Shirts und des BHs zu spüren. Ich zwirbelte daran und wurde noch heißer auf sie.

»Oh, Ethan!«, entfuhr es Abby und ich fühlte mich wie der König des Universums. Sie reagierte so begierig auf mich und sie fühlte sich perfekt an. Sie war perfekt. Mein Herz öffnete sich ein weiteres Stück, als ich in ihre lustverhangenen Augen blickte.

Ungeduldig griff sie nach dem Saum ihres Oberteils und zog es sich über den Kopf. Der schwarze BH, dessen Spitzen am Rand ihren Busen gekonnt in Szene setzten, ließ meinen Schwanz in der Hose steinhart werden. »Du bist so schön!«, gestand ich ihr.

Abby lächelte mich schüchtern an, was so gar nicht zu ihrer Aktion mit dem Shirt passte. Sie war alles, nach was ich mich verzehrte und ich wollte, dass sie mir gehörte. Nicht nur heute Nacht. Eigentlich hätte dieser Gedanke mich erschrecken müssen, aber das Gegenteil war der Fall. Ja, ich wollte sie. Ehrfürchtig strich ich über die schwarze Spitze und küsste die wundervolle Frau vor mir ausgiebig. Sie zog mein Hemd aus der Hose und ihre Hände wanderten unter den Stoff, berührten meine Haut und entfachten ein Feuer. Als ich mich von ihren Lippen löste, waren wir beide völlig außer Atem.

»Wollen wir lieber ins Schlafzimmer gehen?«, fragte ich, als ich wieder Luft bekam.

Abby nickte und zog mich hinter sich her. Es war das erste Mal, dass ich diesen Raum betrat und es irritierte mich, zu sehen, dass Abby Blumenmuster bevorzugte. In ihrem Wohnzimmer herrschten klare Formen und Farben vor, doch hier war eine romantische Abby an der Arbeit gewesen. Der Gedanke war beruhigend, denn auch ich hatte in den letzten Tagen eine romantische Seite an mir entdeckt. Wenn das Toni wüsste!

»Zu verspielt?«, fragte sie, als sie meinen Blick richtig deutete.

Lächelnd schüttelte ich den Kopf. »Nein, es ist unheimlich gemütlich. Ich mag dein Schlafzimmer. Wenn du in dem Bett liegst, nackt, unter mir, dann wird es mir noch besser gefallen.« Ihre Augen wurden groß und ihre kleine rosa Zunge leckte hektisch über die Unterlippe, was meine Fantasie noch mehr beflügelte. Langsam schob ich sie rückwärts durch das Zimmer, bis ihre Kniekehlen das Bett berührten und sie sich daraufsetzte.

»Zieh dein Hemd aus«, wies sie mich an und ein verruchtes Lächeln umspielte ihre Lippen.

Abby war so vielschichtig und mir gefiel die mutige Variante ihrer selbst. Knopf für Knopf tat ich das, was sie von mir verlangt hatte. Sie beobachtete mich und ich genoss ihren Blick auf mir wie ein eitler Pfau. Als ich alle Knöpfe offen hatte, stand sie auf und zog mir das Hemd von den Schultern.

Sie küsste jeden Zentimeter meines Oberkörpers, saugte an meinen Brustwarzen und ihre Hände erkundeten begierig meinen Rücken.

Ich genoss es, stand ganz still und erstarrte vollends, als sie anfing, meinen Gürtel und den Reißverschluss meiner Hose zu öffnen. Kurz darauf stand ich nackt vor ihr, während sie noch immer ihren Rock trug. Entschlossen, das zu ändern, ergriff ich das Stück Stoff und befreite sie davon. Nun trennten uns nur noch ihr BH und ein minimalistisches Stück schwarzer Spitze.

Zärtlich stupste ich sie zurück aufs Bett. Sie sah so heiß aus. Am liebsten wäre ich gleich über sie hergefallen, aber ich wollte sie verwöhnen und unser erstes gemeinsames Mal zu etwas ganz Besonderem machen. Auf allen vieren kroch ich zu ihr aufs Bett und legte mich neben sie auf die Seite. Dann fing ich an, sie zu streicheln. Gott, ihre Haut fühlte sich an, als wäre sie dafür gemacht, nur von mir berührt zu werden. Abby schloss die Augen und ich konnte mich nicht an ihr sattsehen. Jeder Millimeter ihres Körpers war anbetungswürdig. Ihre Kurven waren perfekt und ihr Brustkorb senkte sich aufgeregt bei jedem Atemzug.

Anschließend nahm ich meinen Mund zu Hilfe, leckte, küsste und biss, bis sie meinen Namen atemlos flüsterte. Bedächtig öffnete ich ihren BH und liebkoste erst die eine Brust, dann die andere. Ihre rosa Brustwarzen richteten sich auf und ich nahm eine davon in den Mund und saugte daran. Abby stöhnte laut auf und mein Unterkörper reagierte prompt darauf. Lange würde ich dieses Spielchen nicht mehr aushalten, auch wenn ich mir vorgenommen hatte, es für sie zu einer unvergesslichen Nacht zu machen.

Meine Lippen wanderten tiefer, ich zog ihr Höschen runter und sie spreizte ihre Beine für mich. Ich leckte erst ganz zart über ihre Mitte, doch ihr Seufzen spornte mich an, weiter mit meiner Zunge auf ihr zu spielen. Abigail zuckte immer stärker unter mir, also hielt ich sie fest, leckte sie weiter und streichelte ihren begehrenswerten Körper dabei. Als sie kam, törnte mich das dermaßen an, dass ich erstmal warten musste, bis ihr Orgasmus abgeebbt war, ehe ich mir ein Kondom überstülpte und mich zu ihr drehte.

Abby lächelte mich an und hauchte: »Komm her.«

Ich legte mich auf sie, positionierte meinen Schwanz an ihrem Eingang und stieß zu. Abby stöhnte auf und streckte mir die Hüften entgegen, die ich augenblicklich ergriff und sofort einen Rhythmus fand. Ich nahm sie und gab mich im Gegenzug. Als ich kam, war es, als wäre es das erste Mal. Niemals zuvor hatten mich meine Gefühle so stark mitgenommen. Mein Schwanz zuckte in ihr, als würde er Elektroschocks bekommen und dann kam Abby ein weiteres Mal und zog meinen Orgasmus in die Länge, dass ich schon glaubte, im Himmel angekommen zu sein.

ABIGAIL

Der Morgen begann wunderschön und ich fühlte mich geborgen und geliebt. Erst jetzt verstand ich all die Menschen, die von der Liebe erzählten oder sangen. Schon jetzt konnte ich mir nicht vorstellen, ohne Ethan zu sein. Was mich dazu brachte, darüber nachzudenken, was geschehen würde, wenn er erst in Maine lebte.

»Hey, kleine Spinne. Was ist los? Du siehst traurig aus.« Ethan kitzelte an meiner Nasenspitze.

»Ach, nichts Bestimmtes. Ich denke über alles Mögliche nach.« Ich wollte uns nicht den Vormittag versauen, indem ich ihn mit Zukunftsplänen drangsalierte. Männer sind nicht wie wir Frauen, sie denken nicht gleich daran, was Festes einzugehen, nur weil sie mit einer Frau ins Bett gehüpft sind. Oder?

»Du flunkerst«, sagte er immer noch liebevoll lächelnd. »Wenn du drüber reden willst, ich bin für dich da.«

Ich schenkte ihm ein zweihundert Watt Lächeln und zog ihn kurzentschlossen näher zu mir. Sein Gesicht war so schön und die Morgensonne spiegelte sich in seinen Augen. Ich war so was von verliebt. Mein Herz schien überzufließen vor Liebe zu ihm. Mittlerweile hatte ich auch keine Angst mehr vor meinen Gefühlen, sondern nahm sie an.

»Ich liebe dich!«, flüsterte ich in sein Ohr.

»Oh, du mörderische Spinne, du versetzt mir schon wieder den Todesstoß?«, fragte er neckend und ich nickte bejahend. »Dabei hast du mich doch schon in deinem Netz«, raunte er und küsste mich. »Ich liebe dich auch, Abby. So sehr, dass ich am liebsten auf die Straße rausrennen würde und es der Welt entgegenschleudern möchte.«

Ich kicherte. »So nackt, wie du gerade bist?«

»Natürlich. Sollen doch alle Frauen erkennen, was ihnen zukünftig für immer verwehrt bleiben wird.« Er sagte das scherzhaft, dennoch jubilierte mein Herz bei den Worten. Meins, für immer?

Langsam legte er seine Hände an meine Seite und strich über meine Rippen nach oben, bis zu meinen Brüsten. Stöhnend drehte ich mich zu ihm um, sodass unsere Körper sich berührten. Sofort spürte ich, dass er bereit war, unser Liebesspiel von letzter Nacht zu wiederholen.

Küssend streichelten wir uns, erkundeten jeden Zentimeter des Körpers des anderen. Ich liebte das Gefühl seiner Haut unter meinen Händen und sog seinen Geruch tief in mich auf. Alles an Ethan berauschte mich und zog mich tiefer in einen Strudel aus Leidenschaft. Mein Körper reagierte auf ihn wie eine Geige auf den begabtesten Violinisten. Ethan spielte auf mir eine Melodie aus Begierde und Lust.

Stöhnend legte ich den Kopf in den Nacken und Ethan küsste mich am Hals, saugte und knabberte an mir, bis ich mir wünschte, dass er dies an einer anderen Stelle meines Körpers tun würde. Als hätte er meine Gedanken gehört, wanderte sein Mund tiefer und tiefer, bis er das Zentrum meiner Lust fand und sich daran zu schaffen machte. Begierig öffnete ich die Beine und ließ ihn gewähren.

»Oh Ethan!«, stöhnte ich voller Lust, als seine Zunge Dinge mit mir anstellte, die mich jedweder Zurückhaltung beraubten.

»Ja, Baby?«, fragte er unschuldig und sah mich an, meine Lust glänzte auf seinen Lippen. »Soll ich aufhören?«

Ich konnte den Spaß aus seinen Worten heraushören, doch ich wand meine Hüfte ungeduldig und sagte eindringlich: »Niemals! Mehr!«

Und Ethan gab mir mehr. So viel, dass mein Orgasmus mich in Höhen katapultierte, die mich den Verstand kosten konnten. Immer und immer wieder schrie ich seinen Namen, bis nur noch ein heiseres Krächzen meinen Mund verließ. Dann beobachtete ich unter trägen Lidern hindurch, wie er ein Kondom aus seiner Jeans fischte und es sich überzog, ehe er in mich eindrang.

Augenblicklich strömte erneut Lust durch mich hindurch. Wir bewegten uns in absolutem Einklang. Ethan nahm mich langsam und voller Gefühl. Es war, als spürte ich all seine Liebe bei jeder einzelnen Bewegung von ihm. Tränen sammelten sich hinter meinen geschlossenen Lidern und mein Herz schmerzte von den Gefühlen, die ungefiltert durch mich hindurchrasten.

»Sieh mich an, Baby.« Ethans Stimme klang rau und tief.

Ich blickte ihm in die Augen und erkannte darin die gleichen Gefühle, die in mir tobten. Das zu sehen, spornte meinen Körper an, sich lustvoll um seinen Penis zusammenzuziehen.

Dieser Orgasmus war weniger impulsiv, dafür umso intensiver und länger. Während ich keuchte und letztendlich wimmerte, erklomm auch Ethan die Höhen und brach stöhnend auf mir zusammen. Immer wieder strich ich ihm über sein dunkles Haar und küsste seine Stirn.

Als er mich aus zufriedenen Augen ansah, wusste ich, dass ich diesen Mann niemals wieder gehen lassen könnte. Ohne ihn wäre ich verloren.

~

Als Ethans Handy am Nachmittag klingelte, fiel mir ein, dass ich meins seit einer Ewigkeit nicht mehr eingeschaltet hatte. Die letzten Tage und insbesondere die letzten Stunden hatten mich meine eigenen Verpflichtungen vergessen lassen. Die einzige Sache, die mich kurzen Kontakt zu meiner Außenwelt hatte aufnehmen lassen, war die Mail, die ich an die Snyder schickte. Darin der zweite Teil der Artikelserie, der das Interview mit Mary alias Clodette Poirot enthielt.

Meiner Chefin hatte ich in knappen Sätzen erklärt, dass ich an der Story dran sei und sie sich keine Sorgen machen müsse, da ich rechtzeitig liefern würde. Doch mittlerweile wusste ich nicht, wie ich den Artikel ordentlich verpacken sollte und vor allem, wer die Hauptrolle spielen sollte.

Kaum hatte ich das Telefon angeschaltet, kamen unzählige Nachrichten an. Nach und nach arbeitete ich sie alle ab.

Meine Schwester hatte mir geschrieben und mich darum gebeten, doch endlich mal nach Hause zu kommen. Gott sei Dank hatte meine Familie nichts von der Sache mit Ethan mitbekommen. Manchmal war es von Vorteil, dass die Farm beinahe auf dem Mond lag.

Ich antwortete ihr, dass ich sie bald besuchen würde, wahrscheinlich noch in diesem Monat. Doch die Tatsache, dass ich mit dem Gedanken spielte, meinen Job aufzugeben, verschwieg ich.

Hin und wieder warf ich Ethan einen Blick zu, der wütend wirkte, jedoch ruhig und besonnen auf den anderen Teilnehmer des Telefonats einredete. Er lief in der kleinen Küche meines Apartments auf und ab. Irgendwann ließ er die Schultern hängen und beendete das Gespräch.

Entschlossen, ihm meine ungeteilte Aufmerksamkeit zu schenken, legte ich das Handy auf den Couchtisch und ging zu ihm in die Küche.

Zärtlich nahm ich ihn in den Arm und sah ihm in die Augen. »Alles okay?«

Er erwiderte mein Lächeln, aber ich ließ mich nicht davon blenden. »Das war meine Mutter. Sie will, dass ich morgen zu einer Familienfeier erscheine. Shit!«

»Das ist doch schön«, wendete ich ein.

Ethan schüttelte den Kopf. »Nicht, wenn man eine Familie wie die meine hat. Sie sind der Horror und es wird auch nicht in einer gemütlichen Runde stattfinden, sondern im ganz großen Stil.«

»Trotzdem solltest du hingehen. Es ist immerhin deine Familie, vergiss das nicht. Blut ist dicker als Wasser, hat meine Granny immer gesagt.«

Ich strich ihm sanft über seine steinharte Brust, seine Muskeln spielten unter meinen Fingern und ich legte kurz meine Wange an sein Herz. Es schlug kräftig und ein wenig zu schnell.

»Bei normalen Menschen passt dieser Spruch ganz bestimmt. Bei den Andersons würde ich meine Hand nicht dafür ins Feuer legen. Meine Eltern sind sehr speziell. Aber das wirst du morgen selbst beurteilen können.«

Entsetzt riss ich den Kopf hoch. »Ich? Morgen? Ich soll dich begleiten?« Meine Stimme klang selbst in meinen Ohren viel zu schrill.

»Entweder ich gehe mit dir hin oder gar nicht. Das habe ich auch meiner Mutter gesagt.«

Das hatte er auch seiner Mutter gesagt? Mein Hirn äffte seine Worte im Stillen nach, doch auch dadurch wurden sie nicht witziger. Sie versetzten mich regelrecht in Panik. Durch diesen gemeinsamen Besuch würde unsere Beziehung sehr schnell auf eine ganz neue Ebene katapultiert werden. Doch so sehr mich das freute, so sehr ängstigte ich mich davor, den ehemaligen Präsidenten und seine First Lady kennenzulernen.

Und nun stellte mich dieser Kerl, in den ich mich Hals über Kopf verliebt hatte, vor eine Wahl. Nur, dass ich diese Wahl nicht treffen konnte. Ich wollte nicht dafür verantwortlich sein, dass er seine Familie nicht sah, aber genauso wenig mochte ich in den Fokus dieser Veranstaltung rücken.

»Du bist unmöglich!«, giftete ich ihn an und drückte mich von ihm weg. Allein seine Gegenwart vernebelte meinen Verstand.

Er schmunzelte. »Bin ich das?«

»Ja!«

»Nein, ich will dich nur dabeihaben. Ich möchte, dass meine Familie sieht, welch tolle Freundin ich abbekommen habe. Außerdem brauche ich Rückendeckung. Meine Familie ist die wahre Hölle«, gab er zerknirscht zu.

»So? Und das soll mich jetzt beruhigen?« Insgeheim freute ich mich darüber, dass er mich seine Freundin nannte. Klar, wir hatten einander unsere Liebe gestanden und hatten Sex miteinander gehabt, aber trotzdem berührte es mich enorm.

»Na ja, ich beschütze dich und du beschützt mich und letztendlich verbringen wir mehr Zeit miteinander. Ohne dich wäre es ein verlorener Abend.« Bittend sah er mich an und ich erkannte, dass auch er nachdachte, was werden würde, wenn er erst einmal in Maine lebte.

Einem verliebt vernebelten Hirn sei Dank, stimmte ich zu, ihn zu begleiten. Einzige Voraussetzung meinerseits war, dass er die Nacht wieder bei mir verbringen sollte. Ethan willigte sofort ein, was mir ein warmes Gefühl bescherte.

Den restlichen Abend verbrachten wir damit, uns etwas zum Essen beim Lieferservice zu bestellen und uns Geschichten aus unserer Kindheit und Jugend zu erzählen. Ich erfuhr viel über Ethan. Er war ein wilder Kerl gewesen, der so manchem Mädchen das Herz gebrochen hatte. Unwillkürlich fragte ich mich, ob ich auch so enden würde. Allein in Chicago mit einem gebrochenen Herzen. Doch dann schob ich das weit von mir und versuchte, einfach nur seine Gegenwart zu genießen.

ETHAN

Ich hatte es mir nicht nehmen lassen, mit Abigail in ein angesagtes Geschäft zu fahren und ihr ein passendes Kleid für diesen Anlass zu kaufen. Sie hatte mir gesagt, dass sie mir das Geld zurückzahlen wollte, doch ich lehnte kategorisch ab.

Sie würde ein klassisches Cocktailkleid in Dunkelblau anziehen. Dazu wollte sie die passenden Pumps und dezenten silbernen Schmuck tragen. Sie würde bezaubernd aussehen. Eine klassische Schönheit, die wenig benötigte, um die Blicke auf sich zu ziehen.

Doch auch wenn sie einen Mehlsack angehabt hätte und hässlich wie die Nacht gewesen wäre, würde sie die Aufmerksamkeit meiner Familie genießen. Es war das erste Mal, dass ich eine Frau mitbringen würde. Meine Mutter war beinahe ausgeflippt, als ich ihr erzählt hatte, dass ich Abby mit dabeihaben würde. Erst als ich androhte, nicht zu kommen, hatte sie eingelenkt und sie auf die Gästeliste gesetzt.

Auf dem Rückweg von unserem Einkaufsbummel machten wir noch einen Abstecher zu meinem Loft und ich packte ein paar Kleidungsstücke ein. Insgeheim hatte ich gehofft, dass Abby einverstanden wäre, die restlichen Tage in

Chicago bei mir zu verbringen. Doch dann hatte sie von sich aus mit mir gedealt. Wenn sie mich begleiten sollte, musste ich im Gegenzug die verbleibenden Nächte, die ich noch in dieser Stadt hatte, bei ihr verbringen.

Das war das erste Mal, dass wir über meinen baldigen Umzug sprachen. Ihr wunderschönes Lächeln sagte mir, dass sie sich freuen würde, wenn ich bei ihr blieb. Verdammt noch mal, das würde ich tun. Bis der Tag des Abschieds gekommen war. Denn dieses Lächeln war einfach unbezahlbar. Doch plötzlich legte sich die Traurigkeit auf ihr Antlitz, die sie tapfer unterdrückt hatte.

»Ich werde dich schrecklich vermissen«, sagte sie leise, als wir wieder mit dem Fahrstuhl in die Tiefgarage fuhren.

»Dann komm mit!«, sagte ich, ohne nachzudenken. Hätte ich nachgedacht, wäre mir bewusst geworden, dass sie ein eigenes Leben hier hatte. Sie arbeitete bei einer bedeutenden Zeitschrift und wollte groß Karriere machen. In Maine wäre das alles auf Eis gelegt worden. Wir kannten uns erst kurze Zeit. Warum sollte sie das für mich tun? War ich von allen guten Geistern verlassen, dass ich ihr diese Frage stellte?

Abby senkte den Blick und sagte nichts, doch das war mir Antwort genug. Dennoch wollte ich sie nicht aufgeben. Die Zukunft würde uns gehören, auch wenn wir uns nicht täglich sahen.

»Vergiss es, Abby. Aber du besuchst mich, wann immer es geht, okay?« Ich hoffte, dass ich mich nicht so jämmerlich anhörte, wie ich mich fühlte.

Ihr Gesicht hob sich und sie sah mich an. Ein bezauberndes Lächeln legte sich auf ihre Lippen und sie erwiderte: »Liebend gern.«

Das reichte mir vollkommen aus, um an ein Wir zu glauben, an eine Zukunft, die sich erst noch offenbaren würde. Vielleicht würde die Zeit auf meiner Seite sein und Abby eines Tages zu mir ziehen.

Galant öffnete ich ihr den Maserati, den ich noch fuhr, bis meine Zeit in Chicago vorüber war. Meine gesamten Habseligkeiten hatte ich bereits verkauft oder nach Maine geschickt. In meinem Apartment befanden sich lediglich noch Klamotten, die in einem begehbaren Kleiderschrank untergebracht waren, ein Bett und die Wohnküche. Ansonsten waren die Zimmer bereits leer. Genauso verhielt es sich mit dem Auto. Während wir in Maine gewesen waren, hatte Toni sich um meine Wohnung und den Wagen gekümmert und ihn nach Maine fahren lassen. Mittlerweile musste er vor meinem neuen Zuhause stehen.

Wir fuhren zu Abigails Wohnung und machten uns für den Abend zurecht. Ich hoffte inständig, dass es nicht so schlimm werden würde, wie ich es befürchtete.

Abby zappelte aufgeregt auf dem Beifahrersitz herum, was ich ihr nicht verdenken konnte. Man lernte schließlich nicht jeden Tag die Eltern seines Freundes und dazu noch die ehemalige Präsidentenfamilie kennen. Wenn sie nur ansatzweise erahnen würde, wie fürchterlich meine Eltern waren, wäre sie schreiend davongelaufen.

Ich freute mich wahnsinnig darüber, dass sie mich begleitete. Ohne Abigail wäre ich nicht hingefahren. Natürlich hatte ich keine Angst vor meinen Eltern, aber ich war froh, wenn sie weit genug weg von mir waren, dass ich ihre Gesichter nicht sehen musste. Wir hatten kein inniges Verhältnis, wie andere Kinder dies zu ihrer Mutter und ihrem Vater pflegten. Die Beziehung, die wir zueinander hatten, war vielmehr geschäftlicher Natur. Hin und wieder kreuzten sich unsere Wege auf dem Finanzmarkt und es gab einfach ein besseres Bild ab, wenn es nach außen so aussah, als wäre unsere Familie intakt.

»Wir sind gleich da«, sagte ich beruhigend und sie sah mich mit diesem Blick an, der mich am liebsten stoppen lassen würde. Doch auch ich hatte meine Verpflichtungen und ich beabsichtigte, Abby zukünftig fest in mein Leben zu integrieren. Da war es nur sinnvoll, sie früh genug ins kalte Wasser zu schubsen. Es würde nicht das letzte Mal sein, dass sie mich zu einer solchen Veranstaltung begleiten musste.

»Ich bin bereit. Auf in den Kampf!« Aufmunternd lächelte sie mich an. Sie war einfach bezaubernd. Gerührt streckte ich meine Hand nach ihrer aus und strich zärtlich darüber. Doch kurz darauf musste ich schon halten. Ein junger Mann stand bereit und würde meinen Wagen einparken.

Abbys Blick huschte über das hell erleuchtete Gebäude. Ich versuchte, alles mit ihren Augen zu sehen, doch es fiel mir schwer. Mein Leben lang hatte ich im Luxus gelebt und es für selbstverständlich genommen. Abigail wiederum kam aus einem kleinen Provinznest und war in normalen Verhältnissen aufgewachsen. Für sie musste das alles protzig und übertrieben wirken. Vor dem Eingang war ein roter Teppich ausgelegt worden. Meine Eltern zeigten gern und gründlich, was sie hatten. Ich reichte Abby die Hand, die sie sofort ergriff. Man fragte uns nicht nach einer Einladung. Jeder hier wusste, wer ich war. Wenn es jemanden gab, der mich noch nicht persönlich getroffen hatte, musste er seine Hausaufgaben gut gemacht haben. Überall wurde ich mit *Willkommen Mister Anderson* begrüßt. Wir betraten den geschmückten Saal Arm in Arm. Es war bereits brechend voll. Die meisten Gäste standen noch und ein Durchkommen zu unseren Plätzen war beinahe unmöglich. Zehn bis zwölf runde Tische waren bereitgestellt worden, die mit weißen Leinentischdecken und Kristallgläsern, Besteck und Serviertellern eingedeckt waren.

An jedem Tisch standen acht Stühle, die mit Hussen bezogen worden waren. Das Licht des großen Kronleuchters brach sich in den Gläsern und den Spiegeln an den Wänden. Pompöser hätte es kaum sein können. So und nicht anders liefen die *kleinen* Familienfeiern bei den Andersons immer ab.

Als ich noch ein kleiner Junge gewesen war, betete ich jedes Jahr inständig darum, dass meine Eltern zu Weihnachten irgendwo Termine haben würden, damit ich diesen besonderen Feiertag bei den Contes verbringen durfte. Solche

Familienfeiern waren wirklich klein und dafür umso schöner gewesen. Doch kaum war ich zwölf Jahre alt geworden, betete ich nicht mehr, weil meine Eltern mich fortan überall mitschleppten und vorführten wie einen Zuchtbullen. Ich hatte es so sehr gehasst.

»Hey, Ethan!«, rief Mason durch den halben Raum und drängelte sich durch die umstehenden Gäste, um zu uns zu gelangen.

»Hi Mason«, sagte ich erfreut, denn Mason war einer der wenigen hier, die ich achtete und schätzte. Wir reichten uns die Hände, dann fiel sein Blick auf Abby. »Darf ich dir Abigail Jones vorstellen? Abby, das ist Mason, mein Cousin.«

Neugierig sah er sie an und begrüßte sie. »Willkommen in der Familie, Abigail.«

Abby lächelte verhalten und sagte: »Vielen Dank, Mason.«

Mason blickte mir in die Augen und wackelte mit seinen Brauen. »Ich wusste gar nicht, dass du eine feste Freundin hast! Herzlichen Glückwunsch euch beiden.« Er schlug mir auf die Schulter und sah dann noch einmal zu Abby. »Ich hätte nie gedacht, dass unser kleiner Ethan mal eine Frau zu einer Familienfeier mitbringen würde. Gratuliere.«

Abby runzelte die Stirn, was man ihr angesichts dieser Eröffnung auch nicht verdenken konnte.

»Hast du meine Mutter und meinen Vater irgendwo gesehen?«, wollte ich wissen, während ich mich suchend in dem Saal umblickte.

»Ja, die haben noch eine geschäftliche Unterredung mit Onkel Liam. Ich glaube, sie sind im Salon.« Er wies zur hinteren Tür. »Ich werde mich mal nach meinem Platz umsehen, leider ist Tante Mary heute nicht hier. Wahrscheinlich steckt sie gerade wieder in einem ihrer Bücher fest, vielleicht mit einem heißen Highlander.« Er zwinkerte frech. »Jedenfalls fehlt mir nun meine Tischnachbarin. Bis dann ihr beiden.«

Abby zog mich zu sich herunter. »Hast du noch nie eine weibliche Begleitung zu einer solchen Veranstaltung mitgebracht?«, fragte sie gefährlich leise.

Ich legte ihr eine Hand zärtlich an ihr Gesicht und sagte: »Nein, du bist die Erste.«

Ungläubig riss sie die Augen auf. »Deshalb starren mich alle so merkwürdig an!«

Ich konnte das Lachen nicht zurückhalten. Sie sah einfach zu komisch aus, wie sie mich geschockt anstarrte. »Daran solltest du dich gewöhnen. Ich werde noch viele Dinge mit dir tun, die ich mit keiner anderen zuvor getan habe«, flüsterte ich mit dunkler Stimme. Auf ihrer Haut bildete sich eine Gänsehaut und auch ich erschauerte angesichts der sexuellen Spannung, die plötzlich in der Luft lag.

ABIGAIL

Diese Offenbarung schockierte mich. Bis jetzt war ich davon ausgegangen, dass er ständig irgendwelche Frauen mit auf Partys schleppte, so auch zu Familienfeiern. Aber da hatte ich mich wohl getäuscht. Es kam einer stillen Liebeserklärung gleich.

Ich versank in seinen Augen, die mich lüstern ansahen und mein Herz fing an, wild zu klopfen. Sofort überkam mich eine Lust, wie ich sie bis vor kurzem nicht gekannt hatte. Am liebsten hätte ich ihn in einen stillen Raum gezogen und mich dort heimlich über ihn hergemacht. Hitze schoss in meine Wangen und vermutlich pulsierte schon die verräterische Röte in meinem Gesicht.

»Ethan, mein Junge!«, hörte ich eine schrille Stimme neben uns rufen.

Als ich mich umdrehte, schaute ich direkt in das Gesicht der ehemaligen First Lady. Sie war der Inbegriff an Perfektion. Ihre Haare saßen akkurat und sie war geschminkt, als wäre ein Profi am Werk gewesen. Sie war in Natur noch beeindruckender als auf Fotos und ich fühlte mich augenblicklich klein und unbedeutend. Insgeheim verglich ich sie mit meiner eigenen Mutter, die meistens mit Pferdeschwanz und karierten Hemden herumgelaufen war.

Ich merkte, wie ich geschockt dastand und starrte, also besann ich mich meines guten Benehmens und sah stattdessen zu Ethan. Doch dieser Anblick verunsicherte mich noch mehr. Aus seinem Gesicht war jeglicher Ausdruck an Emotionen verschwunden und sein Antlitz wirkte versteinert, während seine Augen kalt zu seiner Mutter blickten. Augenblicklich fröstelte ich.

»Hallo Mutter«, presste er zwischen zusammengebissenen Zähnen hervor. Unwillkürlich zog er mich näher zu sich heran. »Darf ich dir Abigail Jones vorstellen?« Ein warnender Unterton ließ die feinen Härchen auf meinen Unterarmen emporschnellen.

»Ah, die Klatschreporterin«, sagte sie abfällig, was mich veranlasste mich aufzurichten.

Ethan verspannte sich noch mehr, falls das überhaupt möglich war und ich strich ihm beruhigend über den Arm.

Dann wandte ich mich der kalten Hexe zu »Ganz genau. Schön Sie kennenzulernen, Mrs Anderson.« Ich nickte ihr zu und behielt die Hand auf Ethans Arm. Dieser Frau würde ich nicht die Hand geben, ob es nun unhöflich war oder nicht.

»Dein Vater hat gerade ein Gespräch, aber er hat bereits nach dir gefragt«, sagte sie zu Ethan, ohne mich weiter zu beachten. Mir war das recht.

»Ich werde mit ihm reden.«

»Tu das!«, erwiderte die ehemalige First Lady auf Ethans Kommentar. Im nächsten Moment drehte sie sich um und verschwand unter den Gästen.

Ich atmete aus. »Puh!«

Ethan lachte trocken. »Das beschreibt meine Mutter sehr gut.«

»Es tut mir leid, ich wollte nicht unhöflich sein.«

Ethan zog mich näher an sich, bis unsere Oberkörper sich berührten und er nur noch flüstern musste. »Du musst dich für gar nichts entschuldigen. Sie war unhöflich zu dir. Du hingegen warst und bist bezaubernd.« Der sanfte Kuss, den er auf meine Stirn hauchte, ließ mich wie ein Honigkuchenpferd grinsen.

~

Knapp zwei Stunden später hatten wir das Essen hinter uns gebracht. Leider hatte ich nicht viel davon schmecken können, da ich zu sehr darauf bedacht war, mich nicht zu blamieren. Mit Sicherheit war es exquisit gewesen. Die Andersons scheuten keine Kosten, um ihre Gäste zu beeindrucken, da würden sie beim Essen bestimmt nicht anfangen zu sparen.

Ethan hob meine Hand an und führte sie an seine Lippen. »Ich kann es kaum erwarten, endlich mit dir allein zu sein und dir dieses Kleid vom Körper zu reißen!«

Augenblicklich wurde mir heiß und meine Mitte zog sich lustvoll zusammen. Mein Mund fühlte sich staubtrocken an und ich leckte mir kurz über die Lippen.

»Baby, lass das. Ansonsten ziehe ich dich hier und jetzt in die nächste dunkle Ecke und falle über dich her.« Er zwinkerte mir frech zu, doch dann fiel sein Blick hinter mich und erneut kam der gefühlskalte Ethan zum Vorschein.

Langsam drehte ich mich um und stellte mich neben ihn. Dann sah ich Ethans Vater auf uns zukommen.

Der Blick des ehemaligen Präsidenten der Vereinigten Staaten von Amerika glitt anerkennend über meinen Körper. Ich fühlte mich degradiert zu einem Lustobjekt und beschloss, dass Ethans Eltern Menschen waren, die ich nicht näher kennenlernen wollte. Keiner meiner Verwandten wäre jemals auf die Idee gekommen, eine Frau so anzugaffen.

Woher nahm dieser Anderson sich das Recht dazu?

»Ich werde mir mal die Nase pudern gehen. Danach können wir nach Hause fahren und all deine dreckigen Fantasien ausleben«, flüsterte ich neckend in sein Ohr. Sein Mundwinkel zuckte, aber er ließ den sich nähernden Mann nicht aus den Augen. »Bis gleich!«

Ich schlängelte mich zwischen den Tischen hindurch, lächelte unverbindlich rechts und links und war froh, als ich endlich die Toilette erreichte. Im Vorraum stellte ich mich erstmal an das Waschbecken und ließ kaltes Wasser über meine Handgelenke laufen.

Ich hatte das Gefühl, in diesem Haus nicht frei atmen zu können und verstand Ethan nun viel besser. Diese beiden Menschen hatten einen wundervollen Sohn, doch selbst waren sie zwei karrieregeile Monster, die von Menschlichkeit noch nichts gehört hatten. Kein Wunder, dass sie ihren Sohn nicht verstanden.

Ethan hatte mir erzählt, wie seine Mutter und sein Vater auf sein Geständnis reagiert hatten, dass er sein Vermögen spenden wollte. Hätte ich einen Sohn, der einen solchen Großmut an den Tag legt, wäre ich stolz und würde ihn in seinem Vorhaben unterstützen.

Hinter mir ging die Tür auf, doch ich sah nicht auf. »Miss Jones, schön, dass wir uns noch einmal sehen.«

Ich erkannte sofort die eiskalte Stimme der Frau, die den Mann auf die Welt gebracht hatte, in den ich mich verliebt hatte. Doch ehe ich mich umdrehte und ihr gelangweilt in die Augen blickte, wusch ich mir ausgiebig die Hände.

Sie sah mich an, als wäre ich eine Schabe in ihrer blitzblanken weiß gefliesten Küche. »Miss Jones, ich denke, Sie sollten sich Ethan aus dem Kopf schlagen.«

»Mrs Anderson, ich denke, das geht sie nichts an.« Mit diesen Worten drehte ich ihr den Rücken zu und verließ die Toilette, doch die alte Hexe folgte mir.

Sie griff nach meinem Oberarm und schloss schraubstockartig ihre Finger darum. »Jetzt hören Sie mir mal zu, Sie Flittchen. Ich kenne Goldgräberinnen, wie Sie eine sind, schon mein Leben lang.« Geschockt starrte ich die Frau an. Von was redete sie da? »Mein Ethan wird bald arm wie eine Kirchenmaus sein, also lassen Sie ihre geldgeilen Finger von ihm und verschwinden schnell wieder von der Bildfläche.«

Wir lieferten uns ein Duell mit den Augen, keine von uns wollte nachgeben.

»Mutter!«, zischte in diesem Moment Ethan neben uns.

Mrs Anderson fuhr herum, hatte sich aber erstaunlich schnell wieder im Griff und setzte ein falsches Lächeln auf. »Schatz, dein Mädchen und ich unterhalten uns grad ein wenig.«

»Ich denke, du hast genug gesagt. Lass zukünftig dein Gift bei dir und halte dich aus meinem Leben raus. Wage es nicht noch einmal, Abigail zu beleidigen, ansonsten werden sich unsere Wege nie wieder kreuzen.« Ethan hielt mir seine Hand hin, die ich sofort ergriff und mit ihm gemeinsam strebte ich zum Ausgang.

ETHAN

Ich war geladen und stand kurz vor der Explosion. Am liebsten hätte ich meine Mutter geschüttelt und gefragt, was ihr einfiel. Doch selbst wenn ich dies tun würde, sie bliebe das Biest, das mich seit meiner Zeugung begleitete.

Als wir im Wagen saßen und zu Abbys Wohnung fuhren, strich sie mir immer wieder über meinen Oberschenkel. Meine Abigail, die Frau, die ich nicht mehr wegdenken konnte aus meinem Leben, obwohl wir uns keine zwei Wochen kannten.

Vielleicht war es wirklich so, dass es das Schicksal gab. Denn wie hätte ich mir sonst erklären können, dass ausgerechnet sie sich zu mir an die Bar gesetzt hatte? Sie, die meine Welt aus den Angeln hob. Niemand sonst hatte mein Herz bisher auf eine solche Weise berührt.

Das Schicksal meinte es auch gut mit mir, als ich vor Abbys Haus hielt, wo uns ein freier Parkplatz begrüßte. Ich parkte den Maserati und wir gingen schweigend die Treppen nach oben. Kaum fiel die Wohnungstür hinter uns ins Schloss, riss ich sie in meine Arme und hielt sie fest. So gern wollte ich ihr zeigen, wie sehr ich mich in sie verliebt hatte, doch ich wusste nicht wie. Also handelte ich aus dem Bauch heraus, hob sie hoch, ihre Handtasche fiel auf den Boden. Jauchzend klammerte sie sich an mich und ich trug sie zum Bett, wo ich ihr die Schuhe auszog.

»Was machst du da, Ethan?«, fragte Abby kichernd. Der Ton ihres Lachens, brach ein wenig die Eiskruste, die sich um meine Seele gebildet hatte.

»Dich verwöhnen und anschließend ins Bett bringen.« Bedächtig stellte ich ihre Schuhe neben das Bett und nahm ihren rechten Fuß in meine Hände. Ich massierte ihre Zehen und ihrer Kehle entsprang ein wohliger Seufzer. Sofort reagierte mein Schwanz, doch ich ignorierte ihn. Die nächsten Stunden würde es nur um Abby gehen und ihren wunderschönen Körper, den ich vergötterte. Ich wollte, dass sie sich genau wie ich kein Leben ohne uns vorstellen konnte. Wenn mir das gelingen würde, hätte ich das Ziel erreicht. Denn endlich hatte ich wieder einen Sinn und Zweck in meinem Leben.

Seit den Tagen, da ich begonnen hatte im Securitybereich zu arbeiten, hatte ich keinen Punkt mehr gehabt, den es zu erreichen gelohnt hätte. Jeder Mensch brauchte ein Ziel, oder etwa nicht? Wenn ich sie so weit hatte, würde ich den Vorsatz haben, sie dazu zu bewegen, zu mir nach Maine zu ziehen. Dann hätte ich einen Vorsatz, den ich für den Rest meines Lebens verfolgen wollte – sie glücklich zu machen.

Nachdem ich mich ihren Füßen gewidmet hatte, wanderten meine Hände an ihren Schenkeln nach oben. Dieses Kleid war nicht sexy, aber an ihr sah es atemberaubend aus. Nicht nur ich hatte das erkannt. Auch meinem Vater war es aufgefallen. Sein Blick hatte mich auf die Palme gebracht, doch das hatte ich ihm nicht gezeigt. Er hätte es mir wieder als Schwäche ausgelegt.

In kurzen Sätzen hatte er versucht mich zu überreden, in seine Firma einzusteigen, doch ich hatte abgelehnt und mich dann auf die Suche nach Abby gemacht. Als ich die Worte meiner Mutter vernommen hatte, war mir klar geworden, dass ich mein Mädchen so schnell wie möglich aus dieser Schlangengrube bringen musste. Sie war zu gut, um sie den

Vipern zum Fraß vorzuwerfen. Niemals hätte ich sie dorthin mitnehmen dürfen.

Meine Finger berührten die Spitze ihres Slips und sie wand sich unter mir, in der Hoffnung, dass ich ihr das Kleidungsstück ausziehen würde. Aber so einfach wollte ich es ihr nicht machen. Stattdessen wollte ich sie verführen, sie für mich einnehmen, ihr meinen Stempel aufdrücken. Als ich erkannte, dass ich sie am liebsten für immer an mich binden wollte, wurde mir erst bewusst, wie verloren ich war. Ich war hoffnungslos verliebt.

Wir hatten uns bis zum Morgengrauen geliebt und waren anschließend völlig ausgelaugt eingeschlafen. Abby lag neben mir und ihr Körper schien zu leuchten. Sie wirkte selbst im Schlaf so zufrieden wie eine gesättigte Katze, die schnurrend in ihrem Körbchen lag.

Auch ich war zufrieden, sehr sogar. Tatsächlich spielte ich mit der Idee, eine Niederlassung meiner Stiftung in Chicago zu betreiben, damit ich weiterhin sehr oft in Abigails Nähe sein konnte. Irgendwie mussten wir es doch schaffen, eine gemeinsame Zukunft aufbauen zu können, ohne dass sie ihre Karriere aufgeben musste.

Ich zog ihr die Bettdecke über die Schulter, verließ auf Zehenspitzen das Schlafzimmer und schloss die Tür leise. Im Flur stolperte ich über ihre Handtasche, die sie gestern Abend achtlos fallen gelassen hatte, und hängte sie an die Garderobe. Dann fiel mir auf, dass ihr Handy herausgerutscht war. Es lag auf dem Fußboden und das kleine Licht für eingegangene Nachrichten blinkte. Auch das Telefon hob ich auf und legte es auf den Küchentisch.

Zuerst einmal benötigte ich dringend etwas zu trinken. Mein Mund war staubtrocken, also nahm ich ein Glas aus dem Hängeschrank und ließ es mit Wasser aus einer gekühlten Flasche Mineralwasser volllaufen. Gierig trank ich es aus, goss mir ein Zweites ein und setzte mich damit an den Küchentisch, um meine Nachrichten zu lesen. Mein Handy lag neben Abbys, was mir ein Lächeln entlockte.

Als ich nach meinem Handy griff, leuchtete das Display von Abigails Telefon auf. Sie hatte eine Nachricht bekommen und mir fiel sofort mein eigener Name ins Auge. Automatisch, ohne nachzudenken, nahm ich das Gerät in die Hand und las das, was ich auf dem Display sehen konnte:

Wann kommt der Artikel über Ethan A.?

Meine Nackenhaare schnellten empor und in meinem Innern braute sich eine ungeheure Wut zusammen, doch sie wich innerhalb von Sekunden der bitteren Erkenntnis, hintergangen worden zu sein. Wie sollte ich damit umgehen? Wie sollte ich Abby noch einmal in die Augen schauen?

Hastig sammelte ich meine Klamotten zusammen, zog mich an und verließ umgehend Abigails Apartment.

Ich lief ohne Ziel durch die Stadt, während mein Kopf fast explodierte. Sie hatte mich hintergangen. Für diese Frau hatte ich meine Zukunftspläne über den Haufen schmeißen wollen!

ABIGAIL

Als ich aufwachte und mein erster Gedanke zu Ethan drängte, legte sich ein dümmliches Grinsen auf mein Gesicht. Ich war verliebt und das so sehr, dass es beinahe wehtat. Und er war auch in mich verliebt! Langsam schlug ich die Augen auf und stellte enttäuscht fest, dass Ethan bereits aufgestanden war.

Noch einmal ließ ich den vergangenen Abend Revue passieren und den vorherigen gleich mit. Mein Magen zog sich voller Freude zusammen und mein Innerstes strebte danach aufzustehen, um näher bei Ethan zu sein. Noch immer grinste ich glücklich, als ich in meinem Bademantel aus dem Schlafzimmer trat. Ich bildete mir ein, dass der Stoff noch immer nach ihm roch. Grinsend sah ich mich um, doch ich entdeckte Ethan nirgends in der Wohnung.

War er einfach gegangen?

Ohne sich zu verabschieden?

War er vielleicht etwas fürs Frühstück besorgen? Ja, das würde zu ihm passen.

Beherzt deckte ich den Frühstückstisch, legte Servietten zusammen, stellte noch eine schöne Kerze in die Mitte und zündete sie an. Abschätzend trat ich einen Schritt zurück und besah mir mein Werk. Mir gefiel es. Ethan würde erkennen, wie viel er mir bedeutete.

Um die Zeit sinnvoll zu nutzen, machte ich mir einen Chai Latte, doch so sehr ich mich anstrengte, er schmeckte nicht annähernd so gut wie der in Maine bei Luciana. Die Erinnerung an die ältere Italienerin, beschwor die Bilder der Tage in dem hübschen Landhaus herauf. Der Wasserfall, unser erster Kuss und der Besuch bei Ethans Freund Steve.

Ethan war ein wundervoller Mann und automatisch stellte ich mir vor, wie es wäre, mit ihm mein Leben zu verbringen. Als mir bewusst wurde, worüber ich mir da den Kopf zerbrach, schlug ich mir erschrocken die Hand vor den Mund. Wenn Männer eins nicht mochten, dann Klammeräffchen, die sich nach zwei drei Tagen bereits den Kopf über eine gemeinsame Zukunft zerbrachen. Ich erkannte mich selbst kaum wieder. Seit ich ihm begegnet war, wurde ich immer gefühlsduseliger und mein Hirn verwandelte sich in Brei. Wobei ich zugeben musste, dass ich glücklich war. Er hatte mich tatsächlich gefragt, ob ich mit ihm nach Maine ziehen wollte und ich hatte ja gesagt. So viel zum Thema Klammeraffe. Vielleicht sollte ich es einsehen, dass Ethan es schaffte, mich in eins zu verwandeln.

Entschlossen, mich zu beschäftigen und nicht wie ein liebeskranker Teenager zu verhalten, der auf einen Anruf wartet, griff ich nach meinem Handy und beantwortete Mails und Nachrichten. Mrs Snyder hatte sich schon wieder gemeldet. So langsam ging sie mir tierisch auf die Nerven. Sie wollte unbedingt einen Artikel über Ethan haben. Bisher hatte ich ihr nicht mitgeteilt, dass dies nicht zur Diskussion stand. Sie würde völlig ausflippen, wenn sie mitbekäme, wie ihr schöner Plan den Bach hinunterging. Doch irgendwann musste ich den sogenannten Gang nach Canossa wagen. Also schrieb ich ihr:

Ethan A. ist nicht Thema.

Ich wollte schon eine Entschuldigung unter den Satz schreiben, als mir etwas einfiel, was mir mein diabolisches Grinsen auf die Lippen zauberte. Nachdem ich noch fünf weitere Sätze an den ersten angehangen hatte, schickte ich die Nachricht ab.

Mir wurde bewusst, dass mich diese Aktion den Job kosten könnte. Dann wurde mir noch etwas anderes bewusst: Es würde mir verdammt wenig ausmachen. Finanziell war ich abgesichert, da ich monatlich einen kleinen Betrag zur Seite legte, für genau solche Fälle. Erstaunt fragte ich mich selbst, ob ich überhaupt noch den richtigen Job hatte, wenn ich ihn freiwillig aufs Spiel setzte und das ohne Angst oder ein schlechtes Gewissen.

Seitdem ich aufgestanden war, waren knapp zwei Stunden vergangen und von Ethan war nichts zu sehen oder zu hören. Ein mulmiges Gefühl beschlich mich. Selbst wenn er zu seiner Wohnung gefahren wäre und sich dort umgezogen hätte, wäre es nicht nachvollziehbar, warum er nicht schon längst wieder zurück war.

Zögernd suchte ich Ethans Nummer aus dem Speicher meines Handys heraus und rief ihn an. Sofort sprang der Anrufbeantworter an.

»Hi Ethan, wo bist du denn? Melde dich bitte.« Mit klopfendem Herzen legte ich auf. Irgendetwas stimmte hier nicht.

Es war schon halb zwei und mein Magen knurrte, also machte ich mir ein Müsli und aß es schweigend am Wohnzimmertisch, damit ich nicht den gedeckten Esstisch unordentlich machte. Insgeheim hegte ich noch immer die Hoffnung, dass Ethan sich gleich hier einfinden würde. Er würde mich mit diesem wundervollen Lächeln beschenken, für das ich mittlerweile alles täte.

Doch er kam nicht und auch das Telefon blieb still. Eine fürchterliche Unruhe hatte von mir Besitz ergriffen, deshalb fing ich an aufzuräumen. Als ich die Kissen auf der Couch ordentlich hinlegte, fand ich einen kleinen handgeschriebenen Zettel. Neugierig las ich, was darauf stand.

Hast du sie endlich flachgelegt?
Toni ;-)

Meine glückliche Welt wurde mit diesen Worten aus ihren Angeln gehoben.

Konnte das wahr sein?

Hatte ich mich so sehr in Ethan getäuscht?

War ich für ihn tatsächlich nur eine Geschichte fürs Bett gewesen?

Es hatte sich so echt angefühlt, so greifbar. Mein Herz blutete bei der Vorstellung, für ihn nichts weiter als eine Bettgeschichte gewesen zu sein.

Ich wurde aus meinen Gedanken gerissen, als es an der Tür klingelte. Das musste er sein. Vielleicht würde er mich gleich in den Arm nehmen und all meine Bedenken mit einem Kuss fortwischen. Mit klopfendem Herzen ging ich zur Tür, drückte den Summer und wartete.

Als ich jedoch durch den Türspion blickte, sah ich nicht Ethan, sondern einen fremden Mann. Bevor ich die Tür einen spaltbreit öffnete, legte ich die Sicherheitskette vor.

»Miss Jones?«, fragte der Kerl sofort, kaum dass ich ihn ansah.

»Ja, die bin ich.« Argwöhnisch sah ich ihn mir genauer an. Er trug einen grauen Anzug, der nicht der billigste war, aber auch keine Maßarbeit darstellte. Sein Alter schätzte ich auf Mitte vierzig, da graue Strähnen sein dunkles Haar durchzogen. In seinen Augen entdeckte ich einen kalten Glanz, der mich vorsichtig werden ließ.

»Ich bin von der *Daily Sun* und würde gern ein paar Worte mit Ihnen wechseln.«

Daher wehte also der Wind. Wieder ein Reporter. »Kein Interesse!« Ich wollte gerade die Tür zu machen, da stellte er seinen Fuß dazwischen. Hatte der nicht alle Tassen im Schrank?

»Hören Sie, von Kollege zu Kollegin. Wir hätten gern ein Exklusivinterview mit Ihnen und als Gegenleistung bieten wir Ihnen einen lukrativen Job in Amerikas größter Tageszeitung an«, versuchte er, mich zu ködern.

»Hören Sie mir jetzt mal zu. Sie nehmen augenblicklich Ihren Fuß aus meiner Tür, oder ich werde Sie anzeigen.« Ich bedachte ihn mit meinem strengsten Blick, doch ich erntete lediglich ein amüsiertes Zucken seiner Mundwinkel.

»Ich werde Ihnen meine Karte in den Briefkasten werfen und wenn Sie es sich überlegen, melden Sie sich bei mir.« Kaum, dass er seinen Fuß weggenommen hatte, schloss ich die Tür mit einem lauten Knall, dann fing ich an zu weinen.

ETHAN

Seitdem ich Abigails Wohnung verlassen hatte, waren vierundzwanzig Stunden vergangen. Tausendvierhundertvierzig scheiß Minuten in denen ich mich fragte, wie es sein konnte, dass ich mich so sehr in einer Frau getäuscht hatte. Am gestrigen Abend hatte ich mich mit Toni getroffen und war mit ihm in meine Lieblingsbar gefahren. Doch auch die Unmengen an Alkohol hatten meinen Kopf nicht von dieser Frau befreien können. Ich war erledigt. Als wir die Bar verließen, hatte Toni mich davon abhalten müssen, zu Abigail zu fahren und ihre Tür einzutreten. Ich wollte sie zur Rede stellen und zur Rechenschaft ziehen, gleichzeitig hätte ich alles dafür getan, sie in die Arme zu schließen und ihre Lippen zu küssen. Allein der Gedanke daran, dass es mich so sehr verletzte, war unerträglich. Liebeskummer – bisher hatte ich alle, die darunter litten, verächtlich belächelt. Doch auch das hatte sich geändert.

Als ich an diesem Morgen aus Tonis Gästezimmer trat, roch ich würzigen Speck, der gebraten wurde. Sofort drehte sich mein Magen um und mir wurde schlecht. Oh ja, ich hatte definitiv zu viel getrunken.

Toni stand in der Küche und grinste hämisch, als er mich erblickte. »Morgen, Kumpel. Kaffee?«, fragte er feixend.

Ich nickte, da mir die Zunge an meinem trockenen Gaumen festklebte. Toni stellte eine dampfende Tasse Café Crema vor mir ab und setzte sich anschließend mit einem Teller voll Rührei und Speck zu mir an den Tresen. Dankbar registrierte ich, dass er mich nicht fragte, ob ich auch eine Portion wollte.

Nachdem wir eine Zeit lang schweigend nebeneinander saßen und unseren Gedanken nachgehangen hatten, fragte mich mein bester Freund: »Was willst du jetzt tun?«

Gestern hatte er meine Zukunftspläne mit keinem Wort erwähnt, stattdessen hatten wir Anekdoten aus unserer Jugend breitgewalzt. Das war gut gewesen, denn so hatte ich für ein paar Stunden Abby zumindest ein wenig aus meinem Kopf vertreiben können. Nicht ganz, aber so viel, dass ich über die alten Geschichten lachen konnte.

Ich zuckte mit den Schultern. »Bleibt alles wie gehabt. Irgendwann werde ich die Schlange schon vergessen.«

Im Moment konnte ich es mir zwar nicht vorstellen, aber andere Menschen waren auch schon enttäuscht worden und hatten das überlebt. Warum sollte ich es also nicht schaffen?

»Dann brichst du morgen die Zelte in Chicago ab und wirst tatsächlich wieder ein Landei werden?«

»Ja, wie besprochen.«

Toni wirkte nachdenklich. »Vielleicht solltest du noch mal mit ihr reden.«

Enttäuscht schüttelte ich den Kopf, was ich sofort bereute, weil mein Schädel sich anfühlte wie eine Schüssel Wackelpudding. Erst nach einer Weile beruhigte sich mein Hirn wieder und blieb still in der Schale liegen. »Nein, das werde ich nicht. Zwischen mir und Abby ist alles gesagt. Ich möchte sie nicht sehen und auch nicht hören.«

»Wenn du meinst«, erwiderte Toni und wirkte wenig überzeugt von meinem Vorhaben, war jedoch klug genug, mich nicht von etwas anderem überzeugen zu wollen.

»Weißt du was? Ich werde sogar heute Abend schon fliegen und bei Mama Lucia übernachten.« Tatendurstig sprang ich auf und verschwand im Bad, um zu duschen und mich fertig zu machen.

Ich musste Chicago so schnell wie möglich verlassen, um keinen folgenschweren Fehler zu begehen. Durfte nicht länger in der gleichen Stadt wie Abby sein, denn dann konnte ich nicht dafür garantieren, mich von ihr fernhalten zu können.

Sollte sie ruhig den Artikel schreiben, davon gab es schon genug. Sobald er erscheinen würde, wäre das nur noch mehr ein Grund, sie aus meinem Herzen zu tilgen.

~

Es war bereits nach zwanzig Uhr, als ich bei Mama Lucia eintraf. Sie stand mal wieder an der Haustür und wartete auf mich. Es war wie Nachhausekommen und ich schloss sie kräftig in die Arme.

»Wo ist dein Mädchen?«, wollte sie von mir wissen, nachdem wir uns begrüßt hatten.

Eigentlich hatte ich nicht mit ihr darüber reden wollen, aber es wäre unhöflich gewesen, wenn ich nicht geantwortet hätte, also sagte ich kurz angebunden: »In Chicago.«

Diese Erklärung nahm sie wortlos hin. Doch kaum hatte ich meine kleine Reisetasche in das Gästezimmer geschafft, wollte sie mehr wissen und ich erzählte ihr notgedrungen alles. Mama Lucia hätte ich nicht anlügen können und da sie bereits etwas ahnte, gestand ich ihr auch, wie sehr ich unter dieser Geschichte litt.

Immer wieder wackelte sie nachdenklich mit dem Kopf und brummte, während ich ihr erklärte, warum Abigail und ich uns nicht mehr sehen würden. »Weißt du mein Junge, manchmal ist nicht alles so, wie es scheint. Vielleicht hast du etwas falsch verstanden?« Ihre Augen blickten mich traurig an.

»Nein, da gibt es nicht viel falsch zu verstehen.« Ich wischte mir müde über das Gesicht und stand auf. »Ich gehe ins Bett. Soll ich noch etwas machen?«

Sie winkte ab und gestikulierte wild. »Geh schlafen und bekomm einen klaren Kopf. Vielleicht sieht die Welt morgen schon anders aus.«

Ich glaubte ihr das nicht, aber erwiderte nichts. Stattdessen ging ich in das Zimmer, in dem ich die Nacht verbringen würde und dachte stundenlang an Abigail, ehe mich kurz vor Morgengrauen dann doch noch der erlösende Schlaf mit ins Land der Träume nahm.

ABIGAIL

Die letzten Tage hatte ich mich in meiner Wohnung verkrochen. Unmengen an Eiscreme hatte ich vertilgt und mich gefragt, warum ich überhaupt von meinem Vorsatz – ein Leben ohne Mann zu führen – abgekommen war. Leider kam ich immer wieder zu der gleichen Antwort: Ich war verliebt und Liebe fragte offenbar nicht nach guten Vorsätzen.

Als ich langsam wieder zu mir gekommen war, hatte ich mich an meinen Laptop gesetzt und das Finale der großen Artikelreihe rund um die Millionärsromane geschrieben. Zuerst hatte mich ein schlechtes Gewissen beschlichen, doch dann hatte ich mir gesagt, dass der Kerl selbst schuld war, so wie er mich behandelt hatte.

Noch einmal atmete ich tief durch und schickte dann den Artikel ab. Das erste Mal seit dem Morgen an dem ich ohne Ethan aufgewacht war, hatte ich das Gefühl, dass ich irgendwann wieder rundlaufen könnte. Ich klappte den Laptop zu und verstaute ihn in meiner Tasche, die ich mir anschließend über die Schulter legte und griff dann nach dem kleinen Koffer.

Ich hatte Mrs Snyder um ein paar freie Tage gebeten und war nun im Begriff, zu meiner Familie nach Nebraska zu fahren. Endlich würde ich alle wiedersehen. Erst als ich das Ticket gebucht hatte, war mir klar geworden, wie sehr ich meine Eltern und meine Schwester vermisste. Warum hatte ich erst Liebeskummer haben müssen, um das zu erkennen? Ich nahm mir fest vor, nicht wieder so lange zu warten, ehe ich sie danach erneut besuchen würde. Gut gelaunt stieg ich in das Taxi, das mich zum Flughafen bringen würde. Doch kaum hatte ich mich angeschnallt und das Auto war losgefahren, huschten meine Gedanken zu Ethan. Ich versuchte, sie ganz weit von mir zu schieben, aber mein Herz achtete nicht darauf, dass ich Ethan aus meinem Gehirn verbannen wollte.

Tante Abby!«, schrie mein Neffe Jamie und lief in einem Affenzahn auf mich zu. Dahinter folgte Janet, seine Zwillingsschwester.

Lachend stieg ich aus dem Auto meines Vaters. Er hatte mich liebevollerweise vom Flughafen abgeholt. Meine Schwester stand mit dickem Babybauch in der geöffneten Haustür. Sie, ihr Mann und ihre beiden Kinder wohnten in einem zweiten Haus, das auf der Farm meiner Eltern stand. Mein Schwager David hatte sich inzwischen zu Vaters rechter Hand hochgearbeitet. In diesem Moment trat meine Mutter zu ihr und lächelte mir herzlich entgegen.

Nachdem ich alle begrüßt hatte, gingen wir ins Haus und setzten uns an den gedeckten Tisch.

Meine Mutter und meine Schwester hatten drei Kuchen gebacken, da sie sich nicht einigen konnten, welchen sie machen sollten.

»Das wird schon in den nächsten Tagen von dir gegessen werden«, sagte Mel, als ich sie danach fragte.

»Ihr wollt mich wohl mästen!«, erwiderte ich lachend.

»Dich nicht«, raunte David mir ins Ohr, als er sich zu mir setzte, »aber die dort drüben.« Mit diesen Worten zeigte er auf seine Frau.

Erstaunt riss ich die Augen auf. »Du bekommst wieder Zwillinge?«

Meine Schwester hatte offenbar das Familiengen geerbt, denn Mel und ich waren auch Zwillinge. Ihre erste Schwangerschaft wurde ebenfalls mit Zwillingen, Janet und Jamie, belohnt.

Mel lächelte mich glücklich an. »Ja, wir haben vor zwei Wochen die Bestätigung bekommen.«

David plusterte sich auf. »Aber nur, weil deine Schwester vorher nicht zum Arzt gefahren ist. Angeblich würde sie das zu viel Zeit kosten, kannst du dir das vorstellen? Ich habe hier auf glühenden Kohlen gesessen. Nur diese beiden Frauen«, sagte er und zeigte auf meine Schwester und meine Mutter, »haben die Ruhe weg und haben immer wieder gesagt, es sei alles in Ordnung.« Er sah zerknirscht aus.

Mom schlug mit dem Küchentuch gegen seinen Kopf und schimpfte: »Womit wir ja auch recht gehabt hatten. Dieser ganze moderne Kram ist nicht nötig. Mel und ich werden das schon hinbekommen und wenn nicht, kommt Mary Perkins rüber.«

David tat mir leid.

Wäre ich an seiner Stelle, hätte ich auch darauf bestanden, dass Mel regelmäßig zum Arzt geht. Was, wenn es Komplikationen gäbe? Bei der letzten Geburt hatten meine Mutter und Mel tatsächlich das Ganze allein geschafft, was aber bei einer Zwillingsgeburt nicht üblich war. Es hätte auch ganz anders enden können. Mel hätte innere Blutungen haben oder Janet als Zweitgeborene hätte falsch herum liegen können. Mary Perkins war mittlerweile bestimmt schon siebzig Jahre alt. Sie war bereits bei Mels und meiner Geburt die Hebamme gewesen.

»Wie lange bleibst du?«, fragte mich Mel.

»Eine Woche.«

»Oh mein Gott! Bist du etwa arbeitslos?« Mel sah mich schockiert an und wartete mit angehaltenem Atem auf meine Antwort.

Ich schüttelte den Kopf. »Nein, ich habe mir ein paar Tage frei genommen. Außerdem, darf ich nicht ein wenig Sehnsucht nach meiner Familie haben?«

Alle sahen mich an, als wäre ich eine Außerirdische. Sogar mein Neffe und meine Nichte blickten mich mit großen Augen an.

Mel fing sich zuerst und antwortete mit bitterem Sarkasmus: »Na ja, oft kommt diese Sehnsucht ja nicht zum Vorschein. In den letzten vier Jahren hast du uns nur dreimal besucht. Janet und Jamie kennen dich nur, weil du regelmäßig mit ihnen skypst.«

In dem Moment, als sie es ausgesprochen hatte, breitete sich eine bedrückende Stimmung am Tisch aus. Mel hatte vollkommen recht. Die Last des schlechten Gewissens legte sich auf mein Gemüt und nahm mir die Luft zum Atmen.

Hastig stand ich auf und verließ das Haus. Ich brauchte Abstand, brauchte Zeit zum Nachdenken und das schnellstens.

Mein Weg führte mich in den Pferdestall zu meiner Stute Daisy. Der Geruch der Pferde beruhigte meine Nerven augenblicklich. Daisy witterte mich und kam schnaubend zu mir.

Ihr Kopf schaute schon aus der Box, als ich zu ihr trat. Sie rieb ihre warme, samtweiche Nase an meinem Hals, als wollte sie mich trösten. Ich liebte dieses Pferd abgöttisch, genau wie meine Familie. Doch ich hatte sie alle hinter mir gelassen, ohne oft zurückzublicken. War ich wirklich ein solch karrieregeiles Miststück? Wieder fiel mir Ethan ein und seine Mutter. War ich ihr so ähnlich?

Hinter mir hörte ich Schritte und als ich mich umdrehte, entdeckte ich meinen Vater. Dad stellte sich neben mich und gemeinsam kraulten wir Daisys Kopf.

Das war etwas, das ich an meinem Vater so sehr liebte. Wir konnten einvernehmlich schweigen und die Stille zwischen uns wurde nie unangenehm. Er stand auch diesmal einfach bei mir und wartete, gab mir dadurch die Chance, mich ihm anzuvertrauen, ohne mich zu drängen. Wenn ich es wollte, könnte ich ihm alles erzählen. Das war seine besondere Gabe. Die Gabe der stillen Geduld.

Irgendwann begann ich zu weinen und legte meinen Kopf an seine Schulter. Er nahm mich in den Arm und hielt mich, bis ich mich beruhigt hatte.

»Wer ist es?«, fragte er leise, nachdem ich mir die Nase geschnäuzt hatte. Als ich ihn erstaunt anblickte, erklärte er: »Wenn mein Mädchen nach Hause kommt, weint und noch immer ihren Job hat, liegt die Vermutung nahe, dass ein Mann dahintersteckt.« Liebevoll sah er mir in die verweinten Augen.

Woher nahm er nur diese Weisheit? Mein Vater war niemand, der herum kam. Dad war viel mehr ein teilweise eigenbrötlerischer Farmer, der wenig redete und kaum Kontakt zur Außenwelt hatte. Sein Universum war die Farm und unsere Familie.

Und ehe ich genau darüber nachdachte, begann ich meinem Dad von Ethan zu erzählen.

ETHAN

Die letzten beiden Nächte hatte ich in meinem neuen Zuhause verbracht. Die Handwerker hatten ein wahres Wunder bewirkt. Es war alles so geworden, wie ich es mir vorgestellt hatte, als ich dieses Projekt begonnen hatte. Dennoch fehlte etwas. Ich wollte mir jedoch nicht eingestehen wer oder was das war.

Heute würde ich das Büro der Hilfsorganisation in Betrieb nehmen und schon einmal damit beginnen, geeignetes Personal zu suchen. Es war eine Mammutaufgabe, die ich mir vorgenommen hatte, aber ich liebte Herausforderungen. Es war immer noch so, dass sich, wenn ich an Abby dachte, ein Knoten in meinem Magen bildete und mein Körper fast mit Schmerzen reagierte, aber mittlerweile hatte ich gelernt, damit zu leben.

Sie hatte ein paar Mal versucht, mich anzurufen und mir Nachrichten zu schreiben, aber ich reagierte nicht darauf.

Um nicht doch noch einen Anruf von ihr entgegenzunehmen, blockierte ich sie. Doch immer wieder ertappte ich mich dabei, wie ich mich fragte, ob sie weiterhin versuchte, mich zu kontaktieren. An diesem Morgen war es ganz besonders schlimm und nach zehn Vorstellungsgesprächen saß ich mit einem Sandwich und einer eiskalten Coke in meinem Büro und stierte auf mein Handy.

Ich haderte, doch dann überwog die Sehnsucht nach Abby, also hob ich die Sperre auf und wählte ihre Nummer. Sofort sprang der Anrufbeantworter an und ich legte hastig auf. Was war nur in mich gefahren, dass ich einer Frau nachlief? War ich von allen guten Geistern verlassen? Sie hatte mich hintergangen. Abigail Jones hatte hinter meinem Rücken einen Artikel über mich geschrieben!

Und das, obwohl sie wusste, wie sehr ich diesen ganzen High Society Mist und die Klatschpresse hasste.

Das mit uns hatte sich so echt angefühlt und dennoch war es das offenbar nicht gewesen. Sie hatte mich als Sprungbrett für ihre Karriere gebraucht und ich war ihr in die Falle gegangen.

Enttäuscht legte ich das Handy zurück auf meinen Schreibtisch und schaute mir die Bewerbungsunterlagen der nächsten Kandidatin genauer an. Ich brauchte dringend eine Assistentin, der ich vertrauen konnte und die geeignet war, all den Papierkram für mich zu erledigen. Als ich das Bild sah, stutzte ich und musste mit einem Mal grinsen.

Ja, das war eine geeignete Kandidatin. Warum nur hatte ich diese Unterlagen nicht durchgeschaut, ehe ich mich mit den ersten Gesprächen abgeplagt hatte? Der Job war hiermit offiziell vergeben.

Warum hast du nicht einfach angerufen und nach dem Job gefragt?«, fiel ich gleich mit der Tür ins Haus, als ich die ultimative Bewerberin für diesen Job am Apparat hatte.

»Oh Ethan, bitte! Ich will den Job so gern, aber ich will ihn nur, wenn ich auch ausgewählt werden würde, ohne dass wir uns kennen.«

Lächelnd schüttelte ich den Kopf. »Aber wer sollte den Job mehr verdient haben, als du?«

»Na ja, ich bin gelernte Sekretärin und keine Assistentin der Geschäftsleitung. So etwas habe ich noch nie gemacht.«

»Das schon, aber ich vertraue dir und weiß, wie sehr dir auch an dieser Sache liegt. Wenn ich dich ins Team hole, dann bin ich mir sicher, dass wir beide an einem Strang ziehen werden. Du hast den Job. Wenn es möglich ist, fang übermorgen um acht Uhr an.« Mit klopfendem Herzen wartete ich Sues Antwort ab.

»In Ordnung!« Sie lachte befreit.

»Super!«

Damit hatte ich gleich zwei Fliegen mit einer Klappe erschlagen. Erstens hatte ich eine vertrauenswürdige Assistentin, die sich mit Büroarbeit auskannte. Zweitens hätte Sue eine finanzielle Absicherung, falls es mit Steve nicht klappen würde. Diese Sache gefiel mir außerordentlich gut.

»Aber wehe, du gibst mir den Job nur, weil du mich kennst oder Mitleid mit mir hast.«

»Hey, drohst du deinem neuen Boss schon, ehe du den Arbeitsvertrag unterschrieben hast?«, scherzte ich.

»Nein, Ethan, ich meine das absolut ernst. Ich will den Job nur, wenn es wirklich passt.«

Das war eine Sache, die ich an Sue besonders schätzte. Sie war niemand, der sich Vorteile verschaffte. Noch ein Punkt, der für ihre Einstellung sprach. »Besser könnte es nicht passen, Sue. Ehrlich!«

»Wenn Steve das hört, wird er dich wahrscheinlich heute noch besuchen kommen, um dir auf den Zahn zu fühlen.«

»Ich bestehe darauf. Wenn er mag, kann er um neun zu mir kommen.« Und insgeheim hoffte ich, dass er es auch tun würde.

Punkt neun Uhr klingelte es an meiner Haustür. Als ich öffnete, stand Steve schmunzelnd auf der vorderen Veranda. Offenbar hatte Sue meine Nachricht übermittelt.

»Hey, Steve. Ich hatte gehofft, dass du kommen würdest!«, begrüßte ich ihn und trat einen Schritt zur Seite, damit er eintreten konnte. Mein Mund war staubtrocken, angesichts dieses Besuchs. Auch wenn ich es so gewollt hatte, fiel es mir schwer, weil es doch einst Stevens Zuhause gewesen war. Neugierig blickte er sich um. Er hatte das Haus schon eine ganze Zeit lang nicht mehr von innen gesehen und es erinnerte auch nur noch wenig an das ehemalige Zuhause aus seiner Kindheit. Das dunkle Holz hatte ich durch weißes erneuert und die Einrichtung war zwar im Landhausstil, jedoch hell und freundlich. Seine Eltern hatten das Haus damals eher rustikal und dunkel möbliert.

»Sieht cool aus, Kumpel.« Steve schlug mir bewundernd auf die Schulter und lächelte.

»Es macht dir nichts aus?«

»Ich würde lügen, wenn ich behaupte, es lässt mich kalt. Aber ich komme damit klar.« Ernst sah er mir in die Augen. »Ich bin der Überzeugung, dass es nun den richtigen Besitzer hat. Was hätte ich mit dem Haus anfangen sollen? Ich habe meine Farm, von der mich niemand wegbekommt. Du bist der Richtige für Moms Haus und hast alles perfekt hinbekommen.«

Gerührt hielt ich seinem Blick stand. »Du ahnst nicht, wie wichtig mir das ist.«

»Doch, doch. Kann´s mir vorstellen, aber jetzt lass mal die Gefühlsduselei und hol uns was zu trinken. Bei den Temperaturen hält man es ja nicht lange aus, ohne zu gluckern.« Steve schlenderte auf die hintere Veranda und ich holte uns zwei Flaschen Coke aus dem Kühlschrank.

Als ich nach draußen kam, saß Steve in einem gemütlichen Loungesessel und sah hinaus aufs Wasser. Links konnte man den Wasserfall sehen und wieder einmal versetzte der Anblick mir einen Stich. Was Abby wohl gerade in diesem Augenblick tat?

»Wo ist deine süße Abigail?«, wollte Steve wissen, als hätte er meine Gedanken erraten.

»In Chicago«, wich ich wortkarg aus.

»Sie passt zu dir«, gab er nicht auf.

»Mh, kann sein. Was ist mit Sue? Zieht sie zu dir zurück auf die Farm?«, versuchte ich, das Gespräch in eine andere Richtung zu biegen.

»Seit gestern wohnen alle drei wieder bei mir.« Er wirkte zufrieden und ich freute mich für die kleine Familie, schließlich lagen harte Tage hinter ihnen. Sie hatten ein wenig Glück verdient und ich hoffte inständig, dass Steve nicht wieder rückfällig werden würde. Aber wenn ich ihn mir so ansah, wirkte er in sich ruhend. Die Fahrigkeit, die ihn während der Sucht und auch danach stets begleitet hatte, war verschwunden.

»Das ist gut«, sagte ich deshalb.

»Und wann zieht Abby hierher?« Konnte der Kerl keine Ruhe geben?

»Gar nicht!«, brummte ich und bereute es im gleichen Atemzug.

Erstaunt hob er eine Augenbraue und stellte seine Colaflasche auf dem Tisch ab. »Hey Mann, was ist passiert? Ich dachte, das wäre die Eine für dich.«

»Einen kurzen Augenblick lang habe ich das auch geglaubt, aber dann habe ich rausbekommen, dass sie sich nur an mich rangemacht hat, weil sie den Auftrag hatte, einen Artikel über mich zu schreiben.«

Ich nippte an dem süßen Getränk. Viel lieber hätte ich jetzt einen Whiskey gehabt, doch so lange Steve zu Besuch war, würde ich keinen Alkohol trinken.

»Das ist nicht dein Ernst!« Steve richtete sich auf.

»Doch, leider. Ich habe es nur durch Zufall herausbekommen, weil ich eine Nachricht auf ihrem Handy gelesen habe und bin dann aus allen Wolken gefallen.«

Ich musste heftig schlucken, um den Kloß aus meinem Hals zu bekommen.

»Vielleicht hast du etwas falsch verstanden?«

»Pah, was soll ich denn da falsch verstehen, wenn ihr Boss

fragt, ob sie den Artikel über Ethan A. schon fertig hat? Das war eindeutig«, rechtfertigte ich mich.

Steve wirkte nachdenklich. »Hast du sie darauf angesprochen?«

»Nein, warum sollte ich? Ich hab meine Sachen genommen und ihr Apartment verlassen.« Als ob ich noch mal mit ihr darüber hätte reden wollen. Warum? Damit sie mir ins Gesicht lachen kann? Dann hätte ich mich noch mieser gefühlt.

»Vielleicht solltest du das aber. Frauen sind vielschichtig und oft versteht man sie erst, wenn sie einem das dritte Mal erklären, was sie fühlen, denken und warum sie in bestimmten Situationen so handeln. Sie sind für uns Männer ein Mysterium und werden es wahrscheinlich auch immer bleiben. Glaub einem Mann, der beinahe seine eigene Frau für immer verloren hat.« Traurig sah er auf den See hinaus. »Es fing auch bei uns alles nur durch ein blödes Missverständnis an, an dem ich zerbrochen bin, anstatt es mit Sue zu bequatschen.«

Ich schnaubte genervt. »Das ist doch was ganz anderes. Ihr seid da schon verheiratet gewesen und hattet zwei Kinder. Bei mir und Abby war alles noch so frisch und ich glaube auch nicht, dass ein Gespräch da irgendetwas aufklären würde. Offenbar habe ich die Geschichte falsch eingeschätzt und mehr hineininterpretiert, als von ihrer Seite aus je da gewesen ist. Wahrscheinlich war von ihrer Seite aus alles nur gespielt, damit sie einen guten Artikel schreiben konnte. Ich bin ein Idiot. Da verliebe ich mich das erste Mal und dann direkt in eine Schlange.«

Mein Freund ruckte seinen Stuhl so zu mir, dass er mir in die Augen schauen konnte.

»Pass auf, Ethan. Deine Abby ist ganz bestimmt keine Schlange. Ich rieche Schlangen schon eine Meile vorher. Sie ist herzlich, verbirgt es jedoch hinter einer harten Schale. Vielleicht ist sie mal verletzt worden? Egal, was dahintersteckt. Sprich mit ihr. Später bereust du es ansonsten.«

Ich erinnerte mich an die Geschichte, die mir Abby über ihren Freund aus der Collegezeit erzählt hatte und musste Steve zumindest in dieser Sache recht geben.

Ja, sie war ein gebranntes Kind und scheute offenbar Beziehungen.

Was theoretisch nur untermauerte, dass sie mich nicht wollte.

»Erde an Ethan! Bitte kommen!«, scherzte Steve und wedelte mit seiner Hand vor meinem Gesicht herum. »Ruf sie an!« Mit einem großen Schluck leerte er die Flasche und stand auf. »Ich geh jetzt und schau mal, was meine drei Engel zu Hause machen. Sorry, habe noch nicht so viel Sitzfleisch, weil ich die Zeit mit ihnen genießen möchte.«

Hastig sprang ich auf. »Na klar! Schön, dass du überhaupt da warst. Das machen wir jetzt öfter, aber ohne so trübe Gesprächsthemen, okay?«

»Klär das, mein Freund, dann haben wir das Thema sowieso abgehakt.« Er ließ nicht locker. So war Steve schon in seiner Jugend gewesen. Wenn er sich etwas in den Kopf gesetzt hatte, blieb er an der Sache dran.

»Ich überlege es mir«, wich ich aus und klopfte ihm auf die Schulter, als er mir an der Haustür die Hand reichte und wir uns verabschiedeten.

ABIGAIL

Als ich die Treppe hinunter zum Frühstück kam, hörte ich meine Mom, wie sie aufgebracht etwas zu meinem Vater sagte. Dabei legte sie einem extrem schrillen Tonfall an den Tag. »Was? Der Sohn von Präsident Anderson?«

Mein Vater hatte anscheinend meine Mutter eingeweiht und bald würden alle Bescheid wissen. In dieser Familie löste man seine Probleme gemeinsam, nicht einsam. Das war der Lieblingsspruch meiner Mutter.

»Ja, das ist der Kerl, der mir das Herz gebrochen hat«, bestätigte ich und trat ein.

Meiner Mutter fiel vor Schreck der Pfannenwender aus der Hand. Er landete scheppernd in der Pfanne mit Rührei. Mitleidig sah sie mich an. Das konnte ich gar nicht ab. Ich wollte kein bemitleidenswertes Wesen mehr sein. Diese Phase meines Seins hatte ich abgelegt, als ich nach Chicago gegangen war.

Wortlos setzte ich mich an den Tisch, der bereits gedeckt war. »Das sieht lecker aus!« Beherzt griff ich nach einem Brötchen und schnitt es auf. Kurz darauf setzten sich meine Eltern auch an den Tisch. Mom verteilte das Rührei auf unsere drei Teller und wir begannen mit dem Essen.

Doch wie schon damals mit Barry, gab meine Mutter keine Ruhe. Sie wollte helfen und machte es mir dadurch nur schwerer. »Männer sind manchmal schwanzgesteuert.«

Ich verschluckte mich, fing an zu husten und meine Sicht verschleierte sich. Seit wann redete meine liebe Mom in einem solchen Ton über Männer? Ich war schockiert und das sah sie mir an.

»Schau nicht so. Meinst du, nur weil ich seit dreißig Jahren mit deinem Vater zusammen bin, habe ich keine Ahnung, wie das andere Geschlecht tickt?« Mit gelupften Augenbrauen wartete sie auf eine Antwort von mir.

»Lass mal gut sein, Theresa«, versuchte Dad, die Situation zu entschärfen.

Wütend funkelte sie ihn an. »Ich lasse das auf keinen Fall gut sein! Dieses Schwein hat meine Tochter in sein Bett gelockt und sie dann sitzen lassen!«

Ich räusperte mich und flüsterte: »Mein Bett.«

»Wie bitte?«, fragten beide unisono.

Beschämt sah ich einen nach dem anderen an. »Na ja, sein Bett habe ich nicht mal von Weitem gesehen. Wir waren nur in meiner Wohnung.«

»Was? Hat er sich etwa für dich geschämt?« Meine Mutter bekam schon rote Flecken am Hals, ein Zeichen für ihr aufbrausendes Temperament, das sie meiner italienischen Großmutter verdankte.

»Das kann man so nicht sagen, schließlich hat er mich seinen Eltern vorgestellt«, erklärte ich ihr. Warum nahm ich den Typ in Schutz?

Fassungslosigkeit schlug mir aus den Gesichtern von Mom und Dad entgegen. Meine Mom fing sich zuerst und fragte: »Du hast Mister und Mrs Anderson kennengelernt? Den ehemaligen Präsidenten und die ehemalige First Lady?«

»So richtig kennengelernt habe ich sie nicht. Ich wurde ihnen vorgestellt und die Mrs Anderson hat mich behandelt, als wäre ich eine Küchenschabe.« Die Erinnerung an die

Unterhaltung mit Ethans Mutter ließ mich mit den Zähnen knirschen.

»Oh!«, entfuhr es meiner Mom.

»Ja, genau, oh! Sie sind bornierte Idioten, die ihrem Sohn weniger Herzlichkeit schenken, als wir den Hühnern auf unserem Hof!« Wut flammte in mir auf, weil ich niemals zuvor in meinem Leben so mies von jemandem behandelt worden war. Mit Ausnahme von Barry. Den Rest Rührei schlang ich nur noch hinunter, stand dann auf und trug das Geschirr zum Abwasch. Meine Eltern schwiegen, es hatte ihnen offensichtlich die Sprache verschlagen. »Ich gehe reiten. Wartet nicht auf mich.«

Ich zog mir meine Reitsachen an und ging zu meiner Stute Daisy, die augenblicklich anfing, unruhig zu tänzeln, sobald sie mich sah. Sie wusste, dass es gleich losgehen würde und freute sich. Mir ging es nicht anders, denn reiten hatte schon immer eine Wirkung auf mich gehabt, die mir half, klarer zu denken. Wenn ich eins benötigte, dann war es ein Kopf, der funktionierte. Denn morgen würde der Artikel erscheinen. Wenn ich die Sache richtig einschätzte, würde *Wie angelt man sich einen Millionär* einen Riesenwirbel verursachen.

Zwei Stunden später stand ich auf dem Plateau, auf dem Barry mir seine Liebe erklärt hatte und verfluchte alle Männer.

Dicke Tränen rannen aus meinen Augenwinkeln und benetzten mein Hemd. Warum fiel ich immer auf die Falschen herein? Und warum um Gottes willen, fing ich schon wieder an zu heulen? Ich war doch kein Schulmädchen mehr, das bei jedem Gegenwind flennte!

Meine Mom und mein Dad waren so glücklich miteinander. Klar, sie stritten sich hin und wieder mal, aber niemals verletzten sie den anderen mit Absicht. So etwas wünschte ich mir. Einen Partner, der mich respektierte und liebte. Einen

Mann, den ich genauso abgöttisch begehrte wie Ethan. Die Erinnerung an die Zärtlichkeit, mit der er mich geliebt hatte, ließ mich aufstöhnen. Warum konnte mein Leben nicht unkompliziert sein?

Der Blick in die Weite Nebraskas ließ mich langsam zur Ruhe kommen. Daisy stupste mich immer wieder mit ihrer samtenen Nase an. Sie spürte, wie es mir ging. Es war so schön hier, so friedlich. Allein der Gedanke an eine Rückkehr in die Großstadt, ließ mich frösteln. Ich war vielleicht doch mehr Landmensch, als ich es bisher angenommen hatte. Wem hatte ich etwas beweisen wollen, als ich mich von meiner Heimat und meiner Familie abgewandt hatte?

In diesem Moment reifte in mir ein Plan, der verrückter nicht sein konnte. Ein Plan, der mir ein Lächeln entlockte und das erste Mal seit Jahren erkannte ich ein Licht am Ende des Tunnels, in den mich Barry gedrängt hatte.

~

Mom? Dad?«, rief ich, als ich in das Farmhaus stürmte, nachdem ich Daisy abgesattelt, abgerieben und gefüttert hatte. Abrupt blieb ich im Türrahmen zur großen Wohnküche stehen. »Was machst du hier?«, wollte ich atemlos wissen.

Meine Mom ging beruhigend auf mich zu. »Er hat gehört, dass du hier bist und wollte sich mit dir unterhalten.«

Wütend biss ich die Zähne aufeinander. »Kann er nicht für sich selbst reden?«

Barry stand langsam von dem Stuhl auf, auf dem er schon so viele Male gesessen hatte und kam auf mich zu. Er trug eine verwaschene Jeans und ein kariertes Hemd. »Abby, du siehst fantastisch aus!« Der Kerl, der mir einst mein Herz in Fetzen gerissen hatte, hielt mir seine Hand hin, als wäre nie etwas Schlimmes zwischen uns geschehen.

Irritiert sah ich von seinem Gesicht zu seiner Hand und fragte mich, ob ich gerade die Hauptdarstellerin in einem schlechten Film war. »Verschwinde!«, zischte ich und wollte mich umdrehen, doch er legte seine Hand auf meinen Arm.

»Warte, bitte.«

Voller Zorn drehte ich mich zu ihm um und funkelte ihn wütend an. »Warum?«

Barry blicke zerknirscht zu Boden. »Ich wollte gern mit dir reden, mich entschuldigen und Frieden schließen.«

Mit verschränkten Armen wartete ich ab, denn nur dieser Satz genügte mir nicht, um meinen Hass auf ihn zu besänftigen.

»Können wir morgen Abend zusammen essen? Bitte, Abby. Nur diesen einen Abend.« Das blonde Haar fiel ihm unordentlich in die Stirn und seine blauen Augen wirkten tatsächlich reumütig. »Bitte!«

»Okay, hol mich um fünf ab!«, wies ich ihn an und marschierte hinaus. Die Treppenstufen knarrten laut unter meinen Schritten, als ich nach oben in mein Zimmer ging.

Ich war schon immer viel zu weich gewesen. Wenn jemand mich um etwas bat, konnte ich schlecht nein sagen. Niemals wäre ich auf die Idee gekommen, dass ich noch einmal eine Verabredung mit Barry hätte, doch ich hatte zugesagt. Ich wusste nicht, was ich mir von diesem Treffen versprach, aber ich wollte die Vergangenheit endlich begraben und hinter mir lassen. Vielleicht würde mir dieser Abend dabei helfen.

ETHAN

Ich schloss bereits um halb acht das Büro auf und kochte mir einen Kaffee. Das Frühstück hatte ich ausfallen lassen. Nachdem ich ein Bad im See genommen hatte, war ich direkt hierhergefahren, da heute um acht Uhr Sue ihren Job antreten würde. Um zehn vor acht läutete es an der Tür und ich freute mich, dass sie nicht zu spät kam. Doch als ich sah, wer vor dem Bürogebäude stand, stutzte ich.

»Mama Lucia! Was machst du um diese Uhrzeit hier?«, begrüßte ich sie mit einem dicken Lächeln im Gesicht. »Komm rein!«

»Nein, ich bin nur gekommen, um dir das hier vorbeizubringen.« Mit diesen Worten drückte sie mir eine Zeitschrift in die Hand und sah mich ernst an. »Wie ich bereits sagte: Es ist nicht immer alles so, wie es auf den ersten Blick scheint.« Ohne ein Wort des Abschieds drehte sie sich um und ging.

Was hatte das denn jetzt zu bedeuten? Erstaunt blickte ich Tonis Mutter hinterher, wie sie zurück zu ihrem Pick-up lief und einstieg. Doch ich kam nicht dazu, länger darüber nachzudenken, denn in diesem Moment fuhr Sue auf den Parkplatz und stieg aus.

Sie sah noch immer so bezaubernd aus, wie zu unserer Schulzeit. Bereits damals war sie das schönste Mädchen hier in der Gegend gewesen. Ich bezweifelte, dass sich das in den letzten Jahren geändert hatte.

Kein Wunder, dass Steve von Eifersucht geplagt wurde. Nur leider hatte er sich dermaßen und unbegründet in diese hineingesteigert, bis er seinen Schmerz nur noch mit Alkohol hatte betäuben können.

»Guten Morgen, Boss!«, begrüßte Sue mich und drückte mir einen Kuss auf die Wange.

»Guten Morgen, Untertanin«, witzelte ich und hielt ihr die Tür auf. »Komm rein und lass dich von mir knechten.« Sue lachte befreit, schritt durch die Tür und ich folgte ihr.

In der nächsten halben Stunde zeigte ich ihr die Büroräume, gab ihr die Passwörter für die Computer und ließ mich anschließend matt auf meinen Schreibtischstuhl plumpsen. Mein Magen hing in den Kniekehlen. Ich hatte Hunger.

»Seit wann liest du Frauenmagazine?«, fragte Sue lachend und wies mit dem Kinn auf die Zeitung, die ich von Luciana bekommen hatte.

Ich hatte sie auf meinen Schreibtisch gelegt und völlig vergessen. Es war eine aktuelle Ausgabe von *Cosmostar*. Der Anblick des Schriftzugs ließ in mir ein mulmiges Gefühl aufsteigen.

Mein Gesicht musste alle Farbe verloren haben, denn Sue nickte mir nur kurz zu und verschwand in ihrem neuen Büro.

Neugierig griff ich nach der Zeitschrift und fing an, darin zu blättern. Als ich die Überschrift des Hauptartikels las, musste ich tief durchatmen.

Wie angelt man sich einen Millionär?

Darunter stand der Name des Verfassers – Abigail Jones. Sie hatte es tatsächlich getan.

Enttäuschung wallte in mir hoch und ich schluckte, um meine Gefühle in den Griff zu bekommen. Doch als mein Blick auf die dazugehörigen Bilder fiel, legte sich meine Stirn in Falten und das ganz ohne mein Zutun. Woher hatten die

Leute von *Cosmostar* diese Bilder? Ich hatte gar nicht mitbekommen, dass ein Fotograf auf der Veranstaltung gewesen war.

Ich schlug die nächste Seite auf und fing an, den ganzen Artikel zu lesen.

Wie angelt man sich einen Millionär?
Diese Frage stellen sich viele Frauen, denn leider haben wir es bis heute nicht geschafft, unsere Träume selbst zu verwirklichen.
Die Bewegung der Emanzipation hat zwar viel erreicht, aber in den Köpfen von uns Frauen gewinnt noch immer der Wunsch nach einem reichen Mann vor dem Wunsch nach finanzieller Unabhängigkeit.

Abby nahm die psychologische Perspektive auseinander und kam dann zu dem entscheidenden Abschnitt ihres Artikels:

Nachdem ich nun Millionärsromane gelesen hatte und feststellen musste, dass auch ich diesen Liebesromanen gegenüber nicht abgeneigt bin, wagte ich mich an das Experiment, selbst einen Millionär aufzugabeln.
Die Aufgabe gestaltete sich leichter, als ich es angenommen hatte. Denn bereits auf der zweiten Veranstaltung der oberen Zehntausend, zu der ich eingeladen wurde, gesellte sich ein Mann an meine Seite, den vermutlich jede Frau auf diesem Planeten schon in ihren feuchten Träumen in den Armen gehalten hat.
Leider entpuppte sich der Traum vieler Frauen als ein Albtraum!

Abigail Jones wiederum entpuppte sich als Frau mit Haaren auf den Zähnen und der Artikel, der von William Garner und seinem Bodyguard Marc handelte, entlockte mir ein Lächeln. Abby hatte zwei Frauen aufgetrieben, denen das Gleiche passiert war wie ihr, nur dass bei ihnen niemand zu Hilfe geeilt war und die beiden Idioten voll auf ihre Kosten gekommen waren.

Ich las meinen Namen in dem Artikel, allerdings nicht in dem Zusammenhang, wie ich es vermutet hatte. Ganz im Gegenteil. Ich wurde als Held dargestellt, der einer jungen Frau in Not beigestanden hatte.

Nochmals sah ich mir die Fotos genauer an. Eins der Bilder zeigte Garner, wie er Abby verführerisch anlächelte. Die nächste Aufnahme war ein wenig unscharf, aber immer noch konnte man gut erkennen, wie Abby eingekesselt zwischen den beiden Männern hing und vergebens versuchte, sich zu befreien. Das dritte Bild ließ mich schmunzeln. Da stand Garner in Großaufnahme mit blutender und gebrochener Nase. Sein wutverzerrter Blick war alles andere als verführerisch.

Das Ende des Artikels ließ mich triumphierend grinsen.

Aus diesem Grund haben die beiden Frauen und ich, Anzeige gegen Mister Garner und Mister Parker erstattet. Wir hoffen inständig, dass die beiden eine gerechte Strafe erhalten.
Und was lernen wir Ladys aus dieser Geschichte?
Wir sind für unser Glück selbst verantwortlich!
Geht hinaus in die Welt, erobert die Finanzzentren, gründet lukrative Firmen, investiert in die richtigen Unternehmen und werdet selbst Millionärinnen.
Und wenn dann ein Mann kommt, der euer Herz berührt, dann schnappt ihn euch.
Dann ist es auch egal, ob er genug Kohle hat oder mittellos ist.
Nutzt ihn nicht aus, sondern fragt euer Herz, ob ihr ihn liebt.
Wenn ja, ergreift die Chance, denn diese bietet sich nicht oft. Liebe hat nichts mit Geld und Ansehen zu tun, sie entsteht in euren Herzen und nur das ist wahre Liebe.
In diesem Sinne:
Let Love rule :-)

Erschüttert ließ ich die Zeitung sinken und starrte aus dem Fenster. In meinem Magen flatterten die Schmetterlinge. Let Love rule. Warum hatte ich Trottel Abby nicht angesprochen? Ich musste bescheuert gewesen sein, sie so einfach aufzugeben, ohne zu hinterfragen, wie es zu dieser SMS gekommen war.

Getrieben von der Unruhe, die die Sehnsucht nach Abby entfachte, griff ich nach meinem Handy und wählte mit rasendem Herzschlag ihre Nummer. Ich wollte das Ganze so schnell wie möglich klarstellen. Doch sofort sprang der Anrufbeantworter an. Anschließend versuchte ich es noch ein paar Mal, aber ich hatte kein Glück. Was machte sie gerade in diesem Moment? Befand sie sich in einem Meeting? Oder hatte man sie auf einen anderen Artikel angesetzt? Litt sie genauso wie ich unter unserer Trennung? Müde raufte ich mir die Haare. Das Läuten meines Handys riss mich aus meinen Überlegungen. Ich nahm ab und meldete mich.

»Mary am Apparat. Hast du den Artikel im *Cosmostar* gelesen?«, fiel Mary sofort mit der Tür ins Haus. Hatten sich denn alle Frauen gegen mich verschworen und waren im Begriff, mir den Hintern hochzubinden für den dümmsten Fehler, den ich je in meinem Leben begangen hatte?

»Ja, gerade eben.« Ich war vorsichtig. Mary durfte man nicht zu viel Diskussionsstoff bieten.

»Diese Frau ist der Hammer!«, erzählte sie mir euphorisch. »Meine Auflagenzahl hat sich seit dem letzten Artikel verdoppelt. Von all meinen Romanen, auch von den älteren. Und nun das! Richte ihr bitte aus, dass sie finanziell auf mich zählen kann, sollte sie oder eine der anderen Frauen Unterstützung benötigen. Garners Anwälte werden schon auf Hochtouren arbeiten. Das könnte sein Karriereende bedeuten.«

Mary klang dermaßen begeistert, dass ich grinsen musste, doch dann wurde ich ernst.

»Wir haben uns getrennt«, gab ich leise zu.

Kurz herrschte Stille am anderen Ende der Leitung. »Bist du total bescheuert?«

Was sollte ich darauf antworten? Es gab nur eine Antwort. »Ja, das bin ich.«

»Na, wenn du das erkannt hast, dann mach dich an die Arbeit, das Mädchen zurückzuholen.«

»Wieso zurückholen?«

Betreten schwieg Mary.

»Mary? Du weißt doch offenbar mehr als ich.«

»Nun gut. Das hat nicht so funktioniert, wie ich es mir gedacht habe.« Ich hörte, wie sie einatmete. »Als deine Tante fühle ich mich ein wenig für dich mitverantwortlich, außerdem hast du mir letztens so gut geholfen, als du mich verkabelt und so den Stalker zur Strecke gebracht hast.«

Ich wusste nicht, auf was sie hinauswollte, also brummte ich nur: »Das war selbstverständlich. Ist schließlich mein Job gewesen.«

»Trotzdem, du warst immer nett und zuvorkommend, egal wie sehr ich die Diva raushängen ließ. Selbst vor dir habe ich mich meines alternden Körpers geschämt. Und du warst immer herzallerliebst zu mir. Das ist nicht selbstverständlich.«

»Ach Mary! Ist der Neue so schlimm?«, fragte ich aus einer Vorahnung heraus.

»Komm mir nicht mit dem. Der schleicht hier jeden Morgen durchs Haus, als wäre er der nächste Stalker, der hinter mir her ist.« Jack war eigentlich ein netter Kerl. Warum Mary nicht mit ihm klar kam, war mir ein Rätsel.

»Vielleicht liegt es nur daran, dass du mich so sehr vermisst und mich gerne nach deiner Pfeife tanzen lässt, Boss«, scherzte ich frech.

»Ach halt die Klappe! Auch wenn du jetzt nicht mehr für mich arbeitest, werde ich immer dein Boss bleiben, schließlich bin ich älter als du«, fuhr sie mich an und bestätigte damit meine Theorie. »Ich habe dich Hornochsen nur angerufen, um dich auf den richtigen Weg zu bringen, was diese nette Frau betrifft. Natürlich habe ich mich zuerst an Abigail gewandt, schließlich bist du nicht ihr Leumund. Ich habe ihre Handynummer und wollte ihr sagen, dass sie meine finanzielle Unterstützung hat. Wer weiß, was dieser Idiot Garner gegen sie unternimmt. Emanzipation und Zusammenhalt zwischen

Frauen, du weißt schon«, scherzte sie und entlockte mir mal wieder ein Lächeln. »Abby hat mir von deinem Verschwinden berichtet. Ich hatte sie gewarnt, ihr erzählt, dass du ein Herzensbrecher bist, aber sie liebt dich.«

Mein Herz schlug heftig gegen meine Rippen, als sie mir das so locker erzählte, als wäre es das Normalste auf der Welt.

»Sie ist bei ihren Eltern in Nebraska, um über dich hinweg zu kommen. Sie hat gedacht, dass du sie nur ins Bett bekommen wolltest. Ich habe versucht, ihr den Zahn zu ziehen. Aber du hast sie wohl blockiert und sie geht davon aus, dass sie doch richtig lag. Mach was aus dieser Information.« Als Nächstes hörte ich ein Klicken in der Leitung. Mary hatte einfach aufgelegt.

ABIGAIL

Seit mindestens einer Stunde saß ich vor meinem Computer und las zum hundertsten Mal die Mail durch, die ich an Mister Keaton abschicken wollte. Barry würde mich in zwei Stunden abholen und ich musste mich noch umziehen, das würde ich locker schaffen.

Was ich allerdings nicht so locker schaffen würde, war das Schreiben, das mir schwarz auf weiß von dem Bildschirm entgegen leuchtete. Ich war unsicher, ob ich das wirklich durchziehen sollte, was ich mir vorgenommen hatte. Einen Plan B hatte ich noch nicht. Zum hundertundeinsten Mal las ich den Text:

Sehr geehrter Mister Keaton,
hiermit kündige ich mein Anstellungsverhältnis bei Cosmostar zum Ende dieses Monats.
Die restlichen Urlaubstage werde ich im Anschluss an meinen beantragten Urlaub nehmen.
Ich danke Ihnen für Ihr Vertrauen in mich und hoffe sehr, dass Sie mit meiner Arbeit zufrieden waren.
Mit freundlichen Grüßen
Abigail Jones

Bevor ich es mir anders überlegen konnte, drückte ich auf Senden. Hoffentlich hatte ich die richtige Entscheidung getroffen. Ich speicherte das Schreiben noch in einem separaten Ordner ab und erledigte meine Mailkorrespondenz. Anschließend überlegte ich mir, wie ich nun weiter vorgehen würde. Als ich eine Stunde später den Laptop schließen wollte, verkündete der Signalton den Eingang einer neuen Mail. Neugierig wie ich nun mal war, öffnete ich das Mailprogramm noch einmal und las:

Sehr geehrte Miss Jones,
Sie bekommen meine volle Unterstützung bei Ihrem Vorhaben.
Wohlwollend habe ich zur Kenntnis genommen, wie glücklich Sie an der Seite von Mister Anderson sind und befürworte Ihre Entscheidung, sich für die Liebe zu entscheiden, anstatt für den Job in der Großstadt.
Da ich aus sicheren Quellen weiß, dass er nach Maine ziehen wird, gehe ich davon aus, sie werden ihm dorthin folgen. Leider habe ich es einst verpasst, die Liebe meines Lebens davon zu überzeugen, dass die Karriere nicht alles ist.
Sie erhalten demnächst ein Arbeitszeugnis, dem Sie entnehmen können, dass ich überdurchschnittlich zufrieden mit Ihren Leistungen bin.
In diesem Sinne:
Let Love rule :-)
Carl Keaton

Auch wenn Mister Keaton die Mail in der falschen Annahme verfasst hatte, berührte mich der Inhalt sehr. Er und Mrs Snyder waren sich offenbar schon seit vielen Jahren zugetan und sie hatte sich für den Job anstatt für Mister Keaton entschieden. Warum nur war nicht beides möglich gewesen? Job und Liebe? Sollte ich irgendwann einmal die Möglichkeit haben, würde ich die beiden danach fragen.

Ich liebte Ethan noch immer, wollte in seiner Nähe sein, doch das tat bei dieser Kündigung nichts zur Sache, weil er nur mit mir ins Bett wollte. Es war vielmehr die Erkenntnis, dass ich durch den Job bei *Cosmostar* immer unglücklicher geworden war. Und weil ich Angst hatte, dass meine feinfühligen Eltern das erkannten, hatte ich mich auch von meiner Familie abgewandt. Das würde sich in Zukunft ändern. Sie gehörten unwiderruflich zu mir. Egal wohin mich mein Weg führen oder welchen Job ich annehmen würde, niemals wieder läge eine lange Zeitspanne zwischen meinen Besuchen zu Hause.

Nun war ich also offiziell arbeitslos. Doch ich hatte keine Zukunftsängste. Notfalls würde ich auf der Farm meiner Familie mithelfen. Hier gab es immer etwas zu tun. Vielleicht würde ich eines Tages zurück in die Zeitungsbranche kehren, aber momentan war das undenkbar für mich. Ich musste mir dringend Gedanken über meinen Berufswunsch machen und wie ich ihn umsetzen konnte. Das Telefonat mit Mary hatte mir ein paar neue Wege aufgezeigt, doch um das zu entscheiden, musste mein Kopf klarer werden.

Du siehst atemberaubend aus!« Barry sah mich mit dem Leuchten in den Augen an, das mir früher immer die Beine hatte weich werden lassen.

Wir waren in der Highschool zusammengekommen und hatten uns dann für das gleiche College eingeschrieben. Er war meine erste große Liebe gewesen. Als ich damals nach dem Aus nach Hause gekommen war, hatte ich meine Eltern geschockt. Sie waren immer davon ausgegangen, dass das mit Barry und mir ewig halten würde.

Tja, so konnte man sich täuschen – in einem Mann und in der Zukunft.

»Danke, Barry«, erwiderte ich. »Aber lass mich eins klarstellen, das hier ist kein Date.«

Ich sah ihm ernst in die Augen. Augen, die mir einst den Kopf verdreht hatten, die mich jetzt jedoch völlig kalt ließen.

Zwar hatte ich mich hübsch zurechtgemacht, aber er sollte nicht denken, dass ich mich für ihn herausgeputzt hatte.

Entschuldigend hielt er die Hände hoch. »Alles klar. Ich habe verstanden, aber dennoch meine ich mein Kompliment ernst. Wollen wir gehen?«

Ich nickte zustimmend. Es war mir wichtig, dass er von Anfang an wusste, dass dies keine Neuauflage unserer Beziehung werden würde. Befreit verabschiedete ich mich von meinen Eltern.

»Wo geht ihr hin?«, wollte mein Vater argwöhnisch wissen.

Misstrauisch beäugte er Barry, der betreten den Kopf senkte. Mein Vater ließ ihn nicht aus den Augen. Der Stein, den Barry einst bei ihm im Brett gehabt hatte, war offenbar pulverisiert worden und einem Nichts gewichen.

»Zu Pete. Mach dir keine Sorgen, Dad. Ich bin mittlerweile ein großes Mädchen.« Zwinkernd drückte ich ihm einen Kuss auf die Wange und folgte Barry zu seinem Dodge.

Eine halbe Stunde später saßen wir in dem gemütlichen Restaurant von Pete und seiner Frau. Hier auf dem Land gab es nicht viel Auswahlmöglichkeiten, was gutes Essen betraf. In unserem kleinen Nest gab es zwar einen Pub, aber das war nicht gerade als gemütlich zu bezeichnen und aufgrund der lauten Musik auch nicht für ein ernstes Gespräch geeignet.

Ich bestellte mir ein Steak und eine Backkartoffel mit Sour Cream und wartete, bis der Kellner verschwunden war. Dann sah ich Barry fest in die Augen und fragte ihn: »Was hast du mir zu sagen?«

Er räusperte sich. »Zuerst wollte ich mich von Herzen bei dir entschuldigen. Es tut mir fürchterlich leid, was damals passiert ist.« Reumütig sah er mich an, doch ich empfand kein Mitleid mit ihm, denn das hatte er damals auch nicht für mich übrig gehabt.

»Was tut dir leid? Dass du mir erzählt hast, du liebst mich? Dass du mir eine gescheuert hast, als ich dir mein Herz zu Füßen gelegt habe? Dass du mich betrogen hast, um mir zu zeigen, dass das mit uns nichts Festes ist?« Ich atmete tief ein. Eine Träne rann meine Wange hinab und ich wischte sie wütend weg, um ihn dann flüsternd zu fragen: »Oder dass ich durch den ganzen Stress unser gemeinsames Kind verloren habe?« Als ich die Worte, die so schwer auf meiner Seele lasteten, ausgesprochen hatte, konnte ich die weiteren Tränen nicht mehr zurückhalten.

»Alles Abby. Mir tut einfach alles leid. Du bist eine wundervolle Frau und ich habe mich wie ein Arsch verhalten. Als mir das klar geworden ist, warst du schon weg und ich habe mich zu sehr geschämt, dir zu folgen.« Ich versuchte, in seinen Augen zu erkennen, ob er das ernst meinte, doch wir waren schon zu lange auseinander, als dass ich noch in seinem Gesicht hätte lesen können.

Der Kellner trat an unseren Tisch und servierte uns die Getränke. Ich hatte mich für Wasser entschieden, während Barry ein Glas Rotwein bestellt hatte.

»Und was versprichst du dir davon, dich jetzt nach all den Jahren bei mir zu entschuldigen?«

Er räusperte sich kurz. »Ich habe Bilder von dir in der Presse entdeckt. Bilder, die mir vor Augen gehalten haben, was ich verloren habe. Ich empfinde immer noch sehr viel für dich, Abby.«

Traurig schüttelte ich den Kopf.

»Barry, du bist immer noch ein Arsch.« Erstaunt sah er mich an. Er kapierte offenbar nichts. »Du hast mich also in einem Artikel in der Presse entdeckt?« Er nickte bestätigend. »Und als du dann gehört hast, dass ich bei meinen Eltern bin, da dachtest du dir: Ui, das Mädchen ist gar nicht mal so hässlich. Ich bin grad Single und ich versuch mal mein Glück?«

Barry grinste frech. »Nicht so ganz, Täubchen.« Ich hasste es, wenn er mich so nannte. Diesen Kosenamen hatte er früher ständig für mich verwendet und ich konnte ihn nicht ausstehen. »Du warst schon immer eine wunderschöne Frau und im Laufe der letzten vier Jahre bist du noch attraktiver geworden.« Seine Hand griff über den Tisch und er nahm meine Hand in die seine.

In meinem Innern stritten die widersprüchlichsten Gefühle miteinander und ich war mir nicht sicher, welches die Oberhand gewinnen würde. Auf der einen Seite hasste ich diesen Kerl, auf der anderen hatte es eine Zeit gegeben, in der wir glücklich waren. Zumindest hatte ich das damals geglaubt. Doch das war lange her und viel war seither geschehen. Mein Blick huschte zu unseren ineinander verschlungenen Fingern und ich konnte nicht umhin festzustellen, wie gut wir rein anatomisch zueinander passten.

ETHAN

Mein bester Freund rettete mir mal wieder den Arsch und diesmal in ganz großem Stil. »Ja, genau. Du bist der Beste, Toni! Danke, dir!«, rief ich begeistert und legte auf.

Toni hatte einen seiner Hacker beauftragt, die Adresse von Abigails Eltern ausfindig zu machen und sie mir gerade durchgegeben.

Ich würde also heute noch nach Nebraska fliegen und mir mein Mädchen zurückholen, genauso, wie Mary es mir geraten hatte.

»Sue?«, rief ich.

Kurz darauf stand Steves Frau in meinem Büro und hatte einen Block und einen Stift in der Hand. »Was soll ich tun, Boss?« Beflissen wartete sie auf meine Anweisungen, was mir ein Schmunzeln entlockte. Heute war zwar ihr erster Tag, aber ich hatte bereits jetzt das Gefühl, dass wir beide ein hervorragendes Team abgeben würden.

»Besorg mir bitte eine Chartermaschine zum schnellstmöglichen Zeitpunkt. Der Flug geht nach Nebraska. Hier hast du die Adresse.« Ich reichte ihr den Zettel. »Such den passenden Flughafen heraus, auf dem ich landen kann. Außerdem musst du mir ein Auto organisieren, das dann dort bereitsteht, damit ich gleich weiterfahren kann. Kosten spielen keine Rolle, sondern Zeit.«

»Wird gemacht!« Sue machte auf dem Absatz kehrt und eilte hinaus.

Manchmal war es ein entscheidender Vorteil, nicht auf das Geld achten zu müssen.

Sieben Stunden später parkte ich mein Mietauto vor dem Farmhaus von Abigails Eltern. Mittlerweile war es sechs Uhr abends und meine Aufregung war ins Unermessliche gestiegen. Mein Blick schweifte umher. Es sah alles sehr idyllisch und ländlich aus. Irgendwie fiel es mir schwer, mir Abby in dieser Umgebung vorzustellen, hatte ich sie doch als Karrierefrau kennengelernt. Doch dann erinnerte ich mich daran, wie entspannt sie in Maine gewesen war und wie sehr ihr die Natur gefallen hatte.

Rechts neben dem Haupthaus erstreckten sich Pferdekoppeln, so weit mein Auge reichte. Links führte ein Weg zu einem weiteren Wohnhaus. Außerdem konnte ich noch ein paar Ställe entdecken. Wie hatte Abby solch ein Leben in Freiheit gegen die Enge der Großstadt eintauschen können? Ich nahm mir vor, sie zu einem geeigneten Zeitpunkt danach zu fragen. Doch erst einmal musste ich das zwischen uns bereinigen. Keinen Tag länger konnte ich auf sie verzichten.

Felsenfest dazu entschlossen, Abigail mein Herz zu Füßen zu legen, stieg ich aus dem Auto und ging auf das Haupthaus zu.

Doch ehe ich klingeln konnte, öffnete eine Frau die Tür und schaute mich skeptisch an. Die Ähnlichkeit zu Abigail war unübersehbar. Ihre Mutter hatte die gleichen grünen Augen und rotbraunen Locken. Auch wenn ihre schon graue Strähnen aufwiesen, war sie eine äußerst attraktive Frau.

»Kann ich Ihnen helfen?«, fragte Mrs Jones mit gerunzelter Stirn, aber im nächsten Moment hellte sich ihr Gesicht auf. Sie hatte mich erkannt. »Mister Anderson! Kommen Sie doch rein.«

»Guten Abend Mrs Jones.« Ich reichte ihr die Hand, die sie ergriff und mit leuchtenden Augen schüttelte. »Ich wollte Sie nicht weiter stören. Ich würde gern mit Abigail sprechen. Könnten Sie sie rufen?«

Hinter Abbys Mutter kam ein großer, breitschultriger Mann zum Vorschein und sah mich ernst an. »Wird auch Zeit!«, brummte er. »Kommen Sie, ich fahre vor und Sie folgen mir. Abigail ist mit dem Idioten Barry essen. Das Pete´s ist nicht so einfach zu finden, auch nicht mit einem Navigationssystem.«

Verdutzt sah ich zu Mrs Jones. »Das ist mein Mann. Auch wenn er mürrisch erscheint, können Sie ihm vertrauen.« Sie lachte und auch ihr Lachen erinnerte mich schmerzlich an Abigail.

»Ihr Wort in Gottes Ohr. Ich hoffe, er lotst mich nicht direkt in die Hölle.« Ich zwinkerte ihr noch einmal zu und folgte dann ihrem Mann zu den Autos.

Ihre Eltern waren sympathische Menschen, die ich sofort in mein Herz geschlossen hatte. Abigail hatte ihnen offensichtlich von mir erzählt, was mir einen Stich versetzte. Dass sie das Gespräch mit ihrem Vater und ihrer Mutter gesucht hatte, zeigte, wie sehr ich sie verletzt hatte. Doch warum hatte sie sich mit ihrem Exfreund zum Essen getroffen? Zumindest vermutete ich, dass es sich bei diesem Barry um ihren Ex handelte. Der Typ hatte den gleichen Namen und ihr Vater reagierte offensichtlich allergisch auf ihn. Was ich in Anbetracht der Geschichte, die mir Abby erzählt hatte, gut verstehen konnte.

War das ein richtiges Date, das die beiden hatten? Wollte sie sich von ihm trösten lassen? Ausgerechnet von ihm? Fragen über Fragen geisterten in meinem Hirn herum. Abbys Vater fuhr in rasantem Tempo über Schotterwege, durch enge Straßen und ich verlor nach und nach die Orientierung. Diesen Weg hätte ich tatsächlich niemals allein gefunden.

Nachdem wir gefühlte hundert Mal abgebogen waren, stoppte Mister Jones vor einem alten Steingebäude, das dezent beleuchtet wurde. Oh ja, dieses Etablissement sah eindeutig nach einer richtigen Verabredung aus.

Ich nahm all meinen Mut zusammen und stieg aus. Bisher war ich noch nie in die Situation geraten, um ein Mädchen kämpfen zu müssen, doch bei Abigail würde ich notfalls diesem Idioten eine verpassen.

Abigails Vater lehnte an seinem Wagen und beobachtete mich aufmerksam, während ich auf ihn zuging.

Ich trug meine Lieblingsjeans und ein Langarmshirt. Offenbar hatte ich seine Inspektion bestanden, denn er schenkte mir ein schräges Grinsen.

»Siehst in echt nicht so gelackt aus wie im Fernsehen.«

Ich musste lachen. »Ja, im normalen Leben renn ich nicht im Smoking herum.« Dann stutzte ich, als er mir zum Eingang des Pete´s folgte. »Muss ich irgendwas wissen, bevor ich da rein gehe?«

»Barry ist ein Arschloch. Ich mochte ihn nicht und das wird sich in der Zukunft ganz bestimmt nicht ändern. Er ist eine hinterhältige Ratte und in seiner Jugend hat er sich oft geprügelt. Pass auf, wenn er den Blick senkt, dann heckt er etwas aus.« Abbys Vater zwinkerte mir amüsiert zu und ging als Erster in das Lokal.

Offenbar freute er sich auf die gleich folgende Auseinandersetzung. Ich hoffte, dass sich eine Prügelei vermeiden lassen würde. Abigail und ich könnten hinaus gehen und miteinander reden, das wäre die sauberste Lösung.

Ich folgte Abigails Dad.

Drinnen schlug uns ein Essensduft entgegen, der mir augenblicklich klarmachte, dass ich außer dem Sandwich am Flughafen nichts gegessen hatte. Doch den Hunger schob ich ganz weit in eine Ecke meines Hirns und scannte den Raum.

Ganz hinten saß Abigail an einem Tisch, der von Kerzenschein beleuchtet wurde. Ihre Hand lag auf dem Tisch. Doch der Anblick der Finger von Barry, die auf ihrer Haut Kreise zeichneten, verursachte in mir eine ungeheure Wut. Automatisch ballte ich meine Hände zu Fäusten und meine Zähne mahlten aufeinander.

»Ich bin an der Bar.« Mister Jones drehte nach rechts ab und setzte sich dort auf einen Hocker, von dem er einen guten Blick auf den Tisch hatte, an dem die beiden Turteltauben saßen.

So ein Mist! Ich musste mir eingestehen, dass ich mir keinerlei Gedanken gemacht hatte, wie ich diese bescheuerte Situation meistern sollte. Doch alles in mir schrie, dass ich diese Frau liebte und sie unbedingt zurückbekommen wollte. Bevor ich auf die beiden zutrat, lockerte ich ein wenig meine Schultern. Abby sollte nicht denken, dass ich ein aggressiver Arsch war, der nur wegen einer Prügelei hierher kam.

Der blonde Schönling hob erstaunt seinen Blick. Seine Finger schlossen sich besitzergreifend um Abigails Hand. Von Barrys Verhalten alarmiert sah Abby zu mir. Als unsere Blicke sich begegneten, konnte ich so viele verschiedene Gefühle in ihren Augen erkennen, dass es mir die Luft abschnürte.

»Hi Abby«, sagte ich ganz leise. Konzentriert sah ich zu der Frau, deren Augen verweint aussahen. Es fiel mir schwer, den Mann, der noch immer ihre Hand hielt, zu ignorieren.

»Ethan, was machst du hier?«, stieß sie fassungslos hervor und zog an ihrer Hand, doch der Idiot ließ sie nicht los.

»Ich wollte mein Mädchen holen kommen.« Wie bescheuert! So einen Blödsinn hatte ich in meinem ganzen Leben noch nicht von mir gegeben. Mein Mädchen? Das hätte ich gern, aber im Moment sah es nicht so aus, als wenn sie es jemals wieder sein würde. Barry lachte und griff mit der anderen Hand nach seinem Weinglas, an dem er dann amüsiert nippte. Er hatte offenbar beschlossen, mich nicht ernst zu nehmen und mich nicht als Konkurrenz zu sehen.

»Aha!« Abby schien verbal auch nicht auf der Höhe zu sein, doch das war mir egal. Sie redete mit mir, das war schon mal ein Anfang. Es hätte auch anders sein können. Sie hätte mich ignorieren können. Was mir ein Loch ins Herz gerissen hätte, aber so schürte sie die Hoffnung auf ein Happy End in mir.

»Können wir kurz nach draußen und miteinander reden?« Erneut versuchte sie, ihre Hand dem Klammergriff des Mannes ihr gegenüber zu entziehen, doch auch diesmal machte er keine Anstalten, sie loszulassen. Genervt richtete ich meine Aufmerksamkeit auf diesen Volltrottel Barry. »Merkst du, dass sie nicht von dir angefasst werden will? Lass sie verdammt noch mal los!« Ich flüsterte, damit wir nicht unnötig die Blicke der restlichen Gäste auf uns zogen.

Der Kerl setzte ein überhebliches Grinsen auf. »Und merkst du, dass sie mit dir nichts mehr zu tun haben will? Was meinst du, warum sie nicht bei dir ist, sondern hier in Nebraska, bei mir?«

Ich drehte mich von diesem ignoranten Lackaffen weg, da ich ansonsten nicht für mein weiteres Tun die Hand ins Feuer legen konnte. »Abigail?«, wandte ich mich an die Frau, über deren Kopf wir hinweg diskutierten.

Sie atmete heftig ein und sah Barry aus zusammen gekniffenen Augen an. »Lass mich los, sofort!«

Barry zog seine Hand von ihrer, als hätte er sich verbrannt. Sein Blick huschte zu mir und ich zuckte nur mit den Augenbrauen, dann senkte er seine Augen auf die Tischdecke vor sich. Meine Alarmglocken schrillten laut, da mir Mister Jones Warnung in den Sinn kam: *Pass auf, wenn er den Blick senkt.*

ABIGAIL

Ich konnte es nicht fassen, Ethan Anderson stand leibhaftig vor unserem Tisch und er faselte etwas davon, dass ich sein Mädchen sei und er mich zurückholen wollte. Und mir gegenüber saß Barry und führte sich wie ein Gockel auf. Dachte er allen Ernstes, dass ich ihm jemals wieder vertrauen konnte, nachdem, was damals im College passiert war? Klar, wir waren jung gewesen, aber das war keine Entschuldigung für ein solch mieses Verhalten, wie er es mir gegenüber an den Tag gelegt hatte.

Als ich sah, wie Barry seinen Blick auf die Tischdecke senkte und meine Hand losließ, war mir sofort klar, was nun kommen würde. So gut kannte ich den Kerl immer noch. Manche Verhaltensmuster legte man wohl niemals ab.

Hastig zog ich meine Hand weg und wollte Ethan noch warnen, als auch schon die Hölle um mich herum losbrach. Barry stürzte sich auf Ethan und versuchte, ihn mit einem gezielten Hieb k.o. zu hauen, doch Ethan war ein geübterer Kämpfer. Immerhin hatte er für eines der erfolgreichsten Securityunternehmen in den USA gearbeitet und es später selbst geleitet. Ethan wich ihm aus, sodass Barry quer auf dem Tisch dahinter landete. Der Tisch ging zu Bruch und die wenigen Gäste im Pete´s sahen irritiert zu den beiden Streithähnen. Einige hatten Ethan erkannt und zückten ihre Handys, um Fotos zu machen.

Barry rappelte sich wieder hoch und versuchte einen weiteren Angriff. Diesmal bekam Ethan ihn zu fassen und nahm ihn in den Schwitzkasten, um ihn anschließend quer durch das Restaurant zu ziehen und Barry kurzerhand vor die Tür zu werfen.

Wäre mir die Situation nicht so peinlich gewesen, hätte ich vermutlich lauthals angefangen zu lachen. Barry hatte diese Behandlung mehr als verdient.

Pete kam um den Tresen herum gestürmt, einen Baseballschläger in der Hand, und war im Begriff Ethan eins überzuziehen. Sofort bekam ich es mit der Angst zu tun. Doch da trat plötzlich mein Vater dazwischen und hielt Pete zurück. Dann sprach er das aus, was ich zuvor bereits gedacht hatte: »Lass gut sein, das hat Barry schon lange verdient. Ich zahl den Schaden liebend gern.« Wie kam mein Vater hierher? Und was hatte ich verpasst, dass er auf Ethans Seite stand? Denn das tat er augenscheinlich. Mein Dad legte Ethan seinen Arm um die Schulter und sagte: »Gut gemacht, mein Junge.«

Mit offenem Mund stand ich da und beobachtete die Szenerie. Irgendwie musste ich in einem falschen Film gelandet sein. Das war wie eine Komödie über mein eigenes Leben. Kurz überlegte ich, ob ich Opfer einer Spaßsendung geworden sei.

»Danke, Mister Jones. Aber die Rechnung werde ich selbst bezahlen.« Dann drehte sich Ethan zu mir und sah mir mit einer stillen Bitte in die Augen. Mein Dad wiederum ging nach draußen und kümmerte sich um Barry.

Ich nickte und setzte mich an den Tisch, an dem ich zuvor mit Barry gesessen hatte. Um mich herum sah es aus, als wäre eine Bombe explodiert, doch ich hatte keine Augen dafür. Meine Hand schloss sich krampfhaft um das Stück Papier in meiner Handtasche, das ich mitgenommen hatte, um mich selbst daran zu erinnern, dass Männer Arschlöcher waren. Barry und Ethan ebenfalls. Doch warum war er hier? Wegen mir? Auf keinen Fall durfte ich vergessen, mich nicht von Ethan um den Finger wickeln zu lassen. Ein Kellner eilte herbei, nahm das Glas Rotwein vom Tisch und räumte notdürftig die Reste des Tischs neben uns weg. Wir schwiegen derweil und ich vermied es, ihn in dieser Zeit anzusehen.

Als wir allein waren, räusperte sich Ethan. Unsere Blicke begegneten sich und mein Herz fing an, unkontrolliert zu hämmern.

»Es tut mir leid, Abby.«

Hatte ich ein Déjà-vu? Oder hatten sich tatsächlich die Männer, die es in meinem Leben gegeben hatte, dazu verabredet, heute all ihre Sünden zu büßen und um Verzeihung zu bitten? Ich war zu verwirrt, um zu antworten, also schwieg ich lieber.

Ethan sah unglücklich auf seine Hände, die er auf der Tischdecke gefaltet liegen hatte. »Ich bin an dem Morgen wach geworden, war so glücklich und dann habe ich die Nachricht deiner Chefin gelesen.«

Verwirrt blickte ich ihn an. »Welche Nachricht?«

»Wann sie mit der Story über mich rechnen kann. Mittlerweile habe ich den Artikel in der *Cosmostar* gelesen und weiß, dass ich dir vertrauen kann.« Ethan knetete seine Hände, ehe er fortfuhr. »Ich habe nicht spioniert, aber als ich am Küchentisch gesessen habe, ging dein Display an und zeigte diese Nachricht. Ich habe meinen Namen gesehen und dann die Zeilen gelesen.« Er hielt kurz inne und sah mir in die Augen. »Es hat mir den Boden unter den Füßen weggerissen, da ich davon ausgegangen bin, dass du dich nur auf mich eingelassen hast, weil du einen Artikel über mich schreiben wolltest.«

Das war die Erklärung für sein Verschwinden? Deshalb hatte er meine Nachrichten und Anrufe ignoriert? »Warum hast du mir keine Chance gegeben, es dir zu erklären?«

Zerknirscht gab er zu: »Weil ich dachte, dass es keine andere Erklärung dafür geben konnte. Es tut mir leid. Ich war ein solcher Idiot!«

»Und um mir das zu sagen, bist du extra nach Nebraska geflogen? Von Maine aus?« Ungläubig sah ich ihn an.

»Für dich würde ich noch viel weiter fliegen«, gab er leise zu und hätte mich damit fast überzeugt. Doch dann spürte ich das Papier in meiner Hand und Eiseskälte griff nach meinem Herzen.

»War ich gut?« Ich konnte die Irritation in seinem Gesicht ablesen, aber ich half ihm nicht, auf den richtigen Weg.

»Du bist das Beste, was mir in meinem erbärmlichen Leben passiert ist.« Seine Augen wirkten aufrichtig. Doch was wusste ich schon von Männern? Ich war definitiv nicht die Expertin.

Statt ihn zu fragen, in was ich die oder das Beste war, nahm ich meine Hand von meinem Schoß und legte sie auf den Tisch. Ethan verfolgte meine Bewegungen mit seinen Augen. Langsam öffnete ich die Faust und legte dadurch das Stück Papier frei.

»Was ist das?«, wollte er von mir wissen.

»Schau selbst nach.«

Ethan nahm den Zettel und faltete ihn auseinander. Als er erkannte, welchen Inhalt er hatte, verlor er sämtliche Farbe aus dem Gesicht.

»Das war nur ein Scherz meines bekloppten Freundes. Du warst für mich zu keiner Zeit nur eine Bettgeschichte, Abby. Das musst du mir glauben.« Aufgeregt erhob er sich. »Toni ist manchmal ein Kind und er macht derbe Witze auf Kosten anderer, aber er ist auch ein loyaler Freund.«

Ich konnte mir gut vorstellen, wie ein Mann einen solchen Zettel schreibt, um seinen Freund zu ärgern. Jetzt da ich mit Ethan darüber sprach, war seine Erklärung vollkommen logisch und ich fragte mich, warum ich nicht selbst darauf gekommen war, dass es sich hierbei um einen idiotischen Scherz unter Männern handelte. Aber vermutlich hatte ich dieses Stück Papier gebraucht, um nicht völlig an der Frage zu zerbrechen, wieso Ethan mich verlassen hatte, ohne noch einmal ein Wort mit mir zu wechseln.

»Warum hast du geweint?«, fragte er mich unvermittelt, aber mit sanfter Stimme und setzte sich wieder zu mir. Seine Hand strich zärtlich über meine Wange.

»Weil Barry und ich über einen Teil unserer Beziehung geredet haben, der noch immer tiefe Wunden in mir zurückgelassen hat.« Sollte ich ihm wirklich von meinem Geheimnis berichten? In diesem Moment erkannte ich, dass wir absolut ehrlich zueinander sein mussten, sollte dieses UNS in der Zukunft eine Chance haben. »Ich war damals schwanger.« Ethans Augen weiteten sich, doch er schwieg. »Als ich Barry davon erzählt habe, hat er mich geschlagen und behauptet das Kind wäre von einem anderen.«

Ethan ballte seine Hände zu Fäusten, bis die Knöchel weiß hervortraten, doch er schwieg weiterhin und sah nicht einen Augenblick zur Seite. Sein Blick bohrte sich in meinen, um mir Halt und Kraft zu geben.

»Um mich zu bestrafen und mir zu zeigen, dass ich ihm nichts bedeutete, sprang er mit einer anderen ins Bett und ließ es mich wissen«, fuhr ich fort. »Ich habe mich schrecklich gefühlt, hatte sogar Selbstmordgedanken und der ganze Stress wirkte sich auf die Schwangerschaft aus. Ich verlor das Kind, kehrte nach Hause zurück und meine Familie war für mich da, doch von Barry habe ich zu dieser Zeit nichts gehört oder gesehen. Deshalb hasst mein Vater Barry so sehr. Nachdem ich wieder gesund war, habe ich mich auf einem anderen College beworben. Von da an fuhr ich kaum noch nach Hause, aus Angst, Barry über den Weg zu laufen und aus Angst, in den Augen meiner Eltern Mitleid zu entdecken. Außerdem befürchtete ich, dass unsere ganze Gemeinde von meiner Schmach erfahren hat. Ich habe mich in meinem Studium und später in meiner Arbeit vergraben und versucht, nicht wieder zurückzublicken.«

Ethan wirkte erschüttert. Er raufte sich die Haare und fuhr sich über das Gesicht. Traurig blickte er mich an. »Hätte ich das vorher gewusst, wäre dieses Arschloch nicht so glimpflich davongekommen.«

Ich lachte auf. Oh ja, das konnte ich mir gut vorstellen. Die Art, wie ihn diese Geschichte wütend machte und er mich nicht mit Mitleid bedachte, zeigte mir, wie feinfühlig der Mann mir gegenüber war.

Atemlos beobachtete ich ihn - wie er sich erhob und als er sich hinkniete und meine Hände in die seinen nahm, dachte ich für einen kurzen Moment, er würde mir einen Antrag machen. So ein Blödsinn, schließlich kannten wir uns erst seit kurzer Zeit.

»Abigail Jones, bitte komm mit mir. Mein Haus der Träume ist ganz leer, ohne die Frau meiner Träume. Ich brauche dich so sehr, dass es weh tut, wenn du nicht bei mir bist. Du hast in kürzester Zeit alle meine Mauern eingerissen.« Zärtlich streichelte er meine Hand und hauchte vereinzelt Küsse darauf. »Ohne dich bin ich nicht mehr in der Lage frei zu atmen. Ich liebe dich und kann mir ein Leben ohne dich nicht mehr vorstellen. Ich würde dich auch vom Fleck weg heiraten, aber dafür lassen wir uns noch ein paar Monate Zeit, bis du dir ebenfalls so sicher bist, wie ich es bin.«

Ich merkte erst, dass ich weinte, als Ethan seine Hand ausstreckte und mir die Tränen wegwischte. Der Kloß in meinem Hals war so groß, dass ich, selbst wenn ich gewusst hätte, was ich sagen wollte, nicht dazu in der Lage gewesen wäre, es von mir zu geben.

Langsam drehte ich meinen Kopf zu seiner Hand und schmiegte mich an sie.

Im nächsten Moment zog er mich in seine Arme. Sanft strichen seine Finger über meinen Rücken, bis ich mich ein wenig entspannte.

»Kommst du mit mir? Wenn nicht, werde ich dir jedes Wochenende auf den Keks gehen und von Maine nach Chicago geflogen kommen. Bitte verzeih mir und gib mir noch eine Chance.« Ich konnte in seinen Augen die Liebe erkennen, die er für mich empfand.

Es verschlug mir noch immer die Sprache, dass dieser wundervolle Mann extra für mich nach Nebraska geflogen war, um mir sein Herz zu Füßen zu legen. In meinem Innern würde ich eben immer ein Mädchen vom Lande bleiben. Ein Mädchen, dass sich nach Liebe und Geborgenheit sehnte.

All das wollte ich ihm gerne sagen, doch im Grunde genommen brauchte es nicht so vieler Worte.

Ich beugte mich vor, sah ihm tief in die Augen und küsste ihn.

All meine Gefühle legte ich in diesen Kuss, öffnete mich ihm ganz und hoffte, dass er mich auffangen würde, wenn ich fiel.

Seine Arme legten sich um mich, hielten mich und gaben mir die Kraft, die ich benötigte, um noch einmal ein Stück von ihm abzurücken.

Lächelnd blickte ich ihn an und sagte leise: »Ich liebe dich auch, Ethan Anderson und es wäre mir eine Ehre, in deinem Haus der Träume mit Blick auf den Wasserfall meiner Träume zu leben.«

Ethan riss freudig die Augen auf und zog mich wieder in seine Arme.

»Ich liebe dich so sehr, Abby!«, hauchte er an meinen Lippen. »Liebe, das sind wir.« Dann küsste er mich, bis mir schwindelig wurde.

Ich wünschte mir von ganzem Herzen, dass er nie wieder damit aufhören würde, denn er hatte recht - Liebe war ein anderes Wort für wir.

KONTAKT

Hat dir das Buch gefallen?
Dann melde dich doch zu meinem Newsletter an und sei immer auf dem Laufenden, nimm an Gewinnspielen teil und erfahre immer als Erster, wenn ich etwas Neues veröffentliche oder es Reduzierungen meiner Bücher gibt.

Folgender Link führt dich zur Anmeldung meines Newsletters:
Anmeldung

Gerne kannst du mich auch auf den gängigen Social-Media-Kanälen besuchen. Ich freue mich über jedes Like und jedes Herz.

Und noch eine Bitte:
Wenn Euch Bücher gefallen, rezensiert sie. Leider ist es in der heutigen Zeit viel zu selten geworden, dass man sich positiv über Dinge äußert - so auch in der Bücherwelt. Nur durch Eure Rückmeldungen erfahren wir von Eurer Freude an unseren Büchern.

DANKSAGUNG

An erster Stelle möchte ich mich bei meinen Kolleginnen und Freundinnen Sina Müller, Pea Jung und Karina Reiß und Andrea Bielfeld bedanken. Danke, dass ihr immer für mich da seid - im Guten und im Schlechten.

Wie immer danke ich meiner Familie, ohne die ich nicht vollständig wäre. Danke für euer Verständnis und eure Liebe. *Wir gegen den Rest der Welt*. Ich liebe euch!

Danke an meine tollen Testleserinnen: Daniela, Yvonne, Sabrina, Conny, Lisa, Romy und Christina. Ihr seid die Besten!

Karina Reiß, dir danke ich für deine unendliche Geduld, dass du immer für mich da bist und mich immer wieder aufbaust, wenn ich mal wieder am Verzweifeln bin und für das Lektorat für dieses Buch.

Danke, liebe Sina, für den letzten Feinschliff. Du bist großartig und eine der besten Autorinnen, die ich kenne. Ich glaube an dich.

Und dem wundervollen kleinen Korrektorat: Ruth Pöß, du bist super. Danke dir.

Dem Blogger- und Rezensententeam, die noch einmal viele kleine Fehlerchen gefunden haben. Danke, dass ihr mir so hilfreich zur Seite gestanden habt! Und ein dickes Danke für eure tollen Rückmeldungen und die Unterstützung zur Veröffentlichung.

Und natürlich ein Danke an euch, ihr lieben Leser, die ihr hoffentlich bis hierhin auch gelesen habt! Ohne euch würde es überhaupt nicht funktionieren. Bücher bekommen erst durch euch Leben eingehaucht, durch eure Fantasie, die ihr entwickelt, wenn ihr lest.

Vielleicht konnte ich euch insofern mit dieser Geschichte begeistern, dass ihr eine Rezension veröffentlicht? Das wäre toll, denn die Rezensionen, die ihr für uns Autoren abgebt, egal ob lang oder kurz, helfen uns wirklich. Danke an jeden einzelnen Leser, der sich diese Mühe macht.

Herzlichst, eure

Tanja Neise

BÜCHER VON TANJA NEISE

Die Erbin - Der Orden der weißen Orchidee 1
Der Ursprung - Der Orden der weißen Orchidee 2

Küsse im Blitzlichtgewitter
Lost and Found in New York
Kiss and Cook in Schottland

Herzklopffinale - Elfmeter ins Herz

Die Auserwählte - Das Zeitenmedaillon 1
Die Seherin - Das Zeitenmedaillon 2
Die Hüterin - Das Zeitenmedaillon 3

Der letzte Vampir - After the Vampirewars 1
Der dunkle Vampir - After the Vampirewars 2

Love and Respect - Ab heute für immer

Wenn die Nacht am dunkelsten ist

Demnächst erscheint:

Im Herbst 2020:
Drei Herzen - Ein Pakt
Drei Herzen - Ein Versprechen
Drei Herzen - Ein neues Leben

Ab 10.11.2020:
Morgaines Erbe - Ewiger Schlaf 1

Frühjahr 2021
Morgaines Ruf - Ewiger Schlaf 2